Patrick Dostert freut sich auf einen freien Tag mit seiner Frau Julia, als noch vor dem Frühstück zwei Beamte der Kripo Erfurt vor der Tür stehen. Patrick bittet sie herein, und von einer Minute zur anderen ändert sich alles für ihn. Er wird verdächtigt, drei Tage zuvor eine Frau misshandelt und entführt zu haben. Patrick hat ein Alibi für die Tatnacht, doch der einzige Zeuge, der ihn entlasten könnte, bleibt unauffindbar. Und die beste Freundin des Opfers belastet ihn schwer.

Patrick beteuert seine Unschuld, bis das Video auftaucht. Das Video, in dem er zu sehen ist. Das ihn überführt. Obwohl er das Opfer noch nie gesehen hat. Aber das glaubt ihm keiner. Er kommt in Haft, soll verurteilt werden. Und kann absolut nichts tun, denn Bilder sagen mehr als tausend Worte. Oder?

»Chapeau! Genau so müssen Thriller geschrieben werden.« Kölner Stadt-Anzeiger

Arno Strobel liebt Grenzerfahrungen und nimmt seine Leserinnen und Leser dabei gerne mit. Deshalb machen seine Thriller auch vor den größten Urängsten nicht Halt.
Seine Themen spürt er dabei meist im Alltag auf und erst, wenn ihn eine Idee nicht mehr loslässt und er den Hintergründen sofort mit Hilfe seines Netzwerks aus Experten auf den Grund gehen will, weiß er, dass der Grundstein für seinen nächsten Roman gelegt ist. Alle seine bisherigen Thriller waren Bestseller, »Offline« stand wochenlang auf Platz 1 der Bestsellerliste. Arno Strobel engagiert sich für den Opferschutz und ist Förderer des Weißen Rings e. V. Er lebt als freier Autor in der Nähe von Trier.

www. arno-strobel.de
www.facebook.com/arnostrobel.de
@arno.strobel

Außerdem bei FISCHER Taschenbuch erschienen:
»Der Trakt«, »Das Wesen«, »Das Skript«, »Der Sarg«, »Das Rachespiel«, »Das Dorf«, »Die Flut«, »Im Kopf des Mörders – Tiefe Narbe«, »Im Kopf des Mörders – Kalte Angst«, »Im Kopf des Mörders – Toter Schrei«, »Offline«, »Die App«, »Mörderfinder – Die Spur der Mädchen«, »Mörderfinder – Die Macht des Täters«, »Mörderfinder – Mit den Augen des Opfers«

Weitere Informationen finden Sie auf www.fischerverlage.de

ARNO STROBEL

FAKE

WER SOLL DIR JETZT
NOCH GLAUBEN?

PSYCHOTHRILLER

FISCHER Taschenbuch

Aus Verantwortung für die Umwelt hat sich der S. Fischer Verlag zu einer nachhaltigen Buchproduktion verpflichtet. Der bewusste Umgang mit unseren Ressourcen, der Schutz unseres Klimas und der Natur gehören zu unseren obersten Unternehmenszielen.

Gemeinsam mit unseren Partnern und Lieferanten setzen wir uns für eine klimaneutrale Buchproduktion ein, die den Erwerb von Klimazertifikaten zur Kompensation des CO_2-Ausstoßes einschließt.

Weitere Informationen finden Sie unter: www.klimaneutralerverlag.de

MIX
Papier | Fördert gute Waldnutzung
FSC® C083411
FSC www.fsc.org

Erschienen bei FISCHER Taschenbuch
Frankfurt am Main, August 2023

Dieses Werk wurde vermittelt durch die Literarische Agentur Thomas Schlück GmbH, 30161 Hannover.

Redaktion: Ilse Wagner

Bei Erfahrungen mit Gewalt oder Missbrauch können manche Passagen in diesem Buch triggernd wirken. Wenn es Ihnen damit nicht gut geht, finden Sie hier Hilfe:
www.hilfetelefon.de oder www.weisser-ring.de.

Satz: Dörlemann Satz, Lemförde
Druck und Bindung: CPI books GmbH, Leck
Printed in Germany
ISBN 978-3-596-70667-9

Wahrheit lässt sich leichter zur Lüge verarbeiten
als Lüge zur Wahrheit
Manfred Hinrich, deutscher Philosoph

I

PROLOG

Sie hat es sofort gewusst, als er zur Tür hereingekommen ist. Sie konnte es seinem Gesicht ansehen. An der senkrechten Falte, die sich über seiner Nasenwurzel tief in die Stirn eingegraben hat …

Er ist wütend. Sehr wütend. Eine eiserne Klammer legt sich um ihr Herz.

»Hallo«, sagt sie und versucht ein unverfängliches Lächeln.

Er darf nicht merken, wie dir zumute ist. Dass du weglaufen möchtest, so weit weg von ihm, dass er dich nie wieder finden kann. Auf keinen Fall darf er etwas merken. Nur nichts sagen, was ihn noch wütender macht.

Sie legt die Hände ineinander, während sie langsam auf ihn zugeht.

Bloß nichts tun, das ihn noch wütender macht.

»Schön, dass du da bist. Ich … gehe gleich in die Küche und mache das Essen fertig.«

Weg von ihm. In einen anderen Raum, wo er dich nicht sieht. Wo du nichts falsch machen kannst.

»Und warum ist es noch nicht fertig?«, knurrt er und senkt den Kopf wie ein Stier, der sich zum Angriff bereit macht.

Es ist unausweichlich. Egal, was ich sage oder tue. Er will es jetzt so.

»Du … du bist früher wieder da als sonst«, stammelt sie entschuldigend. »Aber das ist gar kein Problem, wirklich. Ich habe schon alles fertig vorbereitet und muss es nur noch auf den Herd stellen. Das dauert nicht lange.«

O Gott, bitte, lass ihn nicht noch wütender werden. Bitte, erspare es mir heute.

»Weißt du, was?« Er macht einen Schritt auf sie zu. »Weißt du, was ich denke?«

Sie starrt ihn mit großen Augen an, schüttelt wie in Zeitlupe den Kopf. *Bitte nicht!*

»Was ist? Bist du stumm geworden? Oder hältst du es nicht mehr für nötig, mir zu antworten?«

Bevor sie reagieren oder etwas sagen kann, redet er weiter. »Das ist es, nicht wahr? Du bist dir zu fein, um mit mir zu reden, stimmt's? Denkst, du bist was Besseres.«

»Nein, wirklich, ich …« Es ist nicht viel mehr als ein Krächzen.

»Halt den Mund, du Dreckstück«, faucht er sie an. Er steht nun unmittelbar vor ihr. »Ich weiß genau, was in deinem Spatzenhirn vor sich geht.«

»Bitte, ich …« Plötzlich liegen seine Hände um ihren Hals. »Mit mir treibst du diese Spielchen nicht!«

Sie möchte reflexartig einen Schrei ausstoßen, als er zudrückt, doch aus ihrem aufgerissenen Mund kommt nicht mehr als ein Röcheln. Sie fuchtelt wild mit den Armen, legt ihre Hände auf seine und versucht, ohne den Hauch einer Chance, seinen eisernen Griff zu lösen. Seine kalten Augen fixieren sie. Sie erkennt, dass die Wut in ihm in Hass umgeschlagen ist, die Lippen sind zu einem schmalen Strich zusammengepresst, das Gesicht eine versteinerte Fratze.

»Ich schwöre, entweder mache ich aus dir Schlampe eine anständige Frau, oder ich bringe dich um.«

Ihre Gedanken versinken in einem Strudel aus panischer Todesangst. Sie macht einen Schritt rückwärts, versucht verzweifelt, sich aus seinem Griff zu winden, stößt dabei gegen etwas und gerät ins Stolpern. Noch während sie fällt, ist ihr Hals plötzlich wieder frei, und sie saugt gierig die rettende Luft in die Lungen. Ein dumpfer Schmerz rast ihr durch den Kopf, als sie auf dem Boden aufschlägt. Sie ignoriert ihn, wirft sich hastig herum und versucht, auf allen vieren von ihm wegzukommen, doch er ist schon wieder über ihr. Seine Finger krallen sich in ihre Haare, zerren ihren Kopf nach oben. Sie sieht einen dunklen Schatten auf sich zukommen, dann explodiert ein Feuerwerk in ihrem Gesicht.

Für einen Moment wird es schwarz um sie, doch sie kämpft gegen die drohende Ohnmacht an. Wenn sie das Bewusstsein verliert, wird er sie töten. Diesmal bringt er sie um, da ist sie sicher. Ihre Nase scheint in Flammen zu stehen. Der Gedanke, dass sie gebrochen ist, verpufft, als seine Finger sich wieder in ihre Haare wühlen.

Ihr Kopf wird von dem Schlag brutal zur Seite gerissen. Dunkle Nebel wabern durch ihr Bewusstsein, so dass sie die folgenden Schläge und Tritte gegen ihren Körper nur noch mit einer bleiernen Taubheit erlebt.

Wieder und wieder wird sie durchgeschüttelt, als er mit den Fäusten auf sie einschlägt und mit den Füßen in ihren Leib tritt.

Dann ist es plötzlich vorbei. Sie wagt nicht, sich zu bewegen. Wartet, ob er tatsächlich von ihr abgelassen hat.

Sie glaubt, Schritte zu hören. Geht er? Hat er sich genug an ihr abreagiert? Ist sie noch mal davongekommen?

Vorsichtig zieht sie die Arme, die sie sich schützend um den Kopf gelegt hat, zurück. In der nächsten Sekunde streift etwas ihre Stirn, schneidet gleich darauf in die Haut am Hals, zieht sich zu. Ein dünnes Seil, eine Schnur … Etwas, das ihr die Luft abdrückt, schlimmer noch als zuvor seine Hände.

Ihre Beine zucken wild, die Fersen schlagen gegen den Boden, und während sie sicher ist, dass sie jetzt stirbt, nimmt sie in einem letzten wachen Winkel ihres Bewusstseins den kleinen Körper wahr, der neben ihm kniet und hilflos schreiend an seinem Bein zerrt.

Jonas, formt ihr Verstand ein letztes Wort, dann versinkt sie in bodenloser Schwärze.

Ich lebe noch, ist ihr erster Gedanke, als sie versucht, die Augen zu öffnen. Es gelingt nur einen Spalt weit, die Lider sind geschwollen. Sie kennt das.

Jonas, ist das Nächste, was ihr einfällt, und dieser Gedanke weckt den Rest an Energie, der noch in ihrem geschundenen Körper steckt.

Jonas! Wenn er ihm etwas getan hat …

Sie schaut sich um, nimmt verschwommen wahr, dass sie noch auf dem Boden liegt. Sie scheint allein zu sein.

Jonas …

Mit einem Ruck versucht sie, sich aufzurichten, und stößt einen spitzen Schrei aus, als heißer Schmerz durch ihren Körper jagt, so heftig, dass sie stöhnend zurücksinkt. Die Rippen, der Bauch, der Kopf – die Schmerzen sind überall. Aber sie muss nachsehen, ob mit ihrem Jungen alles in Ordnung ist. Bisher hat er ihn verschont, aber so hassfüllt, wie er dieses Mal war …

Sie versucht erneut, sich aufzurichten, geht es langsamer an. Als die Schmerzen wieder wie tosende Wellen durch ihren Körper rollen, ist sie darauf gefasst. Sie beißt die Zähne zusammen, drückt den Oberkörper hoch, verharrt einen kurzen Moment, sieht sich im Zimmer um, um sicherzugehen, dass sie wirklich allein ist. Dann zieht sie sich an der Sessellehne nach oben und steht schließlich schwankend auf den Füßen. Sie muss durch den Mund atmen, die Nase ist zugeschwollen.

Ein paar Sekunden verharrt sie so, horcht in sich hinein, bewegt vorsichtig die Arme, die Beine. Wie es scheint, ist nichts gebrochen.

Sie fasst sich an den Hals, stöhnt kurz auf, als ihre Finger die Schlinge berühren, mit der er sie gewürgt hat. Vorsichtig zieht sie das Seil auseinander, streift es sich über den Kopf und lässt es zu Boden fallen.

Kurz überlegt sie, wie spät es wohl ist und wie lange sie besinnungslos auf dem Boden gelegen hat.

Ihr Handy liegt in der Schublade des Sideboards, wahrscheinlich wieder mit leerem Akku. Sie nutzt es kaum, seit er verschiedene Tracking-Apps darauf installiert hat und jeden Abend kontrolliert, mit wem sie telefoniert oder geschrieben hat.

Sie wirft einen Blick zum Fenster. Die Dämmerung setzt langsam ein. Um diese Jahreszeit bedeutet das, es muss gegen achtzehn Uhr dreißig sein. Sie hat also etwa eineinhalb Stunden auf dem Boden gelegen.

Was hat er in dieser Zeit gemacht?

Mit unsicheren Schritten verlässt sie das Wohnzimmer durch die Verbindungstür, wirft vorsichtig einen Blick in die Küche, geht weiter in den Flur. Vor dem Garderobenspiegel bleibt sie stehen und stöhnt auf. Erschrocken schlägt sie die Hand auf den Mund, hält den Atem an und lauscht angestrengt. Hoffentlich hat er sie nicht gehört. Nach einer Weile lässt sie die Hand sinken und wendet sich wieder ihrem Spiegelbild zu.

Sie ist einiges gewohnt, aber was er dieses Mal mit ihrem Gesicht gemacht hat …

Die Lippen sind an mehreren Stellen aufgeplatzt, verkrustetes Blut klebt an ihnen. Die geschwollenen Lider haben die Augen halb verschlossen. Wie sie schon geahnt hat, ist ihre Nase gebrochen, und die gesamte rechte Gesichtshälfte hat sich bereits blau verfärbt. Eine tiefe Schürfwunde erklärt das Brennen an der Stirn.

Sie wendet sich ab, macht ein paar behutsame Schritte und bleibt dann am Fuß der Treppe stehen. Sie schaut nach oben. Lauscht. Nichts.

Langsam steigt sie hinauf in die erste Etage. Ihr Herzschlag scheint mit jeder Stufe schneller zu werden. Als sie oben ankommt, wummert ihr Puls in den Ohren.

Hoffentlich schläft er. Hoffentlich spielt Jonas in seinem Zimmer.

Die Schlafzimmertür ist einen Spalt weit offen. Sie bleibt stehen und wirft einen Blick in den Raum. Das Bett ist unberührt. Er ist nicht da. Mit einem Ruck wendet sie sich ab, hat mit ein paar schnellen Schritten, die feurige Blitze durch ihren Körper jagen, die Tür zum Kinderzimmer erreicht, öffnet sie und stößt erleichtert die Luft aus. Jonas sitzt vor seinem Bett auf dem Boden und spielt mit seinen kleinen Autos.

Er schaut zu ihr auf, betrachtet sie teilnahmslos. Ihre Blicke treffen sich nur für zwei, drei Sekunden, dann widmet er sich wieder seinem Spiel.

Er hat geweint, seine Augen sind noch verquollen und gerötet. Er wundert sich nicht über ihr Aussehen. Er kommt nicht zu ihr, weint nicht mehr. Er sieht sie nicht zum ersten Mal in diesem Zustand. Sein kindlicher Verstand hat wohl irgendwann entschieden, das zu ignorieren.

Ihr Herz scheint vor Schmerz zu zerspringen.

Wie soll ein Vierjähriger mit einer solchen Situation umgehen?

Mit dem Unterarm wischt sie sich die Tränen von den Wangen und betritt das Zimmer, geht neben ihrem Sohn in die Hocke, streichelt ihm über das Haar.

Sie hat einen Entschluss gefasst.

»Es ist alles gut«, sagt sie mit sanfter Stimme. »Es ist vorbei. Und es wird auch nicht wieder passieren, das verspreche ich dir. Ich packe schnell ein paar Sachen zusammen, dann machen wir eine Reise. Nur du und ich.«

Er schaut sie wieder an. »Kommt Papa auch mit?«

»Nein, wir verreisen ohne Papa.«

Ein heller Schimmer zieht über Jonas' Gesicht. Er lässt das Auto fallen, mit dem er gerade gespielt hat, und steht auf. Er legt ihr die Arme um den Hals und drückt sein Gesicht so fest gegen ihre Wange, dass sie Mühe hat, nicht aufzustöhnen.

»Ja«, sagt er. »Ohne Papa.«

II

FAKE

Ich habe lange darüber nachgedacht, wo und wie ich meine Geschichte beginnen soll. Natürlich fängt jede Story mit dem Anfang an, die Frage ist nur, welches Ereignis ich als Anfang definiere. War es der Moment, als man mich verhaftet hat? Der, als ich zum ersten Mal beschuldigt wurde? Oder noch früher?

Aber vielleicht sollte ich mich erst einmal vorstellen. Mein Name ist Patrick Dostert, ich bin 37 Jahre alt und warte in einer Zelle der Justizvollzugsanstalt Tonna auf den ersten Gerichtstermin.

Ich bin angeklagt wegen des Mordes an einer Frau. Die Polizei und die Staatsanwältin behaupten sogar, dass es nicht nur eine war, auch wenn sie nur für diese eine Tat Beweise haben. Und die Beweise, das muss ich zugeben, sind wirklich erdrückend. Vor allem dieser eine Beweis. Und dennoch bin ich unschuldig.

Aber dazu komme ich später.

Wenn ich mich in meiner Zelle umsehe und dann darüber nachdenke, dass ich – für den Fall, schuldig gesprochen zu werden, – vielleicht den Rest meines Lebens in einem solch vergitterten Loch verbringen müsste, befürchte ich, dass mir nur ein Weg bliebe: meinem Leben ein Ende zu setzen.

Dramatische Worte, mag man denken. Und am Ende siegt dann doch der Lebenswille.

Ja, vielleicht stimmt das sogar. Im Moment jedenfalls ist diese

Vorstellung für mich aber derart grauenvoll, dass ich denke, es auf keinen Fall durchstehen zu können, so lange eingesperrt zu sein.

Aber so weit wird es hoffentlich nicht kommen. Die Hoffnung stirbt ja bekanntlich zuletzt. Auch wenn meine Situation mich alles andere als optimistisch in die Zukunft blicken lässt und tatsächlich alles gegen mich spricht – ich hoffe trotzdem darauf, dass die Wahrheit am Ende siegt. Ich habe nach langer Zeit sogar wieder angefangen zu beten.

Es ist bemerkenswert, dass ich keinen Gedanken an die mögliche Existenz eines Gottes verschwendet habe, solange mein Leben in geordneten, ruhigen Bahnen verlief. Obwohl ich zumindest auf dem Papier katholisch bin.

Ich habe erst wieder über Gott nachgedacht, oder besser, gehofft, dass es ihn doch gibt, als ich plötzlich fast allein dagestanden habe.

Religion ist der Seufzer der bedrängten Kreatur, sie ist das Opium des Volkes, sagte einst Karl Marx.

Für mich ist Gott jetzt der Strohhalm, nach dem ich verzweifelt greife, während mir droht, zwischen den Mühlsteinen der vermeintlichen Rechtsprechung zermalmt zu werden.

Draußen tobt ein Sturm. Ganz in der Nähe meiner Zelle dringt der Wind durch eine Ritze des Gebäudes. Das auf- und abschwellende Heulen klingt schaurig wie ein Chor aus verlorenen Seelen. Passend zu diesem Ort.

Genau die richtige Atmosphäre, um meine Geschichte zu erzählen.

Ich tippe sie in einen Laptop, den mir mein Anwalt besorgt hat. Laut einer Entscheidung des Frankfurter Landgerichts vom Oktober 2014 muss einem Beschuldigten nämlich während seiner

U-Haft die Durchsicht seiner Verfahrensakte auf einem auf seine Kosten anzuschaffenden Computer oder Laptop ermöglicht werden. Zwar mit Hard- und Software-Einschränkungen, die die Sicherheit und Ordnung der Untersuchungshaftanstalt gewährleisten, aber ein Schreibprogramm fällt nicht in diese Kategorie. Zum Glück.

Ich habe mich übrigens dazu entschlossen, in meiner Geschichte von mir in der dritten Person zu schreiben. Ich denke, das schafft eher die Atmosphäre eines Romans. Eines Psychothrillers. Anders kann man das, was ich seit dem Frühjahr erlebt habe, nicht bezeichnen.

Ein Psychothriller, der mein Leben von einer Sekunde zur nächsten vollkommen aus der Bahn geschleudert hat.

Aber genug der Vorrede. Ich fange mit meiner Geschichte an am Donnerstag, dem 13. Mai …

1

Der Morgen hatte geradezu perfekt begonnen.

Patrick hatte sich einen Urlaubstag genommen, weil die Grundschule, in der Julia als Lehrerin tätig war, an diesem Tag geschlossen hatte.

Gleich nach dem Aufwachen war er leise aus dem Bett gestiegen, hatte sich im Bad die Zähne geputzt, war sich mit den nassen Fingern durch die kurzen, dunkelblonden Haare gefahren und dann nach unten gegangen, wo er in der zum Wohn-Esszimmer offenen Küche ein pompöses Frühstück mit Rührei, Pfannkuchen, Obstsalat und frisch aufgebackenen Brötchen gezaubert hatte. Auch im dritten Jahr ihrer Ehe achteten sowohl Julia als auch er darauf, Raum und Zeit für besondere Momente der Zweisamkeit zu schaffen und liebgewonnene Rituale zu pflegen.

Die erste Tasse Kaffee am Morgen im Bett, das ausgedehnte gemeinsame Frühstück an Wochenenden und im Urlaub … Gewohnheiten, die ihnen wichtig waren, ebenso wie das gemeinsame Joggen dreimal die Woche oder ihre Gespräche am Abend bei einem Glas Wein, statt schweigend nebeneinander auf der Couch zu sitzen und in den Fernseher zu starren.

Nachdem Patrick das Rührei auf zwei Tellern verteilt

und diese auf dem Tisch platziert hatte, betrachtete er zufrieden sein Werk.

»Perfektes Timing«, sagte Julia hinter ihm. Er fuhr erschrocken herum. Sie stand in weißem T-Shirt und enger Jeans, die ihre sportliche Figur betonte, in der Tür zum Wohnzimmer und lächelte ihm entgegen. Die blonden Haare hatte sie zu einem provisorischen Dutt hochgesteckt. »Was hast du angestellt? Du weißt doch: Wer erschrickt, der hat ein schlechtes Gewissen.«

»Ich gestehe.«

Julia zog, noch immer lächelnd, die Stirn kraus. »Du gestehst was?«

»Alles.«

»Dann sei dir verziehen. Lass uns frühstücken.«

Das wohlig-warme Gefühl, das ihn in diesem Moment durchströmte, machte Patrick wieder einmal bewusst, wie sehr er Julia liebte.

Sie saßen noch keine zehn Minuten am Tisch, als es an der Haustür klingelte. »Wow! Halb neun«, stellte Patrick nach einem Blick auf die Uhr fest, stand auf und ging Richtung Diele.

»Bestimmt die Post«, mutmaßte Julia und rief ihm lächelnd nach: »Was hast du denn wieder bestellt?«

Es war nicht die Paketbotin, die vor der Tür stand, sondern eine blonde Frau um die vierzig und ein etwa zehn Jahre älterer, schlanker Mann in Jeans, weißem Hemd und dunkelblauem Sakko. Die millimeterkurz gestutzten Haare hatten sich an der Stirn schon weit zurückgezogen und lagen wie Schatteninseln auf seinem Kopf.

»Lomberg, Kripo Weimar«, stellte der Mann sich mit

ernster Miene vor und hielt Patrick einen Dienstausweis der Kriminalpolizei entgegen, bevor er mit dem Kinn zu der Frau deutete. »Das ist meine Kollegin, Oberkommissarin Hensch. Sind Sie Patrick Dostert?«

»Ja, der bin ich. Kripo, sagten Sie? Aus Weimar?«

»Dürfen wir vielleicht einen Moment reinkommen?« Die Frau sah sich kurz um. »Wir haben ein paar Fragen an Sie, die wir ungern zwischen Tür und Angel stellen würden.«

Es vergingen einige Sekunden, in denen Patrick die beiden entgeistert anstarrte, bis er schließlich einen Schritt zur Seite machte und den Eingang freigab. »Entschuldigen Sie, ich bin etwas verwirrt, aber … ja, bitte, kommen Sie herein.«

Als die Beamten hinter ihm das Wohnzimmer betraten, sah Julia erst sie und dann Patrick fragend an.

»Das sind Herr Lomberg und … seine Kollegin von der Kriminalpolizei aus Weimar«, erklärte Patrick.

Julia legte ihre Gabel ab und stand auf. »Kriminalpolizei? Ich verstehe nicht …«

»Wir werden Ihnen gleich erklären, warum wir hier sind«, sagte die Polizistin. »Sie sind Frau Julia Dostert?«

»Ja, die bin ich.«

Lomberg wandte sich an Patrick. »Herr Dostert, sagt Ihnen der Name Yvonne Voigt etwas?«

Patrick dachte einen Moment nach und schüttelte dann den Kopf. »Nein, wer ist das?«

»Sie ist vor drei Tagen in Weimar verschwunden. Eine Nachbarin hat beim Gassigehen mit ihrem Hund an dem Abend gesehen, dass ein Mann ihr Haus betreten hat. Kurz darauf glaubt sie, ein Poltern gehört zu haben. Seitdem hat niemand mehr Frau Voigt gesehen. Auch an ihrem Arbeitsplatz ist sie nicht mehr aufgetaucht.«

»Mein Gott, das klingt ja furchtbar«, sagte Julia. »Aber ich verstehe nicht, was wir damit zu tun haben. Und überhaupt, Weimar …«

»Und was ist mit Jana Gehlen?« Lomberg ignorierte die Frage. »Kennen Sie die?«

»Nein, ich kenne auch keine Jana Gehlen.« Patrick sah zu Julia hinüber. »Du?«

»Nein.«

»Jana Gehlen ist laut ihrer eigenen Aussage die beste Freundin der Vermissten«, erklärte Lomberg und machte eine kurze Pause, bevor der Blick, mit dem er Patrick betrachtete, durchdringend wurde. »Sie glaubt, dass Sie etwas mit Yvonne Voigts Verschwinden zu tun haben. Sie denkt, Sie haben ihr etwas angetan.«

Sekunden verrannen, in denen Patrick den Polizisten anstarrte, als hätte der in einer fremden Sprache zu ihm gesprochen, bis schließlich ein kaum wahrnehmbares »Bitte?« aus seinem Mund kam.

»Frau Gehlen sagt, Sie hätten ein kurzes Verhältnis mit Frau Voigt gehabt«, fuhr die Beamtin fort, deren Namen Patrick vergessen hatte und der ihm in diesem Moment auch egal war.

»Ein Verhältnis?«, wiederholte Patrick fassungslos. »Ich?«

»Und dass Frau Voigt ihr gegenüber erklärt hatte, die Beziehung gleich wieder beenden zu wollen, weil sie Sie für krank hielt und Angst vor Ihnen hatte.«

»Krank …«

»Ja. Frau Voigt habe blaue Flecken am ganzen Körper gehabt, weil Sie sie beim Sex misshandelt hätten.«

»Ich … aber das ist doch …«, stammelte Patrick und legte sich die Hand auf die Stirn. »Ich schwöre, ich kenne keine dieser Frauen. Das kann doch nicht sein. Ich meine …« Mit einem Ruck wandte er sich Julia zu und nahm ihre Hand, als befürchtete er, sie wolle weglaufen. »Julia, ich schwöre, ich weiß nicht, wovon sie reden, ich …«

Julia schüttelte den Kopf. »Natürlich weißt du das nicht. Das ist entweder ein schrecklicher Irrtum, oder irgendjemand erlaubt sich einen extrem schlechten Scherz.« Sie löste ihre Hand aus Patricks Griff und wandte sich an Lomberg. »Wie kommt diese Frau darauf, etwas derart Ungeheuerliches zu behaupten? Mein Mann ist weder krank, noch würde er eine Frau misshandeln. Und er wäre ganz sicher nicht in der Lage, einen Menschen zu entführen oder Schlimmeres. Hat sie für diese unfassbare Unterstellung irgendwelche Beweise?«

»Nein, die hat sie nicht«, gab Lomberg zu. »Wie schon erwähnt, hat sie ausgesagt, dass ihre Freundin ihr davon erzählt und dabei mehrfach den Namen Patrick Dostert erwähnt hat.«

»Sie muss einen anderen Patrick Dostert meinen«, stammelte Patrick noch immer völlig verwirrt. »Ich bin sicher nicht der Einzige, der so heißt.«

Lomberg griff in das Innere seines Sakkos und zog einen kleinen Block hervor. Nachdem er mehrere Seiten umgeblättert hatte, sagte er: »Sind Sie Inhaber eines Logistikunternehmens?«

»Nein«, entgegnete Patrick entgeistert. »Aber ich bin der kaufmännische Leiter einer solchen Firma.«

»Und es handelt sich um ein Unternehmen für Logistik?«

»Ja.«

»Frau Gehlen nannte eine solche Firma im Zusammenhang mit Ihnen. Eine Verwechslung ist also sehr unwahrscheinlich.«

»Dann lügt diese Frau«, warf Julia ein.

Lomberg zuckte mit den Schultern. »Vielleicht. Aber warum sollte sie das tun?«

»Was weiß ich?«

»Herr Dostert, wo waren Sie am Abend des zehnten Mai, also vor drei Tagen?«

»Vor drei Tagen?«, wiederholte Patrick. »Das war am Montag ... da war ich zum Essen mit einem potenziellen Neukunden. Ein Chinese.«

»Ein Chinese«, wiederholte Lomberg. »Und in welchem Restaurant waren Sie?«

»In *Kais Steakhouse*, hier in Erfurt.«

Lomberg zog einen Stift aus der Innentasche seines Sakkos und notierte sich den Namen.

»Und Sie können mir sicher den Namen nennen und wo wir Ihren potenziellen Neukunden erreichen können.«

»Ich habe seine Visitenkarte. Und er sagte, er wohnt im *IntercityHotel*.«

»Sie waren nur zu zweit?«

»Ja.«

»Kennt man Sie in dem Restaurant?«

Patrick zuckte mit den Schultern. »Nein, ich war vorher erst ein Mal dort.«

»Haben Sie vielleicht jemanden getroffen, der Sie kennt?«

»Nein.«

»Wann waren Sie zu Hause?«

»Gegen halb zwölf.«

»Können Sie das bestätigen?«, wollte Lomberg von Julia wissen.

»Ja. Nein. Also …«

Lombergs rechte Braue schob sich nach oben. »Was jetzt? Ja oder nein?«

Julias Blick richtete sich kurz auf Patrick, bevor sie antwortete: »Ich war an dem Abend mit einer Freundin zum Essen verabredet. Danach waren wir noch was trinken. Ich bin erst gegen eins nach Hause gekommen. Da lag Patrick schon im Bett.«

»Aber Sie können nicht sicher sagen, wann Ihr Mann nach Hause gekommen ist?«, hakte die Polizistin nach.

»Das ist absurd«, fuhr Patrick auf. »Ich sagte doch schon, ich war gegen halb zwölf zu Hause. Und ich habe ganz sicher niemanden entführt. Es kann ja wohl nicht wahr sein, dass es ausreicht, dass irgendeine Verrückte eine Behauptung in den Raum stellt, und schon wird man verdächtigt, ein Verbrechen begangen zu haben.«

Lomberg schüttelte den Kopf. »Das ist alles andere als absurd, Herr Dostert. Der Zeitpunkt, als die Nachbarin den Mann bemerkte und kurz danach das Poltern hörte, liegt zwischen einundzwanzig Uhr dreißig und zweiundzwanzig Uhr. Es könnte also durchaus relevant sein, ob Sie für diese Zeit ein Alibi haben oder nicht.« Er wandte sich an Julia. »Sie können also nicht bestätigen, dass Ihr Mann gegen halb zwölf zu Hause war?«

»Nein, das kann ich natürlich nicht, weil ich, wie gesagt, nicht zu Hause war. Und Patrick hat recht, das *ist* absurd. Das alles. Außerdem ist es völlig gleichgültig, ob ich bestätigen kann, wann Patrick nach Hause gekommen ist, wenn sein chinesischer Geschäftspartner, mit dem er gegessen hat, bestätigt, dass sie um zehn noch gemeinsam im Restaurant waren.«

Lomberg nickte zum Zeichen, dass er das selbst wusste, und sagte, an Patrick gewandt: »Kann ich dann bitte die Visitenkarte dieses Mannes haben?«

»Ja, sie müsste noch in meiner Anzugjacke stecken. Ich gehe sie holen.«

Als er dem Beamten kurz darauf die Visitenkarte reichte, warf der einen Blick darauf und sagte: »Ningbo … Wir haben einen Kollegen auf dem Präsidium, dessen Eltern stammen aus Ningbo. Das liegt bei Shanghai, wenn ich das richtig einordne.«

»Ich glaube, ja.«

»Dann wollen wir mal hoffen, dass Herr« – er warf einen erneuten Blick auf die Karte – »Hangyu noch in Deutschland ist.«

Lomberg ließ die Karte in seiner Tasche verschwinden.

»Ich brauche noch Namen und Adresse der Firma, in der Sie tätig sind.«

»Warum?«

»Weil das zu den Dingen gehört, die wir wissen müssen.«

»Aber warum? Ich meine, ganz davon abgesehen, dass ich diese Yvonne nicht kenne … vielleicht ist sie gar nicht entführt worden, sondern nimmt sich für ein paar Tage eine Auszeit und taucht bald wieder auf?«

Lomberg warf einen kurzen Blick zur Seite, bevor er sich Patrick wieder zuwandte und auf eine Art und Weise fortfuhr, als müsst er einem Kind erklären, warum es nicht mit den Fingern auf die heiße Herdplatte fassen darf: »Herr Dostert, wir benötigen Ihre kompletten Angaben, Namen, Adresse, Alter, Arbeitgeber und so weiter. Und nein, wir gehen nicht davon aus, dass Frau Voigt sich eine Auszeit genommen hat, weil wir im Eingangsbereich ihrer Wohnung Blut gefunden haben, das eindeutig von ihr stammt.«

Eine Weile sahen sie einander wortlos an, bis Patrick schließlich nickte und Lomberg den Namen und die Anschrift der Firma nannte.

»Danke. Gibt es jemanden, der Ihrer Meinung nach ein Interesse daran haben könnte, Ihnen zu schaden? Haben oder hatten Sie Streit mit irgendwem?«

»Nein. Zumindest wüsste ich niemanden. Aber trotzdem … Vielleicht hasst mich jemand aus einem Grund, den ich nicht kenne? Oder das alles ist ein Missverständnis, wovon ich überzeugt bin. Außerdem verstehe ich eines nicht: Sie sagten doch, die Nachbarin hat den Mann gesehen. Dann kann sie ihn vermutlich beschreiben, und damit ist klar, dass ich es nicht war.«

»Sie hat den Mann leider nur von hinten gesehen.«

Patrick stieß die Luft aus und schüttelte den Kopf. »Natürlich, das war ja zu erwarten. Ich habe jedenfalls nichts mit dieser Sache zu tun.«

»Doch, das haben Sie. So oder so. Sie haben diese Frau vielleicht nicht entführt oder ihr etwas angetan, aber mit der Sache zu tun haben Sie, seit Ihr Name im Zusammenhang mit ihrem Verschwinden genannt wurde. Und eines steht fest: Dafür, dass er genannt wurde, muss es einen Grund geben.«

2

Lomberg zog eine Visitenkarte hervor und reichte sie Patrick.

»Hier, unter der Mobilnummer können Sie mich jederzeit erreichen, Tag und Nacht. Falls Ihnen noch etwas zu Yvonne Voigt oder Jana Gehlen einfällt oder es vielleicht doch jemanden gibt, der Ihnen nicht wohlgesinnt ist, rufen Sie mich an.«

Patrick nahm die Karte, steckte sie in die Hosentasche und stieß ein humorloses Lachen aus. »Mein Gott, mehr Klischee geht wohl nicht. Das ist ja wie in einem drittklassigen Fernsehkrimi.«

Lomberg zuckte mit den Schultern. »Bleiben Sie bitte für uns erreichbar. Und denken Sie noch mal genau nach, ob es nicht vielleicht doch möglich ist, dass Sie Yvonne Voigt kennen.«

Er wandte sich seiner Kollegin zu. »Wir sind dann erst mal fertig.«

»Und was heißt das jetzt?«, fragte Patrick. Er hatte sich wieder ein wenig gefangen, und die Verwirrung wich einem wachsenden Zorn gegen den unfassbaren Vorwurf einer Frau, deren Namen er noch nie gehört hatte. »Muss ich mir einen Anwalt suchen? Ich kenne mich mit einer solchen Situation nicht aus, ich wurde nämlich noch nie verdächtigt, eine Frau entführt zu haben.« Und nach zwei, drei Sekunden fügte er hinzu: »Oder noch Schlimmeres.«

Lomberg schüttelte den Kopf. »Von verdächtig hat niemand etwas gesagt. Jemand hat eine ernsthafte Anschuldigung gegen Sie vorgebracht, und wir müssen der Sache nachgehen. Das ist im Moment alles. Wir melden uns, wenn wir noch Fragen an Sie haben.«

Während Julia die beiden Kriminalbeamten zur Tür brachte, ließ Patrick sich auf einen Stuhl sinken und starrte durch das Küchenfenster, ohne etwas von dem zu registrieren, was sich jenseits der Scheibe befand.

»Ich kann das alles nicht glauben«, sagte Julia, als sie kurz darauf zurückkam und sich Patrick gegenübersetzte. »Das kann doch nur ein schlechter Scherz sein. Irgendjemand möchte dir eins auswischen.«

Patrick wandte den Blick vom Fenster ab. »Aber wer? Diese Frau, die ich nicht kenne? Und vor allem … warum?«

»Keine Ahnung. Vielleicht tut sie das für jemand anderen?«

Patricks Verstand begann endlich wieder zu arbeiten. »Aber wenn diese Jana Gehlen wirklich eine Freundin der verschwundenen Frau ist, wäre es doch eher unwahrscheinlich, dass sie dem wirklichen Täter dabei hilft, mir die Sache in die Schuhe zu schieben. Und wenn sie nur vorgegeben hätte, mit dieser Yvonne befreundet zu sein, würde die Polizei das doch sicher herausfinden.«

»Ja, das mag sein.«

Patrick stand auf und ging zum Wohnzimmertisch, auf dem sein Smartphone lag. »Ich muss mich mit dieser Frau unterhalten. Ich möchte wissen, wie sie auf die absurde

Idee kommt, ich hätte etwas mit dem Verschwinden ihrer Freundin zu tun. In Weimar, dreißig Kilometer von hier entfernt.«

Es dauerte nur wenige Minuten, dann hatte er herausgefunden, dass es in Weimar zwei Frauen mit dem Namen Jana Gehlen gab, die einen Festnetzanschluss hatten. Mit grimmiger Entschlossenheit wählte er die erste Nummer, doch nach dreimaligem Klingeln schaltete sich ein Anrufbeantworter ein, und eine Frau erklärte, dass sie zurzeit nicht zu Hause sei, man ihr aber eine Nachricht hinterlassen könne. Als Patrick gerade ansetzen wollte zu reden, klickte es in der Leitung, und eine gehetzt klingende Frau sagte: »Ja, hallo?«

»Sind Sie Jana Gehlen?«

»Ja, und wer sind Sie?«

»Mein Name ist Patrick Dostert. Sagt Ihnen der Name etwas?«

»Wer?«, wiederholte sie mit plötzlich heiserer Stimme.

Patrick hatte auf Anhieb die richtige Nummer gewählt, dessen war er sich sicher. »Ich bin der Mann, der wohl Ihretwegen gerade Besuch von der Polizei hatte.«

Eine Pause entstand, in der Patrick deutlich das Atmen der Frau hören konnte, bis sie schließlich leise sagte: »Was wollen Sie von mir?«

»Die eigentliche Frage ist doch, was wollen Sie von mir?« Patrick konzentrierte sich darauf, halbwegs ruhig zu bleiben und nicht dem Impuls zu folgen, die Frau anzuschreien und sie zu fragen, ob sie vollkommen verrückt geworden war.

»Wie kommen Sie dazu, der Polizei zu sagen, ich hätte

etwas mit dem Verschwinden Ihrer Freundin zu tun? Ich kenne weder Sie noch diese andere Frau. Das ist so völlig verrückt, dass ich es einfach nicht fassen kann. Also noch einmal: Warum tun Sie das? Ich kenne Sie doch gar nicht.«

»Ich habe der Polizei nur gesagt, was ich von Yvonne weiß«, erklärte Jana Gehlen. »Das musste ich tun, weil ich möchte, dass derjenige, der für all das verantwortlich ist, was ihr angetan wurde, bestraft wird.«

»Strafbar macht man sich auch mit falschen Anschuldigungen«, entgegnete Patrick und bemerkte selbst, dass er lauter geworden war. »Und was heißt überhaupt *für all das*? Meines Wissens ist Ihre Freundin einfach verschwunden; wer weiß, vielleicht ist sie morgen schon wieder da, und alles stellt sich als ganz harmlos heraus.«

Er atmete durch und senkte die Stimme.

»Okay, versuchen wir es anders. Was genau hat Ihre Freundin Ihnen gesagt? Vielleicht meinte sie ja einen anderen Patrick Dostert.«

»Hören Sie, ich habe der Polizei alles mitgeteilt, was ich weiß. Ich muss jetzt zur Arbeit. Und außerdem *möchte* ich mich nicht mit Ihnen unterhalten.«

»Jetzt tun Sie das nicht so ab, als wollte ich Ihnen etwas verkaufen. Sie haben mich schließlich beschuldigt, einen Menschen misshandelt und entführt zu haben.«

»Ich habe die blauen Flecke auf Yvonnes Körper gesehen«, brauste Gehlen plötzlich auf, einen Anflug von Hysterie in der Stimme. »Ich habe gesehen, was man ihr angetan hat, und sie hat gesagt, dass *Sie* das waren. Und dass sie Angst vor Ihnen hat. Ich habe ihr geraten, zur Polizei zu gehen, aber Yvonne wollte das nicht. Weil Sie verheiratet sind und sie sich geschämt hat und …«

»Verdammt nochmal«, fuhr Patrick dazwischen, »ich kenne diese Yvonne nicht, und ich habe ihr auch keine …«

Er stockte, sagte: »Hallo? Sind Sie noch da?«, ließ dann den Hörer sinken und sah zu Julia hinüber. »Sie hat aufgelegt.«

»Du bist recht laut geworden.«

»Ja, weil diese Frau mich …« Er verstummte und schüttelte verzweifelt den Kopf.

»Was hat sie gesagt?«

Patrick erzählte es ihr. Als er fertig war, sagte Julia: »Das ist alles sehr merkwürdig. Und du bist dir ganz sicher, dass du keine der beiden Frauen irgendwoher kennst? Vielleicht von früher?«

Patrick ließ sich in den Sessel sinken, neben dem er stand, und schlug sekundenlang beide Hände vors Gesicht, bevor er wieder zu Julia aufsah und den Kopf schüttelte. »Nein, ich schwöre, ich habe diese Namen noch nie gehört.«

»Das ist wirklich verrückt. Aber wenn dieser Chinese der Polizei bestätigt, dass ihr am Montagabend bis nach elf zusammen in dem Restaurant wart, dann wissen sie, dass entweder diese Jana Gehlen oder ihre Freundin nicht die Wahrheit gesagt hat.«

»Ja. Zum Glück war ich an dem Abend mit Hangyu zusammen. Stell dir vor, ich wäre allein zu Hause gewesen. Dann hätte ich kein Alibi, und die Polizei hätte mich wahrscheinlich sofort in Untersuchungshaft gesteckt. Und alles nur wegen einer falschen Anschuldigung.«

»Aber Gott sei Dank *hast* du ja ein Alibi«, sagte Julia.

»Ja. Aber trotzdem … Es muss doch einen Grund für das alles geben.«

»Wer weiß. Wichtig ist jetzt nur, dass sich herausstellt, dass du nichts mit der Sache zu tun hast.«

Patrick sah durch die große Glasscheibe zur Terrasse, die zurzeit eine einzige Baustelle war. Die alten Bodenplatten waren von den Handwerkern herausgerissen und aufgestapelt liegen gelassen worden, wo sie seit zwei Wochen darauf warteten, endlich abgeholt und entsorgt zu werden. Unwichtig.

Sein Blick blieb an dem Sauerkirschbaum hängen, der in der Mitte ihres Gartens stand und die etwa tennisplatzgroße Rasenfläche dominierte.

»Ich habe so etwas niemals für möglich gehalten. Man hört oder liest ja immer mal wieder davon, dass jemand zu Unrecht eines schlimmen Verbrechens beschuldigt oder sogar verurteilt wird. Man registriert es, hat es im nächsten Moment schon wieder vergessen und führt sein normales, sorgloses Leben weiter, weil so etwas nur anderen Leuten passiert. Es ist ziemlich unheimlich, wie schnell sich das ändern kann und wie leicht es ist, jemanden als potenziellen Verbrecher dastehen zu lassen. Und das Verrückteste an der Sache ist, dass man den Polizisten noch nicht mal einen Vorwurf machen kann, da sie solchen Hinweisen ja nachgehen *müssen*.«

»Aber Polizisten wissen das auch.«

»Was?«

»Na das, was du gerade gesagt hast. Wie einfach es ist, jemand völlig Unbescholtenen zu belasten. Sie werden dementsprechend in alle Richtungen ermitteln und nicht automatisch davon ausgehen, dass du etwas mit dem Verschwinden der Frau zu tun hast.«

»Hoffen wir, dass es so ist.« Patrick riss den Blick von dem Baum los und sah seine Frau an.

»Es macht mir trotzdem Angst.«

3

Gegen Mittag saß Patrick am Schreibtisch seines kleinen Büros in der ersten Etage, das als Kinderzimmer gedacht gewesen war, bevor sich herausgestellt hatte, dass es mit gemeinsamen Kindern nichts werden würde.

Die Spekulationen mit Julia darüber, warum diese Jana Gehlen ihn beschuldigte, hatten sich irgendwann im Kreis gedreht, also war er in sein Arbeitszimmer gegangen und hatte begonnen, im Internet Berichte über Fälle zu lesen, in denen Unschuldige verdächtigt oder sogar verurteilt worden waren. Was er dort erfuhr, war nicht unbedingt geeignet, ihn zu beruhigen.

Gerade las er darüber, dass im Jahr 2011 allein in Bayern einhundertelf Personen unschuldig in Haft genommen und für 10 364 Hafttage entschädigt werden mussten, als Peter anrief.

Peter war zwei Jahre jünger als Patrick und als Disponent im gleichen Unternehmen wie er für die Koordination und Organisation der Abläufe zuständig. Er war bereits in dem Unternehmen tätig gewesen, als Patrick dort angefangen hatte.

Schnell war aus Kollegialität Freundschaft geworden, und mittlerweile ging Peter bei ihnen ein und aus und gehörte fast schon zur Familie. Dass er nicht verheiratet war und keine gute Meinung von Beziehungen hatte, änderte nichts daran.

Peter war schlank und – soweit Patrick das als Mann beurteilen konnte – recht gutaussehend. Es war des Öfteren vorgekommen, dass Patrick beobachten konnte, wie Frauen seinem Freund interessierte Blicke zuwarfen. Aber noch kein einziges Mal hatte Peter eine Freundin zu ihnen mitgebracht oder sie ihnen vorgestellt. Das würde er erst dann tun, wenn er sicher war, die Richtige gefunden zu haben, betonte er jedes Mal lachend, wenn Julia oder Patrick ihn darauf ansprachen.

»Sag mal, was ist denn bei euch los?«, begann Peter sofort, nachdem Patrick das Gespräch angenommen hatte.

»Was meinst du?«, fragte Patrick und kam sich dabei scheinheilig vor.

»Hier waren gerade ein Mann und eine Frau von der Kripo in der Firma. Erst waren sie beim Alten, dann kamen sie zu mir. Sie haben eigenartige Fragen über dich gestellt.«

»Was?«, stieß Patrick fassungslos aus. »Die waren in der Firma? Auch beim Chef? Was waren das für Fragen?«

»Ziemlich seltsame. Seit wann wir uns kennen, wie ich eure Ehe einschätze … Ich habe gefragt, warum sie das wissen wollen, aber sie haben mir nichts gesagt. Was ist denn los? Hast du was ausgefressen?«

Patrick war so sehr damit beschäftigt, die Gedanken zu sortieren, die in seinem Kopf durcheinanderwirbelten, dass Peter irgendwann fragte: »Patrick? Bist du noch dran?«

»Ja, ich … Ach, hier passiert gerade ein großer Mist.«

»Was meinst du?«

»Irgendeine Frau, die ich nicht kenne, behauptet, ich hätte ihre Freundin entführt. Sie sagt, ich hätte ein Verhältnis mit ihr gehabt und sie misshandelt.«

»Was? Das ist nicht dein Ernst.«

»Doch, leider ist es sehr ernst.«

»Aber wie kommt sie dazu?«

Patrick atmete tief durch, dann erzählte er Peter alles, von dem Moment an, als er mit Julia beim Frühstück gesessen hatte. Peter unterbrach ihn kein einziges Mal, und auch als Patrick geendet hatte, schwieg er noch eine Weile, bis er schließlich sagte: »Fuck! Was ist das denn für eine Scheiße?«

»Ja, das frage ich mich auch. Und dass die jetzt sogar in der Firma aufgetaucht sind, macht es noch um einiges schlimmer. Hat der Alte irgendwas zu dir gesagt?«

»Er war gerade bei mir und hat mich gefragt, ob ich weiß, warum die beiden hier waren. Das heißt, sie haben ihm auch keine Auskunft gegeben.«

»Na, Gott sei Dank. Wer weiß, wie der Chef reagieren würde, wenn er wüsste, was diese Frau behauptet.«

»Mann, Mann, Mann, das ist ja echt unglaublich. Kann ich irgendwas tun?«

»Nein. Das heißt … doch. Wenn du in der Firma irgendwas wegen der Sache mitbekommst, von Kollegen oder dem Chef, ruf mich an, okay?«

»Klar. Ich melde mich auf jeden Fall.«

»Gut. Bis dann.« Plötzlich hatte es Patrick eilig, das Gespräch zu beenden. Der Ärger über die Tatsache, dass Lomberg und seine Kollegin seinem Freund und auch seinem Chef in der Firma Fragen über ihn stellten, schnellte regelrecht in ihm hoch. Er musste Lomberg anrufen. Er griff in seine Hosentasche und zog die Visitenkarte des Polizisten heraus.

»Hier ist Patrick Dostert«, meldete er sich kurz darauf, nachdem Lomberg das Gespräch angenommen hatte. »Sie waren in der Firma und haben mit meinem Chef und meinem Kollegen über mich gesprochen. Nur, weil diese … Frau … irgendwelche aus der Luft gegriffenen Anschuldigungen gegen mich vorbringt. Das geht eindeutig zu weit. Ist Ihnen eigentlich klar, wie es bei meinem Chef ankommt, wenn zwei Kriminalbeamte ihn über mich ausfragen? Ich werde jetzt einen Anwalt anrufen und …«

»Nun machen Sie mal langsam, Herr Dostert. Wir wären sowieso gleich bei Ihnen vorbeigekommen. Es hat sich da etwas ergeben, worüber ich mit Ihnen sprechen muss.«

»Ach ja, und was?«, entgegnete Patrick gereizt.

»Wir haben im *IntercityHotel* nach diesem Herrn Hangyu gefragt. Es war doch das *Intercity*, in dem er abgestiegen war?«

»Ja, das hat er zumindest gesagt.«

»Dort hat es in den letzten Wochen keinen Gast mit diesem Namen gegeben.«

»Aber …« Patricks Gedanken rasten. »Moment, vielleicht hat jemand anderes das Zimmer für ihn gebucht? Jemand aus der Firma, bei der er arbeitet.«

»Sie meinen, die *Ning-Wuai Trading Company*, die auf der Visitenkarte steht?«

»Ja.«

»Das haben wir uns auch überlegt, aber da gibt es ein kleines Problem: Die Firma ist nirgendwo bekannt. Ich hatte ja schon erwähnt, dass wir einen Kollegen haben, dessen Eltern aus Ningbo stammen. Er hat sich ans Telefon geklemmt und versucht, unter der Nummer, die auf der Visitenkarte angegeben ist, jemanden zu erreichen, aber die Nummer scheint nicht vergeben zu sein. Und auch unter der E-Mail-Adresse Fehlanzeige. Schließlich hat er versucht, bei den Behörden in Ningbo etwas über die *Ning-Wuai Trading Company* herauszufinden. Ohne Erfolg. Niemand kennt diese Firma. Es scheint, dass sie gar nicht existiert.«

»Aber …«

»Herr Dostert, auf welchem Weg hatten Sie Kontakt mit diesem Herrn Hangyu aufgenommen? Ihr Chef sagt, er weiß von Ihnen nur, dass Sie mit jemandem zum Essen waren, der Interesse an einer Zusammenarbeit geäußert hätte. Alles ganz unverbindlich. Er sagte auch, dass Ihr Bericht darüber, was bei diesem Treffen herausgekommen ist, noch aussteht.«

»Und warum fragen Sie *mich* das nicht, sondern erkundigen sich bei meinem Arbeitgeber über mich, als wäre ich ein Schwerverbrecher?«

»Das habe ich Ihnen gerade erklärt. Weil nichts von dem, was Sie uns erzählt haben, nachprüfbar ist.«

»Also gut. Hangyu hat mich letzte Woche in der Firma angerufen. Er sagte, er sei Prokurist dieses Unternehmens und dass sie in Erfurt einen Logistikpartner für ihre Handelsaktivitäten in Ostdeutschland suchen würden. Es war nur ein erstes Kennenlernen. Ich habe meinem Chef davon erzählt, und er meinte, wenn sich bei dem Gespräch herausstellt, dass es für uns interessant sein könnte, würde er sich einklinken. So was ist völlig normal. Dafür bin ich als kaufmännischer Leiter zuständig.«

»Und wie ist Herr Hangyu ausgerechnet auf Sie gestoßen?«

»Das habe ich ihn auch gefragt. Er sagte, er trifft sich mit Vertretern mehrerer in Frage kommender Firmen zum Essen, um anschließend eine Entscheidungsvorlage für seine Vorgesetzten in Ningbo zu erstellen, mit welchen Unternehmen sie in Vertragsverhandlungen gehen.«

»Hm ... Und es gab nur dieses eine Telefonat?«

»Ja. Wir haben gleich am Telefon den Termin für das Abendessen ausgemacht.«

»Wer hat den Termin am Montagabend vorgeschlagen?«

»Er. Es hat gut gepasst, weil in unserem Terminkalender stand, dass Julia an dem Abend mit ihrer Freundin unterwegs sein würde.«

»Tja, wie es aussieht, wird es keine Vertragsverhandlungen mit der *Ning-Wuai Trading Company* geben, weil die besagte Firma offensichtlich nicht existiert.«

»Das kann doch alles nicht wahr sein.«

»Da gebe ich Ihnen recht. Wie es aussieht, ist tatsächlich einiges nicht wahr. Sagen Sie, wer hat das Essen bezahlt? Sie?«

»Nein, er.«

»Das heißt, Sie haben keinen Beleg.«

»Richtig, weil ich nicht bezahlt habe. Ich verstehe einfach nicht, was das alles soll und was da gerade vor sich geht.«

»Wir auch noch nicht, aber wir werden es herausfinden.«

»Das hoffe ich, denn dann werden Sie ...«

»Herr Dostert, jetzt mal ehrlich ... finden Sie das nicht auch seltsam? Ausgerechnet an dem Abend, an dem eine Frau verschwindet, die laut ihrer besten Freundin vor Ihnen Angst hatte – ausgerechnet an diesem Abend nennen Sie als Alibi ein gemeinsames Abendessen mit einem Mann, dessen Namen niemand in dem Hotel kennt, in dem er angeblich gewohnt hat, und der zudem angeblich für eine Firma arbeitet, die es gar nicht gibt. Ein Geist sozusagen.«

»Natürlich finde ich das seltsam. Ich verstehe nicht, warum, aber da möchte mir offensichtlich jemand etwas in die Schuhe schieben.«

»Ja«, murmelte Lomberg, »das wäre *eine* Möglichkeit.«

Obwohl Patrick ahnte, was Lomberg mit der Betonung der *einen* Möglichkeit meinte, fragte er: »Und welche *andere* Möglichkeit sehen Sie?«

Doch Lomberg wich aus. »Es gibt immer mehrere Möglichkeiten. Meist kristallisiert sich die eine oder andere anhand von Fakten und Indizien schnell als die wahrscheinlichste heraus. Ich bin überzeugt, dass das auch hier der Fall sein wird.«

»Warum benennen Sie nicht die andere Möglichkeit: Dass ich etwas mit dem Verschwinden der Frau zu tun habe?«

»Das ist natürlich ebenfalls eine der in Frage kommenden Möglichkeiten«, antwortete Lomberg ruhig. »Nicht *die* andere, aber eine davon.«

»Nein, das ist es eben nicht«, brauste Patrick auf. »Ich habe weder jemanden misshandelt noch entführt, und ich kenne diese beiden Frauen nicht.«

»Das Problem ist, dass Sie nach jetzigem Stand kein Alibi haben.«

»Natürlich habe ich ein Alibi. Ich war in diesem Restaurant. Und das werde ich beweisen. Haben Sie dort schon nachgefragt? An mich wird man sich vielleicht nicht unbedingt erinnern, aber womöglich an Herrn Hangyu.«

»Aber der ist leider nicht auffindbar, und ein Foto von ihm haben wir auch nicht.«

»Dann gehe ich mit Ihnen dorthin«, schlug Patrick vor. »Wenn die mich sehen und ich ihnen sage, dass ich an dem Abend mit einem Chinesen da war …«

»Gut. Kommen Sie dorthin.«

»Wann?«

»Jetzt gleich. Es ist Mittagszeit, das Restaurant hat noch bis vierzehn Uhr dreißig geöffnet. Wann können Sie dort sein?«

»Ich brauche zwanzig Minuten«, sagte Patrick aufgeregt, stutzte dann aber. »Woher kennen Sie die Öffnungszeiten?«

»Wir wären so oder so dorthin gefahren. Und wir hätten Sie gebeten, mitzukommen.«

Patrick war weniger überrascht, als er es noch einige Stunden zuvor für möglich gehalten hätte.

»Hoffentlich wird sich dann endlich zeigen, dass das alles ein riesiger Irrtum oder ein bösartiges Spiel von irgendjemandem ist.«

Nachdem er aufgelegt hatte, ging Patrick nach unten und durchs Wohnzimmer nach draußen auf die Terrasse, wo Julia mit einer Tasse Kaffee saß und gedankenverloren zu Boden blickte. Als sie ihn wahrnahm, fuhr sie erschrocken zusammen und sah ihn an. »Und?«

Patrick bemerkte, dass ihre Augen feucht glänzten.

»Peter hat angerufen. Lomberg und seine Kollegin waren in der Firma und haben dem Chef und Peter Fragen über mich gestellt.«

»O mein Gott.« Julia sah ihn entsetzt an. »Dürfen die das einfach so? Ich meine, was wirft das denn für ein Licht auf dich?«

»Das dachte ich mir auch. Ich habe Lomberg gleich angerufen und ihn gefragt, was ihm einfällt. Er sagte, im *IntercityHotel* gab es keine Buchung auf den Namen des Chinesen. Und die Firma, für die er angeblich gearbeitet hat, scheint auch nicht zu existieren.«

»Aber wie kann das denn sein?«

»Wenn das wirklich stimmt … Ich weiß es nicht, aber das sieht dann verdammt danach aus, als ob die Absicht dahintersteckt, mich in irgendetwas reinzuziehen.«

»Mein Gott, wer ist denn zu so etwas fähig?« Eine Träne löste sich aus Julias Augenwinkel. »Ich bin völlig durch den Wind.«

»Ich weiß es nicht. Ich weiß nur, dass diese Sache mittlerweile Dimensionen annimmt, die schnell aus dem Ruder laufen können. Ich möchte gar nicht wissen, was mein Chef gerade über mich denkt. Bei so einer Sache bleibt immer etwas hängen, auch wenn sich hoffentlich schnell herausstellt, dass ich nichts mit alldem zu tun habe.«

»Ja, ich weiß.«

»Ich fahre jetzt zu dem Restaurant und treffe mich mit Lomberg. Vielleicht erinnert sich dort ja jemand an mich.«

»Soll ich mitkommen?«

»Nein, ich fahre lieber allein.«

Julia stand auf und nahm Patricks Hände in ihre. »Das wird sich alles aufklären, ganz bestimmt.«

Patrick nickte und sah ihr an, wie sehr sie sich bemühte, zuversichtlich zu wirken. »Ja, das hoffe ich.«

Ich muss meine Geschichte kurz unterbrechen, um aufzustehen und eine Weile in meiner Zelle auf und ab zu gehen.

Es ist nicht das erste Mal, dass ich mich zwingen muss, eine Pause einzulegen, weil ich merke, dass die Erinnerung an jede Einzelheit der Ereignisse mich so sehr aufwühlt, dass ich vor Verzweiflung weinen und gleichzeitig vor Wut über die Ungerechtigkeiten, die mir widerfahren sind, schreien möchte.

Es geht um Urvertrauen. Bei uns Menschen entsteht es bereits in den ersten Lebensmonaten. Ein Kind lernt, dass es anderen Menschen – besonders seiner Mutter – vertrauen kann, dass es geborgen ist. Auf Basis dieses Urvertrauens entwickelt ein Kind seine Persönlichkeit.

Später dann entwickeln sich Unterformen dieses Urvertrauens, etwa das Vertrauen in die Gesellschaft, in Recht und Gesetz (zumindest in Staaten, in denen beides als Norm vorhanden ist).

Dieses Vertrauen, dass einem von staatlicher Seite nichts passieren kann, solange man sich an die Gesetze hält, bekam ab dem Zeitpunkt, als ich auf dem Parkplatz von Kais Steakhouse aus meinem Auto stieg, in mir erste Risse. Noch waren sie nur fein, doch hier und da lösten sich bereits größere Stücke in Nichts auf.

Dabei bin ich erst am Anfang meiner Geschichte. Aber das konnte ich zu diesem Zeitpunkt nicht wissen. Wie denn auch? Kein normaler Mensch hätte sich an diesem Punkt der Gescheh-

nisse ausdenken können, was noch alles passieren würde. Und wie schnell alles geschehen würde. Aber es ist gut, dass ich nicht geahnt habe, dass der eigentliche Albtraum noch vor mir lag, als ich auf dem Weg zu Kais Steakhouse war. Damals habe ich mir noch große Sorgen darüber gemacht, was mein Chef wohl über mich denken würde. Bald schon würden meine Ängste weitaus existenziellerer Natur sein.

Sehr bald.

4

Patrick stellte seinen Wagen direkt vor *Kais Steakhouse* ab, was nicht weiter schwierig war, da das Restaurant über einen großen eigenen Parkplatz verfügte.

Als er das Lokal betrat, entdeckte er Lomberg und seine Kollegin an einem Tisch gleich am Fenster. Sie unterhielten sich mit einem Mann in weißem Hemd und der typischen grauen Schürze, die alle Mitarbeiter des Restaurants trugen.

Lomberg bemerkte ihn und winkte ihm zu, als Patrick sich gerade in Bewegung gesetzt hatte.

»Das ist Herr Dostert, nach dem ich gefragt habe«, erklärte er dem Restaurantmitarbeiter, als Patrick sie erreicht hatte. Der nickte Patrick zu und musterte ihn eindringlich. Das mattierte silberne Namensschild, das einige der Mitarbeiter trugen, wies ihn als *Jörg* aus. Patrick glaubte, ihn an dem Abend gesehen zu haben. Aber er hatte ihn und Hangyu nicht bedient.

Jörg schüttelte den Kopf. »Nein, tut mir leid, aber ich kann mich nicht erinnern.«

»Wo haben Sie gesessen?«, wandte Lomberg sich an Patrick, woraufhin der auf einen Tisch in der Nähe deutete. »Da vorn.«

Wieder an Jörg gewandt, sagte er: »Ich war mit einem

Chinesen da. Etwa Anfang fünfzig. Denken Sie bitte noch mal nach.«

Jörg zuckte mit den Schultern und schüttelte erneut den Kopf. »Tut mir leid. Wissen Sie noch, wer Sie bedient hat?«

»Eine blonde, junge Frau. Sehr nett. Den Namen weiß ich nicht.« Er deutete auf das Schild an Jörgs Brust. »Sie hatte so was nicht.«

»Hm«, murmelte Jörg und sah sich um. »Hier arbeiten mehrere blonde, junge Frauen als Aushilfen. Namensschilder haben nur die wenigen festangestellten Kolleginnen und Kollegen.«

»Schauen Sie sich um«, forderte Lomberg Patrick auf. »Vielleicht entdecken Sie sie ja irgendwo.«

Patrick sah sich nach allen Seiten um, dann ging er zwischen den Tischen hindurch, um in die Bereiche des Restaurants zu gelangen, die er von seinem Standort nicht einsehen konnte. Die Gäste beäugten ihn teils neugierig, teils desinteressiert, hier und da nickte jemand ihm zu. Es liefen mehrere Kellnerinnen herum, und die meisten von ihnen waren tatsächlich blond, aber diejenige, die er suchte, konnte er nicht entdecken. Als er nach wenigen Minuten wieder zu den beiden Beamten und Jörg zurückkam, schüttelte er entmutigt den Kopf. »Ich habe sie nicht gesehen.«

»Das ist gar nicht so verwunderlich. Wie gesagt, wir arbeiten hier mit vielen Aushilfen. Die dürfen nur eine bestimmte Anzahl an Stunden in der Woche machen, deshalb wechseln sie fast täglich.«

»Können Sie mir eine Liste von allen weiblichen Aushilfen anfertigen? Mit vollständigem Namen, Adresse und Telefonnummer.«

Jörg wiegte den Kopf hin und her. »Ich weiß nicht, ob ich das darf. Ich bin nur der Service-Leiter. Das muss ich mit dem Chef besprechen.«

Lomberg nickte. »Okay, dann holen Sie den Chef doch einfach her.«

Jörg fand die Idee offenbar lustig, denn er grinste über das ganze Gesicht. »*Kais Steakhouse* ist eine Kette mit über zwanzig Filialen in ganz Deutschland. Der Chef ist nicht hier. Den kann man nicht einfach so *herholen*.«

Lomberg erhob sich und seufzte. »Dann kontaktieren Sie ihn bitte und besorgen mir die Liste.«

»Ich werde es versuchen.«

»Wunderbar.«

Lomberg wandte sich ab und verließ, gefolgt von seiner Kollegin und Patrick, das Lokal.

Draußen angekommen, schüttelte er theatralisch langsam den Kopf. »Ist das alles nicht seltsam?« Dann sah er seine Kollegin an. »Was denkst du, Inka? Schon merkwürdig, dass wir auch im Restaurant keinen Anhaltspunkt finden, der das Alibi von Herrn Dostert bestätigt, oder?«

Der zynische Unterton in seiner Stimme war nicht zu überhören.

»Sehen Sie das eigentlich nicht?«, sagte Patrick schnell, bevor Lombergs Kollegin etwas erwidern konnte. »Da ist ein chinesischer Geschäftsmann, der offenbar nicht derjenige ist, der er vorgibt zu sein, und der sich mit mir ausgerechnet zu dem Zeitpunkt treffen möchte, an dem in Weimar eine Frau verschwindet, deren Freundin mich anschließend beschuldigt, ihr etwas angetan zu haben. Der zudem vorschlägt, dass wir uns in einem Restaurant treffen, das groß genug ist, um die Wahrscheinlichkeit, dass man sich dort an einzelne Gäste erinnert, die keine Stammgäste sind, auf ein Minimum zu reduzieren. Und der dann praktischerweise spurlos verschwindet. Das liegt doch auf der Hand, dass das manipuliert ist.«

»Warum sollte jemand einen solchen Aufwand betreiben, um Ihnen etwas anzuhängen?«, hakte Lombergs Kollegin nach.

Hensch heißt sie, schoss es Patrick plötzlich durch den Kopf, und im selben Moment wunderte er sich darüber, dass ihm das ausgerechnet in dieser Situation wieder einfiel.

»Das herauszufinden ist eigentlich Ihre Aufgabe, oder?«, erwiderte er dann. »Warum sollte ich so dämlich sein, mir ein komplett dilettantisches Alibi zuzulegen, wenn ich wirklich etwas mit der Sache zu tun hätte?«

»Vielleicht, weil Sie davon überrascht wurden, dass Frau Gehlen Sie belastet hat?«, schaltete sich Lomberg ein.

»Ja, das stimmt«, entgegnete Patrick. »Das hat mich wirklich überrascht. Wenn ich geahnt hätte, dass man mich plötzlich eines Verbrechens beschuldigt, hätte ich dafür gesorgt, dass man sich in dem Restaurant an mich erinnert.«

»Wie auch immer, Herr Dostert, wir werden weiter in alle Richtungen ermitteln.«

Patrick schloss für einen Moment die Augen. »Werde ich jetzt verdächtigt?«

Er bemühte sich, Lombergs bohrendem Blick standzuhalten, bis der sich endlich umwandte und in der Bewegung sagte: »Halten Sie sich bitte weiterhin zu unserer Verfügung.«

Damit ließ Lomberg ihn stehen. Inka Hensch warf Patrick noch einen kurzen Blick zu, dann folgte sie Lomberg.

Bevor Patrick wieder ins Auto stieg, rief er Julia an und erzählte ihr von der Pleite in *Kais Steakhouse*.

Sie beschwor ihn, nicht den Mut zu verlieren, und versicherte, dass sie fest daran glaubte, dass sich alles bald aufklären würde, doch Patrick kannte sie gut genug, um das leichte Zittern ihrer Stimme zu hören. Sie war ebenso geschockt von den Ereignissen wie er selbst und klammerte sich wahrscheinlich verzweifelt an ihre eigenen Worte.

Auf dem Weg nach Hause drehten sich Patricks Gedanken immer wieder um die Frau, die mit ihrer Aussage alles ins Rollen und damit sein Leben in eine gehörige Schieflage gebracht hatte: Jana Gehlen.

Was trieb sie an? Warum tat sie, was sie tat?

Es gab letztendlich nur zwei Möglichkeiten: Entweder hatte sie aus irgendwelchen unerfindlichen Gründen ein Interesse daran, ihm zu schaden, oder aber sie war selbst Opfer einer großen Lüge geworden, als ihre angebliche Freundin ihr diese Geschichten über ihn erzählt hatte.

Er ließ das Telefonat mit ihr noch mal Revue passieren und stellte fest, dass er anhand ihrer Reaktionen fast geneigt war, Letzteres zu glauben. Was dann jedoch die Frage nach sich zog, warum Yvonne Voigt ihrer Freundin einen solchen Blödsinn auftischte.

So oder so stand fest: Eine der beiden Frauen hatte gelogen, und es gab nur eine Chance herauszufinden, welche von ihnen das war. Er musste mit Jana Gehlen reden, und zwar dieses Mal nicht am Telefon, sondern von Angesicht zu Angesicht.

Patrick erinnerte sich daran, dass ihre Adresse im Online-Telefonbuch neben der Nummer gestanden hatte, so, wie man es von den alten Papiertelefonbüchern kannte. Ungewöhnlich in Zeiten der ausgeprägten Sensibilisierung für den Datenschutz, was Patrick jedoch in seiner Situation zugutekam.

Er fuhr rechts ran, nahm sein Smartphone zur Hand, öffnete erneut die Telefonbuch-App und gab ihre Adresse in das Navigationsgerät ein. Er wollte schon wieder losfahren, als ihm bewusst wurde, dass es erst kurz nach eins war und sie wahrscheinlich arbeitete.

Er griff erneut nach dem Smartphone, öffnete den Browser und gab als Suchbegriffe *Jana Gehlen Weimar* ein.

Die Ergebnisse, die ihm angezeigt wurden, halfen ihm jedoch nicht weiter, denn es ging in einigen von ihnen zwar jeweils um eine Jana Gehlen, doch kamen diese Frauen nicht aus Weimar oder der näheren Umgebung. Es gab auch einige Facebook-Treffer unter dem Namen, doch er hatte nicht die Zeit, sich jeden einzelnen anzuschauen. Er musste zurück zu Julia, die sicher schon das reinste Nervenbündel war. Also warf er das Handy auf den Beifahrersitz und machte sich auf den Weg.

Er war noch etwa fünf Minuten von zu Hause entfernt, als sein Telefon klingelte und Peter ihn anrief. Wieder fuhr er rechts ran.

»Hast du es schon mitbekommen?«, sprudelte es sofort aus Peter heraus, noch bevor Patrick sich melden konnte.

»Mitbekommen? Was meinst du?«

»Na, was diese sensationsgeilen Idioten vom *NF&B-Network* auf ihrer Seite gepostet haben.«

»Nein.« Patrick spürte, wie sich etwas in seinem Bauch zusammenkrampfte. *NF&B* stand für *News, Facts & Backgrounds* und war der Name eines Online-Boulevardblattes, das nicht gerade für seine Seriosität bekannt war, aber eine große Leserschaft hatte. Ihn selbst zugegebenermaßen zeitweise auch, denn aus unerfindlichen Gründen berichteten sie dort oft von Angelegenheiten, die in den restlichen Medien erst zeitversetzt und nur häppchenweise publiziert wurden.

»Die behaupten, man hätte ihnen Material zu einem Fall von Stalking zugespielt. Videomaterial. Aufnahmen von einem Handy, die angeblich den Stalker zeigen, wie er eine Frau belästigt.«

»Stalking? Warum sollte mich das interessieren?«

»Das Video selbst ist noch nicht online, die haben das bisher nur mit ein paar Sätzen angeteasert und den eigentlichen Artikel für heute achtzehn Uhr angekündigt. Wahrscheinlich, um die Klickraten in die Höhe zu treiben. Aber da ist noch etwas, das sie schon gepostet haben. Ein Handyfoto. Von demjenigen, der die Frau angeblich belästigt hat.«

Peter machte eine Pause. In Patrick stieg eine ungute Ahnung auf. Er kniff die Augen zusammen und redete sich ein, dass seine Befürchtungen Blödsinn waren und nicht sein konnten. Ein paar Sekunden verstrichen, in denen sein hämmernder Puls spürbar in der Schlagader an seinem Hals pochte, bis Peter mit heiserer Stimme sagte: »Der Mann, der auf diesem Foto zu sehen ist … Patrick, das bist du.«

»Nein!«, stieß Patrick aus. »Das kann nicht sein. Das ist völlig unmöglich. Und überhaupt, Stalking! Was denn noch alles? Es kann kein Foto von etwas geben, das nicht passiert ist.«

»Vielleicht gibt es ja jemanden, der dir verdammt ähnlich sieht«, sagte Peter, klang aber wenig überzeugt. »Ich dachte nur, ich sage es dir, bevor jemand anderes dich damit überrascht. Dieser Polizist und seine Kollegin, zum Beispiel.«

»Danke«, sagte Patrick und versuchte, seine Gedanken zu sortieren und zu begreifen, was gerade passierte.

»In viereinhalb Stunden wissen wir vielleicht mehr«, erklärte Peter, als wäre das ein Trost.

»Ich verstehe überhaupt nichts mehr.« Patrick hatte das Gefühl, dass seine Stimme wie die eines kleinen Jungen klang. Und auf eine gewisse Art fühlte er sich auch so.

»Es wird sich aufklären, ganz sicher. Du hast es eben selbst gesagt. Es kann kein Foto von etwas geben, das nicht geschehen ist.«

»Ja, hoffentlich. Wie hast du das eigentlich entdeckt?«

»Was?«

»Na, diesen Bericht oder die Ankündigung dazu bei *NF&B*.«

»Das war reiner Zufall. Hier und da schaue ich mal da rein, um zu sehen, ob es was Neues gibt. Dabei ist mir das Foto aufgefallen.«

»Okay«, sagte Patrick, »danke dir. Ich melde mich.« Dann legte er auf.

Mit zitternden Fingern tippte er auf dem Smartphone die Webadresse der Online-Plattform von *NF&B-Network* in den Browser und wartete beklommen, bis sich die Seite aufgebaut hatte.

Er musste nicht weit nach unten scrollen, schon in der dritten Zeile fand er die Ankündigung. Und das Foto, von dem Peter gesprochen hatte. Sein Puls raste.

Es gab keinen Zweifel. Der Mann darauf war er!

5

Patrick blickte auf dem Foto ernst in Richtung Kamera. Wobei, ernst traf es nicht ganz. Sein Gesichtsausdruck wirkte eher gestresst, fast wütend.

Als er den Blick endlich von den zwar unscharfen, aber dennoch gut erkennbaren Konturen des Gesichts auf dem Foto – *seines* Gesichts auf dem Foto – lösen konnte und den Hintergrund betrachtete, wurde ihm noch etwas anderes bewusst: Wann und wo dieses Foto aufgenommen worden sein musste. Das senfgelbe Gebäude im Hintergrund mit den barocken Verzierungen in der Fassadenmitte … das war unverkennbar das Angermuseum. Er war dort gewesen, am vergangenen Samstag.

Das Foto musste gemacht worden sein, als er auf dem Weg zur Buchhandlung war, die wenige Meter hinter dem Museum lag. Und nun fiel ihm auch die Situation wieder ein, in der der wütende Ausdruck auf seinem Gesicht zustande gekommen war. Die Aufnahme war unmittelbar nach einem Telefonat entstanden, das er mit dem Chef der Firma geführt hatte, die die Terrassenplatten erneuern sollte. Seit Wochen versprach der Mann ihm, es würde in ein, zwei Tagen weitergehen, um dann immer neue Ausreden zu präsentieren, warum seine Mitarbeiter wieder nicht erschienen waren.

Patrick hatte das Telefonat gerade verärgert beendet, als diese seltsame Frau aufgetaucht war. Er erinnerte sich daran, wie unecht ihre tiefschwarzen Haare ausgesehen hatten, und dass die Sonnenbrille, die sie trug, geradezu grotesk groß gewesen war.

Sie war mit wutverzerrtem Gesicht, das Handy in der erhobenen Hand, auf ihn zugekommen und hatte etwas gesagt wie: »Jetzt hab ich dich, du verdammter Stalker! Du Mistkerl!«

Erst war er völlig überrascht gewesen, hatte sie gefragt, was das sollte, und sie aufgefordert, mit dem Filmen aufzuhören. Als sie aber weitermachte und davon redete, das Video ins Internet zu stellen und ihn als Stalker zu outen, war er wütend geworden und hatte versucht, ihre Hand mit dem Handy zur Seite zu schieben. Dann hatte sie sich plötzlich umgedreht und war schnell weggegangen.

Patrick wusste noch, dass er eine Weile dagestanden und ihr fassungslos nachgeschaut hatte, bis sie um die nächste Ecke verschwunden war. Überzeugt davon, es mit einer Verrückten zu tun gehabt zu haben, war er weitergegangen. Eine zwar seltsame, aber unwichtige Begegnung, die er schon am nächsten Tag wieder vergessen hatte. Und nun das …

Wenn Lomberg davon erfuhr – und das würde er ohne Zweifel innerhalb kurzer Zeit –, dann dürfte er endgültig davon überzeugt sein, dass Patrick etwas mit dem Verschwinden der Frau aus Weimar zu tun hatte.

»So ein Mist!«, stieß Patrick aus und wechselte vom Browser seines Smartphones zur Anrufliste. Er musste Lomberg anrufen und ihm von der Sache erzählen, bevor der ihn damit konfrontieren konnte. Er kam nicht mehr dazu, denn in diesem Moment klingelte sein Telefon.

»Lomberg«, meldete sich der Beamte knapp. Es klang wie ein Befehl. »Herr Dostert …«

»Ich habe gerade davon erfahren«, unterbrach Patrick ihn. Er redete schnell, als müsste er sich beeilen, das loszuwerden, was er sagen wollte. »Ich weiß, warum Sie anrufen. Ja, der Mann auf dem Foto bin wirklich ich. Aber ich habe niemanden gestalkt. Das ist vollkommener Schwachsinn. Ich war auf dem Weg in eine Buchhandlung. Diese Frau ist …«

»Jetzt mal langsam«, fiel Lomberg ihm ins Wort. »Wovon reden sie überhaupt?«

»Na, von diesem Foto, das die bei *NF&B* veröffentlicht haben.«

»Ein Foto. Und was ist auf diesem Foto zu sehen?«

Lomberg wusste also noch nichts davon. Patrick erzählte ihm von der Ankündigung und dem Foto und darüber, wie es zustande gekommen war.

»Und dort ist nicht angegeben, wer dieses Foto gemacht hat?«, wollte Lomberg wissen.

»Nein, ich glaube nicht. Aber Sie haben doch sicher die Möglichkeit, das in Erfahrung zu bringen.«

»So einfach ist das zwar nicht, aber ich werde mich darum kümmern.«

»Danke.«

»Die Zufälle und Behauptungen um Ihre Person häufen sich.«

»Aber ich habe nichts verbrochen. Ich weiß nicht, wer mir etwas anhängen möchte und warum derjenige das tut.

Oder diejenige. Ich weiß nur, dass ich mir nichts habe zuschulden kommen lassen.«

»Also gut. Ich kümmere mich um diese Sache und melde mich wieder bei Ihnen. Nun aber zum Grund meines Anrufs. Frau Gehlen hat mich kontaktiert und mir erzählt, dass Sie sie angerufen haben.«

»Ja, das habe ich«, entgegnete Patrick trotzig. »Würden Sie das nicht auch tun, wenn jemand Sie völlig zu Unrecht beschuldigt?«

»Was *ich* tun würde, steht nicht zur Debatte. Ich möchte, dass Sie sich von der Frau fernhalten und sie nicht noch einmal kontaktieren.«

Patrick fuhr sich mit der Hand über den Kopf. Es war zum Verrücktwerden. Aber es nutzte nichts, er musste ruhig bleiben, wenn er Lomberg nicht noch mehr gegen sich aufbringen wollte. »Verstehen Sie denn nicht, dass ich …«

»Halten Sie sich von ihr fern. Und bleiben Sie erreichbar.« Damit beendete Lomberg das Gespräch.

Patrick legte das Smartphone in die Mittelkonsole, startete den Wagen und fuhr los. Er kannte die Straßen, durch die er fuhr, die Gebäude und Geschäfte, die an ihm vorüberzogen, und doch kam ihm mit einem Mal alles unwirklich vor, so als lebte er plötzlich ein anderes, fremdes Leben.

Er war wütend über die Art, wie man ihn behandelte. Lomberg hatte mit ihm gesprochen, als wäre er ein Verbrecher. Aber viel schlimmer noch als die Wut, die er nach dem Telefonat mit dem Polizisten verspürte, war diese Angst, die sich in seinen Verstand geschlichen hatte und von Stunde zu Stunde größer wurde. Was, wenn die Wahrheit nicht ans Licht kam? Wenn *nicht* herauskam, dass er unschuldig war? Was, wenn er ins Gefängnis musste für etwas, das er nicht getan hatte? Bei dem Gedanken wurde ihm schlagartig übel, so dass er schon befürchtete, sich im Auto übergeben zu müssen. In welchen Albtraum war er da nur hineingeraten?

Bisher hatte er höchstens mal wegen einer Geschwindigkeitsüberschreitung mit der Polizei zu tun gehabt. Und plötzlich stand er im Zentrum der Ermittlungen in einem Vermisstenfall. Oder noch Schlimmerem.

Er sehnte sich danach, nach Hause zu kommen, in die vertraute Umgebung. Zu seiner Frau. Zum Glück hielt Julia zu ihm und glaubte diesen ganzen Wahnsinn nicht. Zumal diese Frau behauptete, er hätte ein Verhältnis mit ihrer verschwundenen Freundin gehabt. Was musste Julia bei diesem Gedanken empfinden?

Als Patrick wenig später das Wohnzimmer betrat, saß seine Frau am Esstisch, vor ihr stand eine Tasse, aus der der Faden eines Teebeutels hing, daneben lag ein zusammengeknülltes Papiertaschentuch. Er sah ihre geröteten Augen. Er sah, wie sie ihre Finger nervös knetete, während sie ihn fragend anschaute.

»Und?« Ihre Stimme klang dünn.

»Großer Mist«, entgegnete Patrick, setzte sich ihr gegenüber und legte seine Hand auf ihre.

»Was ist das mit diesem Foto von dir im Internet?«, fragte Julia und zog ihre Hand unter seiner heraus.

Patrick hob überrascht die Brauen. »Woher weißt du davon?«

»Ist das jetzt wichtig? Wichtiger als die Frage, wie ein

Foto von dir und der Vorwurf, eine Frau gestalkt zu haben, ins Internet kommen?«

»Nein. Doch, natürlich, aber …« Patrick war überrascht über den vehementen Tonfall, in dem Julia plötzlich mit ihm redete.

»Ich habe es mir angeschaut, Patrick. Das auf dem Bild … das bist du.«

»Das bestreite ich doch gar nicht. Aber ich habe niemanden gestalkt. Ich erinnere mich genau: Das Foto ist von letztem Samstag. Ich war in der Stadt, auf dem Weg in die Buchhandlung, als diese Verrückte auf mich zugekommen ist und mir ihr Handy vors Gesicht gehalten hat. Ich habe diese Frau noch nie zuvor gesehen. Sie hat mich aus heiterem Himmel beschimpft und was von Stalking gefaselt. Die war vollkommen durchgeknallt. Es ging alles so schnell …«

Patrick glaubte zu erkennen, dass sich Julias Miene ein wenig aufhellte, aber vielleicht hoffte er das auch nur.

»Du wolltest wissen, woher ich davon weiß. Peter hat mich angerufen.«

»Peter …« Patrick fragte sich, warum sein Freund Julia anrief, anstatt es ihm selbst zu überlassen, seiner Frau von dieser Sache zu erzählen. Peter musste doch wissen, was er damit auslöste.

»Von ihm habe ich es selbst gerade eben erst erfahren. Dass er gleich danach dich anruft …«

»Er macht sich Sorgen, Patrick«, sagte Julia leise und fügte noch leiser hinzu: »Und nicht nur er.«

»Denkst du denn, ich mache mir keine Sorgen?« Er ließ sich gegen die Rückenlehne sinken und schüttelte den Kopf. »Irgendjemand versucht, mein Leben zu zerstören.

Unser Leben. Und wie es sich im Moment abzeichnet, stehen die Chancen, dass er oder sie es schafft, gar nicht so schlecht.«

Julias Blick fixierte den Tisch. »Ich hoffe, es tauchen nicht noch weitere Fotos von dir in schwer erklärbaren Situationen auf.«

Patrick hörte wieder Lombergs Stimme. *Die Zufälle und Behauptungen um Ihre Person häufen sich*, hatte er gesagt.

Erneut legte Patrick die Hand auf die seiner Frau und sah sie eindringlich an. »Julia. Ich weiß nicht, was da gerade geschieht, aber ich schwöre dir, ich habe mit alldem nichts zu tun. Glaubst du mir das?«

»Ich zermartere mir schon die ganze Zeit den Kopf, wer ein Interesse daran haben könnte …«

»Nein, Julia, ich bitte dich, beantworte meine Frage mit *ja* oder *nein*. Ich muss jetzt von dir wissen, ob du mir vertraust und mir glaubst, dass ich mit den Dingen, die mir unterstellt werden, nichts zu tun habe. Dass ich weder eine Frau entführt noch eine andere gestalkt habe.«

Als sie nicht sofort antwortete, breitete sich eine kalte Angst in ihm aus, wie er sie noch nie zuvor gespürt hatte. Doch dann legte Julia ihm die Hand auf die Wange. »Natürlich glaube ich dir«, sagte sie leise und versuchte ein Lächeln.

Erleichtert stieß er den Atem aus. Und hoffte, dass sie die Wahrheit gesagt hatte.

6

»Danke!« Patrick küsste Julia auf die Hand, dann stand er auf.

»Ich muss irgendwas tun, sonst drehe ich durch. Ich werde noch mal versuchen, etwas über diese Yvonne und ihre Freundin Jana im Internet zu finden. Irgendwie müssen sie ja auf mich gekommen sein. Vielleicht entdecke ich einen Anhaltspunkt.«

Julia zuckte mit den Schultern. »Die Polizei wird das doch sicherlich alles genau untersuchen, und die haben bessere Möglichkeiten als du.«

»Das mag sein, aber wenn ich nur hier herumsitze und darauf warte, was als Nächstes geschieht, drehe ich durch.«

»Das verstehe ich.« Julia klang müde. »Dann versuche es, ich gehe kurz rüber zu Marveen.«

Marveen wohnte mit ihrem Mann und den beiden Kindern ein paar Häuser weiter und war eng mit Julia befreundet.

»Weiß sie schon von dieser Sache?«

»Nichts Genaues. Ich habe ihr nur geschrieben, dass die Polizei da war, weil eine Frau verschwunden ist, die du angeblich kennst. Ist es okay, wenn ich ihr alles erzähle?«

»Mir wäre es zwar am liebsten, wenn niemand etwas von dieser schrecklichen Sache erfährt, aber das wird sich wohl nicht mehr verhindern lassen, nachdem die Polizei schon in der Firma war. Sie wird es so oder so mitbekommen, also kannst du es ihr auch selbst erzählen. Ich habe schließlich nichts Unrechtes getan.«

Julia nickte. »Dann gehe ich jetzt rüber, okay?«

»Ja, wie gesagt, ich setze mich an den Computer.«

»Gut, dann bis gleich.« Sie stand auf und ging los. Ohne ihm einen Kuss zu geben, wie sie es sonst immer tat, sogar dann, wenn sie sich nur für ein paar Minuten verabschiedeten.

Patrick ignorierte das Ziehen in der Magengegend.

Kurz darauf saß er vor seinem Computer und versuchte, Yvonne Voigt über Facebook zu finden. Er stieß auf mehrere Profile mit diesem Namen, und tatsächlich war bei einem der Auftritte als Wohnort Weimar hinterlegt. Statt eines Fotos von sich selbst hatte die Frau allerdings das einer französischen Bulldogge eingefügt. Auch der Inhalt blieb Patrick verborgen, weil auf dieses Profil offenbar nur Nutzer aus ihrer Freundesliste zugreifen konnten.

Als Nächstes gab Patrick den Namen *Jana Gehlen* in die Facebook-Suche ein und erhielt vier Treffer.

Die erste Jana Gehlen war dem Foto nach zu urteilen um die sechzig. An zweiter Stelle blickte ihm eine Frau mit langen roten Haaren entgegen. Ein angedeutetes Lächeln umspielte ihre Mundwinkel, Sommersprossen überzogen Nase, Wangen und Stirn. Patrick schätzte ihr Alter auf Anfang dreißig. Obwohl unter ihrem Foto keine Stadt angegeben war, vermutete er, dass es sich um die Jana Gehlen handeln könnte, die er suchte.

Er klickte das Foto an und gelangte auf das Profil der

Frau. Die Beiträge dort waren – anders als bei Yvonne Voigt – für jeden einsehbar.

Patrick überflog die Einträge, in denen es meist um Tierschutz ging. Hier und da waren vereinzelte Berichte über Forderungen oder Thesen von Politikerinnen und Politikern zum Thema Umweltschutz verlinkt. Nichts, was Patrick irgendwie weitergebracht hätte. Er wollte schon aufgeben, als er auf einen Post stieß, der fast genau ein Jahr alt war und in dem Jana Gehlen berichtete, wie sehr sie sich über ihre neue Stelle bei einem Immobilienmakler in ihrer Heimatstadt Weimar freue. Darunter hatte sie die Facebook-Seite des Maklers verlinkt.

Patrick hatte sich also nicht getäuscht. Es handelte sich um die Frau, die ihn beschuldigte, ihre Freundin entführt zu haben.

Er beugte sich ein wenig vor, betrachtete jede Einzelheit in Jana Gehlens Gesicht und durchsuchte seine Erinnerungen nach einem Berührungspunkt mit dieser Frau, eine zufällige Begegnung, irgendetwas … Ihm fiel nichts ein, und er war überzeugt, ihr – zumindest bewusst – noch nie begegnet zu sein.

Schließlich gab er auf, erhob sich und ging ins Wohnzimmer. Er betrachtete die Couch und spürte das Bedürfnis, sich hinzulegen und die Augen zu schließen. Er fühlte sich so müde und ausgelaugt, als hätte er die letzte Nacht durchgemacht. Gleichzeitig trieb ihn aber eine innere Unruhe dazu an, im Zimmer auf und ab zu gehen, während er versuchte, das Durcheinander in seinem Kopf zu ordnen.

Er dachte an die Firma, daran, dass er am nächsten Tag wieder zur Arbeit musste, und fragte sich, wie er das bewerkstelligen sollte. Die Kolleginnen und Kollegen würden ihm eine Menge Fragen stellen. Oder ihn nur mit skeptischen Blicken mustern und dann hinter seinem Rücken über ihn reden.

Und wie würde sich sein Chef Jürgen Schürmann, der Inhaber des Unternehmens, ihm gegenüber verhalten?

Patrick nahm sein Smartphone zur Hand. Er konnte nicht bis zum nächsten Tag warten. Er würde die ganze Nacht kein Auge zutun, wenn er nicht wusste, was ihn am Morgen erwartete.

»Schürmann«, meldete sich sein Chef gewohnt hemdsärmelig. »Gut, dass Sie anrufen, Dostert, ich wollte mich sowieso bei Ihnen melden. Erzählen Sie mal, was ist denn da bei Ihnen los? Die Polizei war hier und hat sonderbare Fragen über Sie gestellt.«

»Ja, ich weiß, dass Sie bei Ihnen und bei Peter waren. Er hat es mir schon erzählt.«

»Bei mir und bei Helmstätt?« Schürmann stieß ein bellendes Lachen aus. »Die haben die halbe Belegschaft befragt. Vor allem die Frauen. Wollten wissen, ob es mit Ihnen irgendwelche Vorkommnisse gegeben hat. Ob Sie sich den Kolleginnen gegenüber schon mal seltsam verhalten hätten.«

»Was?« Patrick war fassungslos. »Das ist ja …«

»Hören Sie«, fiel Schürmann ihm ins Wort. »Die beiden Polizisten haben mir gegenüber angedeutet, dass Ihr Name in Verbindung mit dem plötzlichen Verschwinden einer Frau genannt wurde. Stimmt das?«

Patricks Verhältnis zu seinem Chef konnte man zwar nicht als freundschaftlich bezeichnen, aber durch die enge

Zusammenarbeit war es von einem gewissen Vertrauen geprägt. Er *musste* Schürmann alles erzählen, wenn das auch weiterhin so bleiben sollte.

»Sie können mir glauben, keiner ist von dieser Sache mehr überrascht worden als ich«, erklärte Patrick. »Heute Morgen klingelte es bei uns, und diese beiden Kripobeamten standen vor der Tür.«

Er erzählte von seiner Unterhaltung mit Lomberg und Hensch und von dem Essen mit dem potenziellen chinesischen Kunden genau zu der Zeit, als die Frau verschwand. Als er gerade von seinem Treffen mit den Polizisten im Restaurant berichten wollte, versuchte jemand anderes, ihn anzurufen. Lomberg.

»Sorry, ich muss Schluss machen«, sagte Patrick schnell, nachdem er den Namen auf dem Display gesehen hatte. »Die Polizei ruft an. Ich melde mich wieder.«

Ohne eine Reaktion seines Chefs abzuwarten, nahm er Lombergs Anruf an.

»Lomberg hier. Wir haben jetzt das komplette angebliche Stalking-Video.«

»Und?«, fragte Patrick, während sich sein Puls beschleunigte. »Hört man darauf, was gesprochen wird? Glauben Sie mir jetzt, dass diese Frau verrückt ist? Und wissen Sie, wer sie ist?«

»Herr Dostert, ich möchte, dass Sie zu uns aufs Präsidium nach Weimar kommen«, entgegnete Lomberg statt einer Antwort.

»Nach Weimar?«

»Ja.«

»Aber warum das denn? Sagen Sie mir doch …«

»Ich bitte Sie nicht, sondern ich fordere Sie auf, freiwillig zu uns zu kommen. Ansonsten lasse ich Sie mit einem Streifenwagen abholen. Sie wollen sicher nicht, dass die ganze Nachbarschaft mitbekommt, wie sie von zwei Uniformierten in einen Streifenwagen gesetzt werden. Also, kommen Sie her, und wir sehen uns das Video gemeinsam an. Dann können wir uns anschließend darüber unterhalten.«

»Also gut. Ich denke, ich kann in ungefähr einer Dreiviertelstunde in Weimar sein. Wie ist die Adresse?«

»Unsere Büros sind in der Polizeiinspektion am Kirchberg eins. Fahren Sie gleich los. Wir warten auf Sie.« Damit beendete Lomberg das Gespräch.

Patrick wählte Julias Nummer, als er bereits auf dem Weg zur Haustür war.

»Ich muss nach Weimar«, erklärte er hastig, als Julia das Gespräch annahm. »Lomberg hat angerufen. Sie haben jetzt das vollständige Video, und er möchte, dass ich es mir auf dem Präsidium anschaue.«

»Warum denn in Weimar?«

»Ich weiß es nicht, aber er hat gedroht, mich abholen zu lassen, wenn ich nicht freiwillig komme.«

»Warte einen Moment, ich bin gleich da.«

Patrick steckte das Telefon in die Tasche und ging nach draußen. Noch während er zu seinem Audi lief, kam Julia aus dem Haus ihrer Freundin und eilte ihm entgegen. »Ich habe keine Ahnung, was das jetzt wieder soll«, erklärte er, als sie ihn erreicht hatte.

»Aber was hat Lomberg denn genau gesagt? Wissen sie, wer diese Frau ist?«

»Keine Ahnung. Er sagte nur, dass er das Video jetzt hat und dass ich nach Weimar kommen soll.«

»Patrick …« Julias Stimme wurde leise. »Kann es sein, dass etwas auf diesem Video zu sehen oder zu hören ist, das irgendwie … missverständlich ist? Das man vielleicht falsch interpretieren kann?«

Er runzelte die Stirn. »Nein. Diese Frau ist mit erhobenem Handy auf mich zugekommen und hat wirres Zeug geredet. Ich habe gesagt, sie soll das sein lassen, und das Handy zur Seite gedrückt, als sie mir das Ding direkt vors Gesicht gehalten hat. Daraufhin ist sie verschwunden.«

»Dann frage ich mich, weshalb du extra nach Weimar fahren sollst.«

»Glaub mir, das frage ich mich auch, aber ich denke, mir bleibt nichts anderes übrig, sonst lässt er mich abholen.«

Er sah Julia an, wie sehr sie sich zusammenriss. Sie presste die Lippen aufeinander und nickte. »Ruf mich an, ja?«

»Ja, das mache ich.« Er beugte sich vor und gab ihr einen Kuss. Es entging ihm nicht, wie sie sich bei der Berührung ein wenig versteifte.

Heute Morgen gegen halb acht kam Udo mit zwei weiteren Vollzugsbeamten in meine Zelle. Udo Berger ist Mitte vierzig und schon seit über zehn Jahren in der JVA Tonna. Und er ist einer der Aufseher, die Spaß daran haben, ihre Macht den Gefangenen gegenüber auszuspielen. Die meisten hier machen ihren Job und verhalten sich den Inhaftierten gegenüber möglichst neutral. Lediglich bei den Pädos, die sich an Kindern vergangen haben, sind sich alle einig, Gefangene wie Wärter: Sie werden entweder gemieden oder schikaniert.

Mir treten die meisten Beamten mit einer distanziert-höflichen Sachlichkeit gegenüber. Mag sein, dass das damit zusammenhängt, dass ich noch kein verurteilter Straftäter, sondern Untersuchungshäftling bin.

Aber nicht alle verhalten sich so.

Eine Durchsuchung wie die heute Vormittag wird von oben angeordnet und ist bei Untersuchungshäftlingen eher die Ausnahme. Aber schon als er meine Zelle betrat, habe ich Udo die Vorfreude auf das angesehen, was nun folgen würde.

»Gesicht zur Wand!«, befahl er und konnte es sich nicht verkneifen, mir einen Stoß gegen den Rücken zu geben, obwohl ich mich bereits zur Zellenwand hin umgedreht hatte. Ich kenne das Prozedere, weil ich es zu Anfang schon mal mitgemacht habe.

Nachdem er mir Handschellen angelegt und mich aus der Zelle hinausbugsiert hatte, postierten sich seine beiden Kollegen rechts und links von mir und sahen mit ausdruckslosen Gesichtern durch die offenstehende Tür dabei zu, wie Udo begann, meine Zelle zu durchsuchen. Nichts von den wenigen persönlichen Dingen, die ich bei mir haben darf, blieb an Ort und Stelle. Alles nahm er in die Hand, drehte und schüttelte jeden einzelnen Gegenstand und betrachtete ihn von allen Seiten. Nachdem er die Matratze meines Bettes herausgenommen hatte, begann er, sie nach Schnitten oder Schlitzen zu untersuchen und nach Dingen abzutasten, die vielleicht darin versteckt sein könnten.

»Niemand ist durchtriebener und einfallsreicher als Knackis, wenn es darum geht, Verstecke zu finden«, hatte er bei unserer ersten Begegnung dieser Art erklärt und dann den Mund zu einem breiten Grinsen verzogen. »Aber ich kenne alle Tricks. Mir entgeht nichts.«

Ich glaube ihm. Auch wenn ich – zumindest noch – kein Knacki bin.

Als Udo endlich fertig war, deutete er auf das Notebook, das auf der an der Wand montierten Platte lag, die mir als Tisch dient. »Was machst du mit diesem Ding, Dostert?«

Diese Frage stellte er mir nicht zum ersten Mal, und wie immer habe ich geantwortet: »Ich benutze den Computer zur Einsicht in meine Verfahrensakte.«

»Ja, ja. Und was tippst du den ganzen Tag darauf herum?«

»Ich schreibe meine Gedanken auf. Das hilft mir, damit klarzukommen, dass ich als Unschuldiger im Gefängnis sitze.«

»Untersuchungshaft, Dostert. Untersuchungshaft.«

»Ich bin hier zu Unrecht eingesperrt«, habe ich ihm geantwortet. »Was macht es da für einen Unterschied, welchen Namen man dem Ganzen gibt?«

Daraufhin ist Udo gegangen. Ich durfte zurück in meine Zelle, nachdem einer seiner Kollegen mir die Handschellen abgenommen hat.

Mittlerweile ist es fast Mittagszeit, und es fällt mir schwer, wieder an meine Geschichte anzuknüpfen. Vor allem, weil jetzt ein bedeutender Teil folgt und es wichtig ist, dass ich mich an jede Kleinigkeit erinnere.

Ich habe in der Vergangenheit gelernt, dass es oft die Kleinigkeiten sind, die über Wohl und Wehe entscheiden, über die vermeintliche Wahrheit oder die vermeintliche Lüge. Oder darüber, frei oder eingesperrt zu sein.

Meine Gedanken schweifen ab, ich denke daran, dass heute um fünfzehn Uhr mein Anwalt kommt. Vielleicht bringt er ja Neuigkeiten mit. Gute Neuigkeiten, die helfen, die Wahrheit ans Licht zu holen. Es bleibt nicht mehr viel Zeit.

Wenn nicht bald etwas Einschneidendes passiert, werden die mich verurteilen und einsperren, obwohl ich nichts Unrechtes getan habe. Nein! Ich muss diese Gedanken wegschieben, darf nicht in den Strudel geraten, der nur in eine Richtung führt: in die Verzweiflung.

Ich schließe die Augen und konzentriere mich wieder auf die Ereignisse an dem Nachmittag des ersten Tages meiner Geschichte.

7

Als Patrick seinen Wagen auf dem Parkplatz der Polizeiinspektion am Kirchberg abstellte, blieb er noch einen Moment sitzen und betrachtete das helle Gebäude mit dem modernen Anbau. Was würde ihn gleich erwarten? Lomberg musste einen Grund haben, dass er ihn hierherbeordert hatte. Aber das Video konnte nur das zeigen, was diese Frau aufgenommen hatte. Oder hatte sie Patrick vorher schon heimlich gefilmt? Aber selbst wenn – man könnte höchstens sehen, wie er aus dem Parkhaus gekommen und über den Anger in Richtung Buchhandlung gegangen war und dabei für etwa zwei Minuten mit dem Handwerker telefoniert hatte.

Patrick zog den Schlüssel ab und stieg aus. Bald würde er mehr wissen.

Als er das Gebäude betrat, hielt er kurz inne und sah sich im Eingangsbereich um. Alles hier wirkte unpersönlich, kalt. Fremd. Kurz zuckte der Gedanke in ihm auf, dass Lomberg ihn vielleicht hierbehalten und irgendwo im Keller in eine Zelle stecken würde. Dass er die Freiheit hinter sich gelassen hatte, als er das Gebäude betrat.

Er bemerkte den Blick, mit dem der junge Mann in Uniform ihn musterte, der hinter einer dicken Glasscheibe in einer Art Kabine saß, und verdrängte diese Gedanken. Niemand würde ihn hierbehalten wegen eines Videos, das eine hysterische Frau von ihm gemacht hatte.

Nachdem Patrick dem Beamten hinter der Scheibe Lombergs Namen genannt hatte, führte der ein kurzes Telefonat und nickte ihm zu, als er aufgelegt hatte. »Kriminalhauptkommissar Lomberg kommt Sie abholen.«

»Danke«, erwiderte Patrick und trat zwei Schritte zur Seite.

Während er auf Lomberg wartete, betrachtete er einen alten Stadtplan von Weimar, der in einem Glasrahmen an der Wand hing. Es war der Nachdruck einer handgezeichneten Karte mit dem Titel *Weimars Stadtbild zur Zeit von Johann Wolfgang von Goethe.*

Obwohl es Patrick in diesem Moment überhaupt nicht interessierte, wie Weimar zur Zeit von Goethe ausgesehen hatte, konzentrierte er sich auf die Karte, ließ seinen Blick über die hellen Linien der Straßen und die roten Flächen der eingezeichneten Gebäudekomplexe gleiten und las die in verschnörkelter Schrift geschriebenen Namen. Hauptsache, er verfiel nicht wieder in die gleichen Überlegungen wie beim Betreten des Gebäudes.

»Herr Dostert, kommen Sie bitte.«

Patrick schrak zusammen und sah zu Lomberg hinüber, der vor einer Schleuse stand, die den Eingangsbereich von den Büroräumen trennte. Er trug ein hellblaues Hemd und Jeans. Aus einem Holster, das auf der linken Seite am Gürtel hing, lugte der Griff einer Waffe heraus.

»Nun kommen Sie schon!«, sagte Lomberg ungeduldig, woraufhin Patrick den Blick von der Pistole losriss und sich in Bewegung setzte.

Erst als sie kurz hinter der Schleuse vor einem Aufzug warteten, sagte Patrick: »Was ist auf diesem Video zu sehen, dass ich deshalb extra herkommen sollte?«

»Warten Sie es ab«, entgegnete Lomberg kurz angebunden und ohne Patrick dabei anzusehen.

Sie stiegen in den Aufzug und fuhren schweigend nach oben. Als sich die Tür in der dritten Etage öffnete, begann Patricks Herz zu rasen. Obwohl er sich nichts hatte zuschulden kommen lassen, breitete sich Angst in ihm aus. Es war vollkommen irreal, weil er *wusste*, dass auf diesem Video nichts Anstößiges oder gar Kriminelles zu sehen sein konnte, und dennoch …

Der Blick, mit dem Lomberg ihn ansah, als er auf eine offene Bürotür schräg gegenüber des Aufzugs zeigte, machte es nicht besser. »Da rein!«

Der Raum war etwa sechs Meter lang und drei Meter breit und wurde dominiert von einem Schreibtisch, der im hinteren Bereich stand und dem Aussehen nach – ebenso wie die beiden Aktenschränke an der einen und das Regal an der gegenüberliegenden Wand – noch recht neu zu sein schien.

Neben einem Computermonitor lagen mehrere Akten auf dem Schreibtisch, daneben stand ein Tastentelefon. Die Wände waren weiß getüncht und strahlten sterile Kälte aus. Kein Bild, keine Pflanze, kein erkennbar persönlicher Gegenstand verlieh dem Raum eine Seele.

Patrick registrierte es, wollte sich in diesem Moment aber keine Gedanken darüber machen, was das über den Menschen aussagte, der hier arbeitete.

»Bitte, setzen Sie sich.« Lomberg deutete auf die beiden

schlichten Holzstühle, die diesseits des Schreibtisches standen.

Während Patrick sich auf dem Stuhl niederließ, führte Lomberg ein fünfsekündiges Telefonat, in dem er nur sagte: »Kommst du?«, dann drehte er den Monitor um hundertachtzig Grad, so dass Patrick das Hoheitszeichen der Thüringer Polizei sehen konnte, das als Bildschirmschoner diagonal über den Bildschirm wanderte, und ließ sich neben ihm auf dem zweiten Stuhl nieder.

»Bevor wir uns das Video anschauen, würde ich gern noch mal von Ihnen hören, wo und wie genau es zustande gekommen ist.«

Noch bevor Patrick beginnen konnte, kam Lombergs Kollegin Hensch in den Raum, nickte Patrick kurz zu und lehnte sich dann hinter ihm, die Arme vor der Brust verschränkt, gegen die Wand. Sie trug helle Jeans und eine weiße Bluse. Auch an ihrem Gürtel hing ein Waffenholster.

»Also?« Lomberg lenkte die Aufmerksamkeit wieder auf sich.

»Okay. Das muss am vergangenen Samstag entstanden sein. Vor dem Angermuseum. Ich war auf dem Weg zu einer Buchhandlung in der Nähe des Museums. Ich hatte gerade mit einem Handwerker telefoniert, der uns schon mehrfach versetzt hat, und war sauer, weil er immer neue Ausreden vorbrachte, warum seine Mitarbeiter wieder nicht erschienen waren.

Da tauchte plötzlich diese Frau auf. Sie sah irgendwie seltsam aus. Die Haare wirkten unecht, und sie hat eine Sonnenbrille getragen, die so groß war, dass sie fast ihr ganzes Gesicht bedeckte.

Sie kam auf mich zu und hielt ein Handy auf mich gerichtet. Und dann sagte sie etwas zu mir wie: *Jetzt hab ich dich erwischt, du Stalker!* Und *Mistkerl* hat sie mich genannt.

Ich war total überrascht und habe gefragt, was das soll. Und ich habe sie aufgefordert, mit dem Filmen aufzuhören. Aber das hat sie gar nicht interessiert. Sie hat weiter das Handy auf mich gerichtet und gesagt, sie würde das Video ins Internet stellen, damit jeder sehen kann, dass ich ein Stalker bin. Sie hat sich benommen wie eine Verrückte.«

Als Patrick eine Pause machte, zuckte Lomberg die Schultern. »Und? Was dann?«

»Ich bin wütend geworden«, erklärte Patrick leiser.

»Wütend. Und? Was haben Sie getan?«

»Ich habe versucht, ihre Hand mit dem Handy wegzuschieben, damit sie endlich aufhört, mich zu filmen. Aber dann hat sie sich plötzlich umgedreht und ist verschwunden.«

»Haben Sie sonst noch etwas zu der Frau gesagt, außer dass Sie gefragt haben, was das soll, und dass sie damit aufhören soll, sie zu filmen?«

Patrick dachte kurz nach und schüttelte den Kopf. »Nein. Ich weiß nicht mehr jedes Wort, das ich gesagt habe, aber sinngemäß war es nur das.«

Lomberg warf seiner Kollegin einen undefinierbaren Blick zu, dann nickte er. »Also gut. Schauen wir uns das Video mal an.« Die Art, wie er das sagte, verstärkte das ungute Gefühl in Patrick noch mehr.

Lomberg beugte sich vor, griff nach der Tastatur und drehte sie ein wenig, so dass er etwas eingeben konnte. Kurz darauf öffnete sich ein Fenster, in dem das Video abgespielt wurde. Es startete mit dem Moment, in dem die Frau auf Patrick zugekommen war. Er war erst nur am Rand zu erkennen, wurde dann aber größer, bis er stehen blieb und in die Kamera blickte. Aus dem Off sagte eine Frau in weinerlichem Ton: »Warum tun Sie mir das an? Warum verfolgen Sie mich seit Tagen? Was habe ich Ihnen denn getan?«

Von Patricks Gesicht war Ärger abzulesen, als er den Mund aufmachte und sagte: »Halt die Fresse, du Miststück!«

Patrick riss die Augen auf, er konnte nicht glauben, was er da hörte. »Das habe ich nie gesagt!«, stieß er aufgebracht aus und zeigte dabei auf den Monitor, woraufhin Lomberg das Video stoppte und Patrick fragend ansah.

»Und diese Frau hat auch etwas ganz anderes gesagt als auf dem Video.«

»Wir haben doch gerade gehört, was Sie beide gesagt haben.«

»Das ... das ist eine Fälschung. Ich schwöre, so war das nicht. Sie hat gesagt, sie hätte mich erwischt und ich sei ein mieser Stalker. Und es klang auch nicht so jammernd wie auf dem Video. Die Stimme war völlig anders. Aggressiv. Sie hat mich angeblafft. Das muss nachträglich bearbeitet worden sein.«

Erneut tauschten Lomberg und Hensch einen Blick, dann sagte die Beamtin: »Aber Herr Dostert, das ist doch Ihre Stimme, die wir da hören, oder nicht? Und, ich bin zwar keine Expertin, aber den Lippenbewegungen nach sah das verdammt echt aus.«

Nachdrücklich schüttelte Patrick den Kopf. »Nein, nein, nein. Das ist nicht meine Stimme, auch wenn sie sich vielleicht so ähnlich anhört. Das kann nicht sein, weil ich das definitiv nicht gesagt habe. Jemand hat das Video bearbeitet und mir diese Worte in den Mund gelegt. Und die von dieser Frau auch.«

»Schauen wir uns mal den Rest an.« Lomberg tippte auf die Tastatur, und das Video lief weiter. Patrick hätte sich am liebsten abgewendet und sich die Ohren zugehalten, um nicht sehen und hören zu müssen, was sonst noch manipuliert worden war, doch er konnte nicht anders, als gebannt auf den Monitor zu starren.

»Bitte sagen Sie mir, warum Sie mir das antun«, flehte die Frau im Video.

Patrick, der vor dem Monitor saß, schüttelte wieder und wieder fassungslos den Kopf.

»Ich habe Ihnen doch nichts getan. Lassen Sie mich endlich in Ruhe, sonst gehe ich zur Polizei.«

Man sah, wie Patrick mit wütendem Gesichtsausdruck einen Schritt nach vorn machte, die Hand hob und nach dem Smartphone greifen wollte. »Vielleicht schlägt dir ja auch jemand die Zähne ein und bricht dir alle Knochen? Und jetzt verpiss dich.«

Das Bild wackelte stark, dann wurde das Smartphone offensichtlich herumgerissen, man sah den Boden vorbeifliegen und hörte ein deutliches Schluchzen. Dann wurden die Bewegungen ruhiger, und das Video stoppte.

Lomberg blickte Patrick wortlos an. Der konnte nichts dagegen tun, dass ihm Verzweiflung und Wut die Tränen in die Augen trieben.

»Das war nicht so«, sagte er leise und wiederholte gleich darauf wie ein Mantra. »Es war nicht so … nein, es war nicht so. Nichts von dem, was in diesem Video gesprochen wurde, ist gesagt worden. Weder von mir, noch von ihr.«

Als Lomberg ihn weiterhin mit versteinerter Miene ansah, wandte sich Patrick zu Inka Hensch um. »Bitte, Sie müssen mir glauben.«

»Sie behaupten also, dass Sie das, was wir gerade auf diesem Video gehört haben, nicht gesagt haben und dass der Film Ihrer Meinung nach manipuliert wurde.«

»Nein, verdammt, nicht *meiner Meinung nach*«, fuhr Patrick auf. »Das Video ist definitiv manipuliert worden, das *weiß* ich, weil ich dabei war und weil ich weiß, was ich gesagt habe und was diese Frau gesagt hat.«

Mit einem Ruck erhob er sich, woraufhin die Beamtin erschrocken einen Schritt zurückwich.

»Sehen Sie das denn nicht?« Patricks Blick wechselte flehend zwischen Hensch und Lomberg hin und her. »Ich habe Ihnen doch gleich gesagt, die Haare der Frau sahen unecht aus. Das war eine Perücke. Und dann diese riesige Sonnenbrille, so groß, dass es unmöglich war, etwas von ihrem Gesicht zu erkennen. Das war von Anfang an so geplant.«

Kommentarlos stand Lomberg auf, zog sein Smartphone aus der Tasche und tippte ein paarmal darauf herum, bevor er es Patrick entgegenhielt. »Sagen Sie: *Halt die Fresse, du Miststück!* Und dann sagen Sie: *Vielleicht schlägt dir jemand die Zähne ein und bricht dir alle Knochen.*«

»Was soll ich?«

»Na los, sagen Sie es. *Halt die Fresse, du Miststück!*« Er machte eine kurze Pause, in der er Patrick mit kaltem Blick musterte. »Wir werden eine vergleichende Stimmanalyse machen lassen. Wenn Sie diese Worte im Video wirklich nicht gesagt haben, werden wir das herausfinden. Sollte sich aber herausstellen, dass Sie das doch waren, Herr Dostert, dann haben Sie ein Problem.«

8

»Also gut«, stimmte Patrick schließlich mit ruhiger Stimme zu, nachdem sie sich eine Weile in die Augen gesehen hatten. »Ich tue es. Wenn das hilft, Sie endlich davon zu überzeugen, dass dieses Video gefälscht ist. Wie lange wird es dauern, bis das Ergebnis da ist?«

»Ich denke, bis morgen Vormittag.«

Nachdem Patrick die Sätze nachgesprochen hatte, schaltete Lomberg die Aufnahmefunktion aus, legte das Smartphone auf dem Tisch ab und ließ sich auf den Bürostuhl hinter seinem Schreibtisch fallen.

»Das war's dann erst mal. Ich bringe Sie jetzt wieder nach unten. Wir melden uns bei Ihnen, sobald das Ergebnis des Stimmvergleichs vorliegt.«

Patrick nickte. »Ich weiß, dass ich das nicht gesagt habe, und Ihr Stimmvergleich kann das nur bestätigen.«

»Wir werden sehen.«

Patrick wollte sich schon abwenden, als ihm plötzlich etwas einfiel, das ihm eine heiße Welle durch den Körper jagte. Er hob den Arm und warf einen Blick auf die Uhr. Noch etwas mehr als eine Stunde.

»Dieses Video … auf *NF&B*. Die wollen das um achtzehn Uhr zeigen, wahrscheinlich mit irgendeinem reißerischen Text dazu. Sie müssen das verhindern. Sie dürfen nicht zulassen, dass das dort gezeigt wird und Zigtausende Leute das sehen können.«

Lomberg schüttelte den Kopf. »Das können wir nicht.«

»Aber es ist gefälscht, verdammt nochmal!«, platzte es aus Patrick heraus. »Es kann doch nicht erlaubt sein, dass ein gefälschtes Video online gestellt wird. Das ist Rufmord.«

»*Sie* sagen, dass es gefälscht ist.«

Patrick hatte das dringende Bedürfnis, schreiend mit dem Kopf gegen die Wand zu rennen.

Doch es dauerte nur einen Moment, dann verrauchte die Wut in ihm so schnell, wie sie aufgestiegen war.

»Ich werde einen Anwalt brauchen«, sagte er matt.

Lomberg zuckte mit den Schultern. »Das kann ich Ihnen nicht sagen. Aus polizeilicher Sicht brauchen Sie keinen. Zumindest, was dieses Video betrifft. Sollte sich herausstellen, dass es manipuliert ist, werden wir dafür sorgen, dass es von der Plattform dieses Onlinedienstes genommen wird.«

Dann ist es zu spät, dachte Patrick.

»Wenn sich herausstellt, dass das Video nicht manipuliert wurde, werde ich Ihnen zwar ein paar deutliche Worte dazu zu sagen haben. Mehr passiert Ihnen aber nicht. Wer immer diese Frau ist, sie hat keine Anzeige erstattet, und aus unserer Sicht handelt es sich formal maximal um eine Drohung, und die ist kein Straftatbestand. Diese Sache ist zwar alles andere als schön, isoliert betrachtet aber strafrechtlich nicht relevant«, erklärte Lomberg.

»Soll mich das jetzt beruhigen?«

»Ich bin nicht dazu da, Sie zu beruhigen, Herr Dostert.

Ich versuche lediglich, Ihnen die rechtliche Lage zu erklären.«

»Ja. Das hilft mir zwar wenig angesichts der Tatsache, dass jemand versucht, mir etwas anzuhängen, aber gut ...«

»Die Sache hat aber noch eine andere Seite, die ich Ihnen ebenfalls nicht verschweigen möchte. Hinsichtlich des Verschwindens von Yvonne Voigt sieht das Ganze schon etwas anders aus. Nach Aussage von Frau Gehlen hat Frau Voigt vor ihrem Verschwinden behauptet, von Ihnen misshandelt worden zu sein. Sieht man das im Zusammenhang mit dem, was wir da im Video gehört haben ...« Lomberg machte eine kurze Pause. »Worte wie *Vielleicht schlägt dir jemand die Zähne ein und bricht dir alle Knochen* würden dem Bild von jemandem, der Frauen misshandelt, durchaus entsprechen.«

Als Lomberg die Worte wiederholte, kamen sie Patrick noch brutaler vor als in dem Video. Wenn das seine Kollegen sahen, seine Freunde und Bekannte. Seine Mutter ...

Plötzlich hatte Patrick das Gefühl, dass seine Knie unter ihm nachgaben. Schnell stützte er sich mit der Hand auf der Stuhllehne ab.

»Und wenn das alles genau aus diesem Grund inszeniert worden ist?«, fragte er heiser. »Wenn jemand *wollte*, dass genau dieser Bezug hergestellt wird, weil derjenige mich fertigmachen will?«

»Dann fehlt immer noch das Motiv, warum jemand das tun sollte«, erklärte Hensch, die noch immer hinter Patrick stand. »Sie sollten also noch mal genau nachdenken, ob es nicht vielleicht doch jemanden geben könnte, der einen Grund hätte, Ihnen eins auszuwischen.«

Patrick stieß einen Zischlaut aus. »Eins auszuwischen … das ist ein netter Euphemismus für das, was gerade passiert, finden Sie nicht?«

Lomberg schlug klatschend auf den Tisch und erhob sich. »Umso mehr müsste jemand einen triftigen Grund haben, einen solchen Aufwand zu betreiben. Ich bringe Sie nach unten.«

Als Patrick Minuten später das Gebäude verlassen hatte und auf dem Weg zu seinem Auto war, rief sein Chef an.

Er musste sich zwingen, das Gespräch anzunehmen. In diesem Moment war ihm alles zu viel.

»Schürmann hier, ich dachte, Sie wollten zurückrufen?«

»Ja, entschuldigen Sie bitte«, entgegnete Patrick matt. »Ich hatte noch was Wichtiges zu tun.«

»Wichtiger als Ihr Arbeitsplatz?«

Ja, hätte Patrick fast gesagt, riss sich aber zusammen. »Nein, natürlich nicht, so meinte ich das auch nicht. Ich war gerade bei der Polizei und hätte Sie sowieso gleich angerufen.«

»Polizei, das ist das Stichwort. Es geht mir um diese Sache, wegen der die Polizisten in der Firma waren …«

»Das wird sich bald klären«, beeilte sich Patrick zu versichern. »Jemand versucht, mir etwas anzuhängen. Warum auch immer.«

»Das mag ja sein, aber was ist das mit dieser Stalker-Geschichte? Ich habe das Foto gesehen, das sind Sie doch, oder?«

Patrick stutzte. Schürmann hatte sich die Seite von *NF&B* angeschaut? Das wunderte ihn, war aber letztendlich in diesem Moment irrelevant.

»Ja, das auf dem Foto bin ich, aber es ist nicht so, wie es dort dargestellt wird.«

»Wie ist es dann?«

»Ich …« Patrick verspürte zwar absolut keine Lust, die Geschichte schon wieder zu erzählen, aber Schürmann war sein Chef.

»Ja, ich war dort, und da war eine Frau, die mich gefilmt hat, einfach so und ohne meine Erlaubnis. Aber ich habe sie noch nie zuvor gesehen. Und ganz bestimmt habe ich sie nicht gestalkt.«

Patrick konnte hören, wie sein Chef die Luft ausstieß.

»Sie sind eine Spitzenkraft, Dostert, und Sie machen einen guten Job, seit Sie bei uns angefangen haben, aber ich kann nicht riskieren, dass die Polizei noch mal hier auftaucht und die Belegschaft über meinen kaufmännischen Leiter ausfragt, weil der verdächtigt wird, eine Frau zu stalken, und etwas mit dem Verschwinden einer anderen Frau zu tun haben soll. Das verstehen Sie doch sicher. Es geht dabei um den Ruf der Firma.«

Patrick blieb stehen und lehnte sich gegen einen grauen Stromkasten, der am Rand des Parkplatzes stand. »Was? Was meinen Sie damit? Wollen Sie mich etwa … entlassen? Weil irgendjemand mich zu Unrecht …«

»Ach, Quatsch, von entlassen kann keine Rede sein. Ich schlage Ihnen lediglich vor, einfach mal ein, zwei Wochen Urlaub zu nehmen, und dann schauen wir, was die Ermittlungen der Polizei bis dahin ergeben haben.«

»Sie glauben mir also nicht, wenn ich sage, dass ich nichts mit alldem zu tun habe?«

»Es geht doch nicht darum, was ich glaube, Dostert,

sondern darum, dass die Polizei hier herumläuft und gegen meinen kaufmännischen Leiter wegen Stalking und dem Verschwinden einer Frau ermittelt. Die Außenwirkung, verstehen Sie? Denken Sie denn, Ihre Kolleginnen und Kollegen erzählen das nicht weiter? Das geht rum wie ein Lauffeuer, und schon fragen sich die ersten Kunden, ob sie mit uns noch zusammenarbeiten möchten. Ich muss reagieren und nach außen ein klares Zeichen setzen, dass wir die Werte unserer Firma hochhalten. Das müssen Sie doch einsehen.«

»Aber es geht dabei auch um mich, um mein …«

»Bleiben Sie zu Hause, Dostert. Wenn der Fall aufgeklärt ist und sich herausgestellt hat, dass Sie unschuldig sind, kommen Sie wieder her und machen Ihren Job. Wir hören uns.«

Damit legte er auf.

Patrick ließ das Handy sinken und starrte vor sich hin. Nun hatte er also Zwangsurlaub. Sein Chef stellte sich nicht etwa demonstrativ vor ihn, um ihn vor dem Gerede der Kolleginnen und Kollegen zu schützen, nein, er schickte ihn in Zwangsurlaub, weil er sich Sorgen um den Ruf seiner Firma machte. Und gab damit allen möglichen Spekulationen neue Nahrung.

Er stieß sich von dem Stromkasten ab und ging zu seinem Auto, während er sich die Frage stellte, wo das alles noch hinführen würde. Und was als Nächstes kam.

Er würde nach Hause fahren und dort darauf warten, dass es achtzehn Uhr wurde.

Als er in ihre Straße einbog, verlangsamte er verwundert die Fahrt schon ein Stück vor ihrem Haus. Peters Auto parkte am Straßenrand, direkt vor dem Haus von Marveen und ihrer Familie.

Peter hatte Marveen und ihren Mann Stephan durch Julia und ihn kennengelernt und war mittlerweile auch mit ihnen gut befreundet. Dass er allerdings ausgerechnet in dieser Situation bei den beiden zu Hause war, fand Patrick seltsam.

Aber über solche Dinge konnte er sich in diesem Moment keine Gedanken machen. Er hatte Wichtigeres zu tun.

Patrick lenkte den Wagen in die Einfahrt, stellte den Motor ab und stieg aus. Nach einem letzten Blick die Straße entlang zu Peters Auto wandte er sich ab.

Den Inhalt des Videos, das bald auf *NF&B* zu sehen sein würde, kannte er ja schon. Blieb die Frage, was die Redakteure daraus gemacht hatten. Und was Julia dazu sagen würde.

Er würde es bald wissen.

9

Stalker bedroht Frau auf offener Straße!

»Vielleicht schlägt dir jemand die Zähne ein und bricht dir alle Knochen!«

VON: P. GERBUND

Kennen Sie diesen Mann?

ERFURT – Am vergangenen Samstag kam es in der Erfurter Innenstadt vermutlich zu einem Fall von Stalking, bei dem ein Mann eine junge Frau, die anonym bleiben möchte, verfolgt und bedroht hat. Glücklicherweise war sie geistesgegenwärtig genug, die Situation mit ihrer Handykamera aufzunehmen. Sehen Sie unten das Originalvideo, das die Frau der Redaktion von *NF&B* exklusiv zur Verfügung gestellt hat. Der mutmaßliche Stalker ist darauf deutlich zu erkennen.

Nach Angaben der Frau hat dieser Mann sie schon öfter verfolgt und belästigt. Auf eine Anzeige bei der Polizei hat sie nach unserer Recherche bisher verzichtet, dennoch ist das Verhalten des Mannes verabscheuungswürdig und demütigend. Genau solche Männer sind der Grund, dass sich Frauen nicht mehr frei und sicher in unserer schönen Stadt bewegen können. Unsere Politik versagt hier ebenso auf ganzer Linie wie die Judikative, die dafür sorgt, dass solche Typen gar nicht oder nur geringfügig bestraft werden.

Patrick starrte mit zunehmender Beklemmung auf den Monitor, während sein Verstand sich dagegen sträubte zu glauben, dass das, was er gerade gelesen hatte, tatsächlich für jeden sichtbar dort stand. Erst als Julia neben ihm aufstöhnte, wurde ihm bewusst, dass sie das Video angeklickt hatte und es sich anschaute, sichtbar um Fassung bemüht.

»Julia, bitte«, sagte er flehend und legte ihr eine Hand auf den Unterarm. »Ich habe dir doch erzählt, was ich in diesem Mistvideo angeblich sage. Aber das war nicht so, das schwöre ich dir. Bitte … schalte es ab.«

Ohne eine erkennbare Reaktion starrte Julia weiter auf den Bildschirm, bis Patrick die Wiedergabe schließlich mit einer energischen Bewegung stoppte.

»Julia …«

»Es ist deine Stimme«, sagte sie so leise, dass er sie gerade noch verstehen konnte, während ihr Blick noch immer auf das Standbild des Videos gerichtet war.

»Nein, das ist *nicht* meine Stimme, sie klingt nur so ähnlich. Das *kann* nicht meine Stimme sein, weil ich das nicht gesagt habe, was du gerade gehört hast.«

»Es ist deine Stimme«, beharrte sie flüsternd und drehte dann langsam den Kopf, um Patrick mit einem Blick anzuschauen, als wäre er ein Fremder und als versuchte sie, etwas Bekanntes in diesem Gesicht zu entdecken. Tränen lösten sich aus ihren Augenwinkeln und rannen ihr die Wangen hinab. Sie schien es nicht zu bemerken.

»Die Mundbewegung, die Wörter, deine Stimme … es passt zusammen. Patrick, was … was …«

Sie senkte den Kopf, schlug die Hände vors Gesicht und begann zu schluchzen.

»Julia …« Patrick fühlte sich so hilflos wie noch nie zuvor in seinem Leben. Die Erkenntnis, dass er in diesem Moment absolut nichts tun konnte, um seine Frau davon zu überzeugen, dass er nicht der miese Stalker war, als der er in diesem Video dargestellt wurde, raubte ihm fast den Verstand. Und bei dem Gedanken daran, wer diesen Dreck lesen und sich anschauen würde, krampfte sich sein Magen derart zusammen, dass er ins Badezimmer lief, wo er es gerade noch schaffte, den Toilettendeckel hochzuklappen, bevor er sich würgend übergab.

Als er ein paar Minuten später zurückkam, saß Julia auf der Couch. Ihr Gesicht wirkte blass, die Augen waren gerötet. Er blieb stehen.

»Julia … ich habe es dir schon gesagt, die Polizei hat eine Sprachaufnahme von mir gemacht, die gerade von Spezialisten analysiert und mit der Stimme auf dem Video verglichen wird. Das ist dann der Beweis, dass ich das nicht gewesen bin, der diese schrecklichen Dinge gesagt hat. Das Video ist synchronisiert. Wie ein ausländischer Film.«

Sie sah ihn an, und in ihrem Blick lag so viel Kummer, so viel Angst, dass Patrick sich neben ihr auf die Couch sinken ließ, sie umarmte und fest an sich drückte.

»Bitte glaube mir, bitte«, flüsterte er und streichelte ihr über den Kopf. Sie ließ es geschehen. »Ich würde nie, niemals so etwas tun, das musst du doch wissen.«

»Ja«, sagte sie und legte ihre Arme um ihn. »Entschuldige. Es hat sich nur so echt angehört.«

Eine Weile saßen sie schweigend da. Schließlich schob er Julia mit sanftem Druck etwas zurück und sah ihr in die Augen.

»Morgen Vormittag kommt die Bestätigung, dass das nicht meine Stimme …« Er wurde vom Klingeln des Telefons unterbrochen. Er ahnte, welcher Art dieser Anruf war.

Als er keine Anstalten machte, das Gespräch anzunehmen, griff Julia nach dem Telefon.

»Dostert«, meldete sie sich mit brüchiger Stimme und hörte eine Weile zu. »… Ja, das auf dem Video ist tatsächlich Patrick, aber der Ton wurde gefälscht … Ja, ganz sicher hat er das nicht gesagt … Ich weiß, es ist aber eine Fälschung … Ja, ich richte es ihm aus.«

Sie legte das Telefon zur Seite. »Das war Alex. Er hat das Video gesehen.«

Patrick nickte, nicht sonderlich überrascht.

Alex Bickelmann war schon seit der Schulzeit mit Patrick befreundet. Er wohnte mit seiner Familie in Löbervorstadt, einer der teuersten Ecken Erfurts. Der Kontakt zwischen ihnen war seit vielen Jahren abgeflaut, aber nie ganz abgerissen. Hier und da telefonierten sie miteinander oder trafen sich auch mal zum Essen.

»Wie hat er reagiert?«

»Er meinte, es würde sich verdammt echt anhören.«

Patrick ließ den Kopf sinken. Wenn schon seine Frau und ein alter Freund das Video für echt halten konnten, wie musste es dann Bekannten und Kollegen gehen?

»Ach, übrigens, Schürmann hat mich angerufen. Er meinte, es sei besser, wenn ich zwei Wochen Urlaub nehme.«

»Urlaub? Warum? Wegen dieser Sache?«

»Ja. Er meinte, das Risiko sei ihm zu groß, Kunden zu verlieren, weil die Polizei sich in der Firma nach mir erkundigt hat. Und wegen des Videos, das Kunden von uns sehen könnten.«

»Wie vorausschauend. Es geht doch nichts über Unternehmer, die ihren Leuten gegenüber loyal sind.«

»Ich hätte das auch nicht für möglich gehalten.«

»Wenigstens musst du morgen nicht früh raus.«

Erneut klingelte das Telefon, dieses Mal machte jedoch auch Julia keine Anstalten, danach zu greifen. »Der Nächste«, sagte sie nur.

Als Patrick das Gespräch annahm, hörte er die sorgenvolle Stimme seiner Mutter. »Patrick! Gerhard hat mich gerade angerufen. Er hat gesagt, er hätte im Internet ein Video gesehen, auf dem du eine Frau belästigst. Stimmt das? Das kann doch nicht sein.«

Gerhard war Patricks Onkel und der jüngere Bruder seiner Mutter. Sie selbst hatte zwar einen Computer, der noch von Patricks verstorbenem Vater stammte, kannte sich aber nicht damit aus und traute sich nicht einmal, ihn einzuschalten.

»Mach dir keine Sorgen«, versuchte er, sie zu beruhigen. »Da hat sich jemand einen schlechten Scherz erlaubt und ein Video von mir neu vertont.«

»Aber Gerhard sagte, das würde sehr echt aussehen und es sei auch deine Stimme.«

»Ja, es wirkt tatsächlich echt, aber es ist eine Fälschung, und das kann ich auch beweisen. Du brauchst dir wirklich keine Gedanken zu machen.«

»Wer tut denn so was?«

»Wie gesagt, da hat sich jemand einen schlechten Scherz erlaubt.«

»Aber das können doch alle sehen. Was sollen die Leute denn denken?«

»Die Polizei wird schnell dafür sorgen, dass das Video verschwindet.«

»Dann bin ich beruhigt. Wirklich schlimm so was. Ach, was ich dir noch erzählen wollte …«

»Mama, sei nicht böse, aber ich bin auf dem Sprung, ich rufe dich zurück, okay?«

»Ja. Sicher. Ich verstehe, dass du zu wenig Zeit hast, um mit deiner Mutter zu telefonieren.«

»Mama, bitte … du weißt, dass ich gern mit dir telefoniere, aber es ist gerade wirklich schlecht.«

»Ja, ja, schon gut. Jetzt hab ich ja wenigstens deine Stimme mal wieder gehört. Bis bald.«

»Ja, bis bald. Ich rufe an.«

Patrick beendete das Gespräch und sah zu Julia hinüber.

»Du solltest das Telefon abstellen«, sagte sie mit müder Stimme. »Und dein Handy auch.«

Er schüttelte den Kopf. »Das kann ich nicht. Es könnte sein, dass die Polizei anruft, dann möchte ich erreichbar sein.« In diesem Moment klingelte prompt Patricks Handy. Noch bevor er das Gespräch annehmen konnte, stand Julia auf und sah ihn erschöpft an.

»Ich bin sehr müde und habe rasende Kopfschmerzen. Bist du böse, wenn ich mich ins Bett lege?«

»Nein, natürlich nicht, mach das. Es war alles ein bisschen viel heute.«

»Ja«, sagte sie und verließ das Wohnzimmer. Patrick wartete, bis sie draußen war, dann nahm er den Anruf von einem Kollegen aus der Firma an.

Zwanzig Minuten und drei Telefonate später stellte Patrick das Telefon ab. Er war es leid, immer wieder die gleichen Erklärungen abgeben und jedem versichern zu müssen, dass er nicht gesagt hatte, was auf dem Video zu hören war. Um dann trotzdem mit dem Gefühl aufzulegen, seinen Gesprächspartner nicht überzeugt zu haben.

Sein Smartphone ließ er jedoch auf Empfang. Da riefen sowieso nur Freunde an. Oder die Polizei.

Als er das Telefon weggelegt hatte, ging er leise nach oben ins Schlafzimmer. Mittlerweile war die Dämmerung schon fortgeschritten, und er musste ein paar vorsichtige Schritte ins Schlafzimmer machen, bis er Julias schlafende Gestalt sehen konnte.

Eine Weile blieb er neben dem Bett stehen und betrachtete seine schlafende Frau. Was im Moment geschah, war furchtbar für ihn, aber für Julia musste es mindestens ebenso schrecklich sein. Zumal zu alldem noch der Vorwurf im Raum stand, er habe ein Verhältnis mit dieser Yvonne gehabt. Er versuchte, sich vorzustellen, wie er im umgekehrten Fall reagieren würde. Natürlich würde er zu seiner Frau halten und ihr glauben. Aber gäbe es nicht doch einen kleinen Stachel des Misstrauens in ihm, wenn jemand gegenüber der Polizei behaupten würde, Julia hätte ein Verhältnis mit seinem Freund gehabt?

Nein, beschloss er, er würde seiner Frau vertrauen und zu ihr halten. So, wie sie zu ihm hielt. Er konnte und wollte sich nicht vorstellen, was er tun würde, wenn Julia an ihm zweifelte.

Leise verließ er den Raum und ging wieder nach unten. Am Fuß der Treppe blieb er stehen und blickte zur Haustür. Was sollte er tun? Auch er fühlte sich ausgelaugt und müde, aber wenn er sich jetzt ins Bett legte, war er spätestens um Mitternacht wieder wach. Falls er überhaupt schlafen konnte.

Vielleicht sollte er Marveen und Stephan einen Besuch abstatten? Die beiden wussten sowieso Bescheid, und es würde ihm sicher guttun, sich mit jemandem zu unterhalten, der nicht direkt an der Sache beteiligt war.

Kurzentschlossen griff er nach seinem Schlüssel und verließ das Haus.

Als Marveen ihm die Tür öffnete, lächelte sie ihm entgegen. »Hey, du Armer. Wie geht's dir?«

Patrick zuckte mit den Schultern. »Ging schon mal besser. Habt ihr ein bisschen Zeit? Julia hat sich hingelegt, und mir fällt zu Hause die Decke auf den Kopf.«

»Klar, komm rein.« Sie trat zur Seite und ließ ihn herein.

Patrick ging durch die großzügige Diele direkt ins Wohnzimmer, wo Stephan auf der Couch lag und sich aufrichtete.

»Sorry, ich wollte nicht stören«, sagte Patrick, doch Stephan schüttelte den Kopf. »Quatsch. Ich hatte mich nur ein paar Minuten hingelegt. Komm, setz dich. Magst du ein Bier?«

»Gern.«

Kurz darauf prosteten sie sich zu. Marveen saß neben ihrem Mann auf der Couch und sah Patrick ernst an. »Julia hat uns ja schon erzählt, was bei euch los ist. Unfassbar.«

»Ja, das ist es. Ich kann es immer noch nicht glauben, dass ich beschuldigt werde.«

»Kann sich keiner ausdenken, so was«, murmelte Stephan, woraufhin Patrick ein humorloses Lachen ausstieß. »Doch, genau das ist passiert. Das *hat* sich jemand ausgedacht, der mich fertigmachen will.«

»Aber warum? Wem hast du denn dermaßen in die Eier getreten?«

»Das ist das Problem.« Patrick nahm einen großen Schluck und stellte die Flasche ab. »Ich habe keine Ahnung.«

Marveen schüttelte nachdenklich den Kopf. »Und die Polizei glaubt wirklich, du hättest was damit zu tun?«

»Ja.«

»Lass sie das ruhig glauben«, riet Stephan. »Solange die keine Beweise haben, können sie dir gar nichts. Und wenn du nichts mit der Sache zu tun hast, kann es auch keine Beweise geben. Ende.«

»Denkt ihr. Habt ihr schon das mit dem Video mitbekommen? Auf *NF&B*?«

Der Blick, den die beiden tauschten, verriet Patrick sofort, dass sie davon wussten.

»Ja, Peter hat uns davon erzählt«, erklärte Stephan schließlich.

»Peter?«, fragte Patrick nach. »Ach ja, stimmt, er war hier, nicht wahr? Ich habe sein Auto gesehen.«

»Ja. Er findet das alles ganz furchtbar.«

»Hm, dafür meldet er sich aber recht wenig bei mir.«

»Tu ihm nicht Unrecht«, sagte Marveen. »Er lässt dich bewusst in Ruhe. Im Grunde weiß er nicht so recht, wie er mit der Situation umgehen soll.«

»Na, dann sind wir ja schon zwei«, stellte Patrick fest.

»Vielleicht meldest du dich einfach bei ihm.«

»Ja, das sollte ich wirklich tun. Und was das Video betrifft … das bin tatsächlich ich. Aber der Ton ist gefälscht. Das, was zu hören ist, habe ich nie gesagt. Irgendjemand hat das Ding nachsynchronisiert, und zwar verdammt gut, das muss ich zugeben. Aber es ändert nichts daran, dass es eine Fälschung ist.«

»Kann man das nicht irgendwie technisch nachweisen?«, erkundigte sich Marveen.

»Genau das passiert gerade bei der Polizei. Die machen eine Stimmanalyse. Danach ist klar, dass dieses Video genauso falsch ist wie die Beschuldigungen gegen mich.«

»Wie lange dauert das?«

»Bis morgen Vormittag.«

»Na dann …« Stephan hob seine Bierflasche. »Auf die Wahrheit, die irgendwann immer ans Licht kommt.«

Patrick trank ebenfalls einen Schluck. Seine Gedanken kehrten zurück zu Peter. Vielleicht war es doch keine gute Idee gewesen, zu Marveen und Stephan zu gehen. Er hätte stattdessen mit Peter sprechen sollen.

Nach einem letzten Schluck aus der Flasche stand er auf.

»Seid mir nicht böse, aber ich habe keine Ruhe.« Er wandte sich an Marveen. »Was du eben über Peter gesagt hast, dass er nicht weiß, wie er mit der Situation umgehen soll … vermutlich hast du recht. Ich denke, ich rede mal mit ihm.«

»Tu das«, stimmte Marveen ihm zu. »Ich kann mir vorstellen, dass das euch beiden guttun wird.«

»Das war zwar ein kurzer Besuch«, sagte Stephan und stand ebenfalls auf, »ist aber schon okay, ich bring dich raus.«

Auf dem kurzen Weg nach Hause dachte Patrick darüber nach, ob er Peter anrufen sollte, entschied sich aber dafür, zu ihm zu fahren und von Angesicht zu Angesicht mit ihm zu reden. Es gab ein, zwei Dinge, die er nicht verstand und nicht am Telefon besprechen wollte. Zum Beispiel, warum Peter ihm nicht gesagt hatte, dass Lomberg und Hensch in der Firma nicht nur den Chef und ihn, sondern auch etliche Kolleginnen befragt hatten.

Oder warum er Julia angerufen und ihr von dem Video erzählt hatte, bevor Patrick Gelegenheit dazu gehabt hatte. Vermutlich gab es dafür plausible Erklärungen, und deshalb wollte er persönlich mit seinem Freund sprechen.

Kurz darauf ließ er den Audi rückwärts aus der Einfahrt rollen und fuhr los.

Peter bewohnte eine schicke Eigentumswohnung ganz in der Nähe des Luthersees, etwa zwanzig Autominuten von ihrem Haus in Herrenberg entfernt.

Als Patrick dort ankam, stand der Wagen seines Freundes auf dem Parkplatz vor dem Haus.

Alle weiteren Parkplätze am Haus und am Straßenrand waren belegt, so dass Patrick etwa fünfzig Meter weiter in eine Seitenstraße einbog und seinen Wagen dort am Straßenrand abstellte. Auf dem Weg zu Peters Wohnung fiel ihm auf, wie ruhig es in dieser Gegend abends war. Kein Mensch begegnete ihm, lediglich ein Auto kam ihm entgegen.

Peters Wohnung lag in der ersten Etage des zweigeschossigen Hauses, das erst einige Jahre zuvor gebaut worden war. Peter hatte ihm erzählt, dass er die Einhundertzwanzig-Quadratmeter-Wohnung bereits in der Planungsphase gekauft hatte.

Patrick erreichte das Haus, betätigte die Klingel und wartete, aber es geschah nichts. Als auch nach dem zweiten Läuten keine Reaktion erfolgte, zog er sein Smartphone aus der Tasche und wählte die Nummer seines Freundes, doch schon nach dem ersten Ton schaltete sich die Voice-Mailbox ein, und Peter forderte ihn auf, ihm eine Nachricht zu hinterlassen. Das kannte Patrick schon. Peter hatte die Angewohnheit, sein Smartphone abends in den Flugmodus zu schalten, um seine Ruhe zu haben. Da er kein Festnetztelefon hatte, war es am Abend oft unmöglich, ihn zu erreichen.

»Ja, ich bin's, Patrick. Ich stehe vor deiner Haustür und habe geklingelt, aber entweder hörst du mich nicht, oder du möchtest mir nicht öffnen. Melde dich bitte mal.«

Damit beendete Patrick das Gespräch, ging ein paar Schritte zurück und legte den Kopf in den Nacken. Hinter den Fenstern, die zu Peters Wohnung gehörten, herrschte Dunkelheit.

»Wo, zum Teufel, bist du?«, stieß er leise aus, ging wieder zur Haustür und drückte den Zeigefinger auf die Klingel, jedoch erneut ohne Erfolg.

Patrick konnte sich nicht vorstellen, dass Peter um diese Zeit bereits im Bett lag. Weit weg würde er ohne sein Auto auch nicht sein. Es gab jedoch noch eine Möglichkeit. Patrick wusste, dass Peter es liebte, am See spazieren zu gehen, vor allem, wenn er nachdenken wollte. Die frische Luft und die Nähe zum Wasser kurbelten, wie er behauptete, seine Gedanken an.

Patrick sah sich um. Am See gab es keine Beleuchtung, zumindest nicht an dem Teil, der von Peters Wohnung aus schnell zu erreichen war. Es musste dort stockfinster sein, deshalb hielt er es für unwahrscheinlich, dass Peter tatsächlich dort war.

Nach einem letzten Blick zu den dunklen Fenstern wandte er sich schließlich ab und ging frustriert zurück zu seinem Auto.

Anstatt kurz darauf in einem Gewerbegebiet links auf die B7 abzubiegen, die ihn direkt nach Herrenberg bringen würde, entschloss er sich, durch die Innenstadt zu fahren. Er fühlte sich in diesem Moment derart fremd in seinem eigenen Leben, dass er das dringende Bedürfnis hatte, Alltag zu sehen. Menschen, die auf dem Weg zu einer Kneipe oder einem Restaurant waren. Paare, die durch die Innenstadt spazierten und miteinander redeten und lachten. Normalität.

Langsam fuhr er durch die Eugen-Richter-Straße, bog dann in die Stauffenbergallee ab und wurde sich bewusst, dass er sich ganz in der Nähe des Angermuseums befand, wo diese Frau ihm wenige Tage zuvor ihr Smartphone vor das Gesicht gehalten und ihn beschimpft hatte.

Ohne lange darüber nachzudenken, hielt er an einem freien Parkplatz auf der rechten Straßenseite an, stieg aus und stand ein paar Minuten später an der Stelle, an der das Video aufgenommen worden war.

Er sah sich um und versuchte, sich genau an jede Einzelheit zu erinnern. Die unnatürlich wirkenden schwarzen Haare der Frau, mit Sicherheit eine Perücke, die große Sonnenbrille, die kaum etwas von ihrem Gesicht freigelassen hatte … Was hatte sie angehabt? Er glaubte, sich an eine dunkle Jacke zu erinnern. Und darunter? Jeans? Er wusste es nicht. Er konnte nicht einmal sagen, ob sie eine Hose oder einen Rock getragen hatte. Er war so sehr durch ihr Smartphone abgelenkt gewesen …

Es schien gerade so, als hätte das Schicksal entschieden, alles gegen ihn laufen zu lassen. Das Schicksal oder jemand anderes.

Nachdem er eine Weile dagestanden hatte, wurde ihm bewusst, wie ausgelaugt und müde er war. Er wandte sich ab und ging zurück zu seinem Auto.

Zu Hause angekommen, schlich er die Treppe hoch und stellte fest, dass Julia noch schlief. Kurz überlegte er, sich ebenfalls ins Bett zu legen, entschied sich aber dagegen. Stattdessen ging er nach unten ins Wohnzimmer, ließ sich auf die Couch fallen und schloss die Augen.

Während seine Gedanken immer wieder um die Ereignisse dieses seltsamen Tages kreisten, spürte er, wie seine Glieder schwerer wurden und sein Bewusstsein mehr und mehr hinabglitt in einen Dämmerzustand. Er wehrte sich nicht dagegen.

Habe ich schon von meinem Anwalt erzählt? Ich denke nicht. Unser … ich nenne es mal Geschäftsverhältnis ist auch noch ganz frisch.

Dr. Johannes Göbel, Fachanwalt für Strafrecht, Seniorpartner der Sozietät Dr. Brunner, Dr. Keipel und Partner.

Sechsundvierzig Jahre alt, zweimal geschieden, eine kleine Tochter, die bei seiner ersten Ex-Frau lebt. Anders als mit seiner zweiten Ex hat er mit ihr noch immer ein gutes Verhältnis.

Das hat er mir alles erzählt, als wir die ersten Male zusammengesessen haben und ich ins Stocken geraten bin, weil ich mich an Einzelheiten nicht mehr genau erinnern konnte. Oder weil ich wieder einmal so verzweifelt war, dass ich es nicht geschafft habe, einen klaren Gedanken zu fassen.

Dann hat Dr. Göbel sich zurückgelehnt und Dinge gesagt wie: »Wussten Sie schon, dass ich zweimal geschieden bin? Ich bin zweimal gescheitert. Nicht weil irgendwelche äußeren Einflüsse meine Ehen zerstört haben, sondern weil meine jeweilige Frau und ich es einfach nicht geschafft haben, uns zusammenzureißen und Probleme gemeinsam zu meistern. Ich habe versagt. Bei Ihnen ist das etwas anderes, Herr Dostert. Sie haben sich nichts zuschulden kommen lassen. Keine Versäumnisse. Nichts. Sie haben einfach nur das Pech, Ziel einer bösartigen Inszenierung geworden zu sein. Im Gegensatz zu mir haben Sie sich nichts vor-

zuwerfen. Es waren andere, die Sie in diese Situation gebracht haben, davon bin ich überzeugt, und das werden wir beweisen. Seien Sie wütend auf diejenigen, die Ihnen das angetan haben. Wünschen Sie ihnen die Pest an den Hals, was auch immer. Aber verzweifeln Sie nicht. Sie haben keinen Grund dazu, denn Sie haben nichts falsch gemacht.«

Ich denke, damit wollte er eine Brücke zwischen uns bauen. Er wollte mich aufmuntern, und dass ich ihm vertraue, was ihm beides auch recht gut gelungen ist.

Ich schätze ihn. Seine offene, direkte, aber nie verletzende Art.

Als es so weit war, dass ich mir einen Anwalt suchen musste, fiel mir als Erstes Ralf Theis ein, der Rechtsbeistand der Firma, für die ich gearbeitet habe. Allein daran sieht man schon, wie unglaublich blauäugig ich zu diesem Zeitpunkt noch war. Und wie wenig Berührungspunkte ich bis dato mit der Justiz hatte.

Theis hatte Schürmann in der Vergangenheit einige Male vertreten, wenn es um Schadensersatzklagen gegen die Firma und einmal um Betrugsvorwürfe gegen Schürmann selbst ging. Von Prozessen wie meinem hat Theis keine Ahnung.

Letztendlich war es Marveens Mann Stephan gewesen, der mir Dr. Göbel empfohlen hat. Er selbst hat den Tipp von einem Freund erhalten, dessen Bruder Göbel vor einiger Zeit erfolgreich bei einer Anklage wegen Körperverletzung vertreten hat.

Ja, ich weiß. Der Bruder des Freundes meines Nachbarn … Ich höre ja schon auf. Ich wollte damit nur darlegen, dass es mehr oder weniger Zufall war, dass ausgerechnet Dr. Göbel mich vertritt. Ob es letztendlich ein glücklicher oder ein weniger glücklicher Zufall war, wird sich noch herausstellen, aber es steht jetzt schon für mich fest, dass Dr. Göbel zumindest einen sehr kompetenten Eindruck vermittelt. Und er versteht es, mir jedes Mal wieder Mut zu machen, wenn ich in ein Tief abrutsche. Das kommt leider immer noch häufig vor, auch wenn ich hier schon eine Weile festsitze. Vielleicht kann man mich an dem Punkt meiner Geschichte, an dem ich mittlerweile angelangt bin, verstehen. Wobei wir uns ja immer noch in der Anfangsphase befinden. An einem Punkt, an dem ich lächerlicherweise nicht nur dachte, es könne nicht mehr viel schlimmer kommen, sondern sogar die Hoffnung hatte, dass sich alles schnell aufklären würde.

Wie naiv ich doch war.

10

Patrick wusste nicht, ob und wie lange er geschlafen hatte, als ihn das Klingeln seines Smartphones jäh in die Realität zurückholte.

Er riss die Augen auf, blinzelte und tastete benommen nach dem Telefon. War das Lomberg? Hatte er das Ergebnis der Stimmanalyse schon früher erhalten?

Doch die Nummer war unterdrückt, und nachdem Patrick sich mit seinem Namen gemeldet hatte, sagte eine Frau: »Hier spricht Jana Gehlen. Wenn Sie möchten, können wir uns treffen.«

Mit einem Ruck richtete Patrick sich auf und schwang die Beine von der Couch. »Sie? … Warum jetzt plötzlich?«

»Ich habe den ganzen Tag darüber nachgedacht, was Yvonne mir über Sie erzählt hat. Dabei ist mir etwas aufgefallen, das mir seltsam vorkommt. Da passt etwas nicht zusammen, und das lässt mir keine Ruhe. Ich wehre mich zwar immer noch gegen den Gedanken, dass Yvonne mich belogen haben könnte, aber etwas in ihrer Darstellung kann nicht stimmen.«

Trotz seiner Aufregung bemerkte Patrick, dass Gehlens Stimme anders klang als bei seinem ersten Gespräch mit ihr. Dunkler. Das mochte daran liegen, dass sie von seinem ersten Anruf überrascht worden war, sich auf dieses Gespräch jetzt aber vorbereitet hatte.

»Was genau meinen Sie? Was passt nicht zusammen?«

»Das kann ich Ihnen nicht am Telefon erklären, weil ich Ihnen etwas zeigen muss.«

»Und warum ist Ihnen nicht aufgefallen, dass etwas nicht passt, *bevor* Sie zur Polizei gegangen sind und mich beschuldigt haben?«

»Die Frage stellt sich nicht, weil ich es gerade erst bemerkt habe.«

»Und *was* ist Ihnen aufgefallen?«

»Noch einmal: Das geht nicht am Telefon.«

Es machte Patrick wütend, dass die Frau, die schuld an seiner Situation war, die durch eine offenbar unüberlegte und definitiv falsche Behauptung so viel Unglück über ihn und Julia gebracht hatte, nun auch noch Bedingungen stellte. Aber egal, was er über sie dachte, wenn sich ihm eine Chance bot, dass das alles vielleicht endlich aufgeklärt wurde, musste er sie ergreifen.

»Also gut. Dann schlage ich vor, wir treffen uns auf dem Präsidium, damit die Polizei auch gleich dabei ist, wenn Sie erklären …«

»Nein!«, unterbrach sie ihn. »Das kann ich nicht tun, weil ich mir noch nicht sicher bin. Ich habe genau das wiedergegeben, was Yvonne mir gesagt hat. Es ist nur dieses kleine Detail in ihrer Schilderung … Mein Gott, Yvonne ist verschwunden, und wer weiß, vielleicht lebt sie schon nicht mehr. Ich möchte sie auf keinen Fall bei der Polizei als Lügnerin darstellen, solange ich nicht ganz sicher bin. Aber dazu brauche ich Sie.«

»Ich wollte, diese Gedanken hätten Sie sich gemacht, bevor Sie mein Leben mit Ihren Behauptungen bei der Polizei in die Tonne getreten haben. Ist Ihnen denn nicht klar, in welche Situation Sie mich mit Ihrer Aussage gebracht haben? Dass *Ihre* Aussage mein ganzes Leben zerstören kann? Finden Sie es da nicht fair, wenn die Polizei bei unserem Gespräch dabei ist?«

»Nein. Kommen Sie allein, oder wir lassen es. Sollte sich herausstellen, dass Yvonne mir tatsächlich nicht die Wahrheit gesagt hat, gehe ich selbst zur Polizei, das verspreche ich Ihnen. Aber erst dann.«

Patrick überlegte nur kurz, bevor er sagte: »Also gut.«

Wenn Jana Gehlen wirklich einen Grund sah, an der Aussage ihrer Freundin zu zweifeln, dann konnte ihm das nur helfen.

»Wo soll ich hinkommen?«

»Zu mir nach Hause. Ich gebe Ihnen die Adresse.«

Zu ihr nach Hause. Das sah nicht danach aus, als wollte sie ein falsches Spiel mit ihm treiben. »Ich kenne die Adresse, sie steht im Telefonbuch. Wann?«

»Jetzt gleich. Meine Wohnung liegt im Erdgeschoss.«

»Jetzt?« Patrick warf einen Blick auf das Display. Er hatte jegliches Zeitgefühl verloren.

»Es ist schon Viertel nach zehn!«

»Und?«

Patrick dachte an Julia, die oben im Bett lag und schlief.

»Also gut, ich fahre gleich los.«

Nachdem das Gespräch beendet war, zermarterte er sich den Kopf, ob er nicht gegen Jana Gehlens Willen Lomberg kontaktieren und ihm von dem Anruf erzählen sollte. Aber was würde der daraufhin tun? Würde er überhaupt etwas tun?

Andererseits – wie würde Lomberg reagieren, wenn er später herausfand, dass Patrick sich heimlich mit Gehlen getroffen hatte, nachdem er ihm ausdrücklich untersagt hatte, mit ihr in Kontakt zu treten? Allerdings hatte sie ja ihn angerufen und um ein Treffen gebeten. Zudem hatte Lomberg Patrick im Grunde gar nichts zu verbieten.

Nein, er würde ihn nicht informieren. Jana Gehlen hatte vielleicht tatsächlich etwas entdeckt, womit bewiesen werden konnte, dass ihre Freundin ihr entweder nicht die Wahrheit gesagt oder jemand anderen gemeint hatte.

Er stand auf. Falls Julia aufwachte und feststellte, dass er nicht zu Hause war, würde sie ihn sicher anrufen. Dann konnte er ihr alles erzählen.

Ohne wirklich überzeugt zu sein, dass er das Richtige tat, verließ Patrick das Haus und stieg in seinen Audi.

Von ihrem Haus bis zu Jana Gehlens Wohnung in Weimar brauchte Patrick knapp über eine halbe Stunde, in der sich seine Gedanken immer wieder um die Frage drehten, was es sein konnte, weswegen die Frau sich mit ihm treffen wollte. Doch er kam zu keiner Lösung.

Jana Gehlen wohnte in einem großen, sechsstöckigen Haus, das der Fassade nach mindestens hundert Jahre alt sein durfte.

Die Anzahl der in drei Reihen angebrachten Klingeln deutete auf etwa zwanzig Wohnungen hin. Patrick fand den handgeschriebenen Namen Gehlen unten links, drückte auf den Knopf und wartete darauf, dass die Frau sich über die Sprechanlage meldete. Nach einer Weile, in der nichts geschah, betätigte er den Knopf erneut, doch wieder erfolgte keine Reaktion. Einem Impuls folgend drückte er gegen die massive Holztür, die sich verblüffend leicht öffnen ließ.

Das wunderte ihn. Um diese Zeit eine nicht abgeschlossene Haustür … Als er das Treppenhaus betrat, flammten Lampen auf und verbreiteten nüchternes Licht. Er schloss die Tür, wobei sein Blick auf einen Zettel fiel, der an dem Holz angebracht war und auf dem die Bewohner darum gebeten wurden, die Tür ab acht Uhr abends abzuschließen. Das hatte zumindest an diesem Tag nicht funktioniert.

Links und rechts einer breiten Treppe mit abgetretenen steinernen Stufen gingen im vorderen und im hinteren Bereich je zwei Türen ab. Hinter einer davon musste sich Jana Gehlens Wohnung befinden. Aber warum hatte sie ihm auf sein Klingeln hin nicht geöffnet? Sie wusste doch, dass er kam.

Mit gemischten Gefühlen näherte sich Patrick der ersten Tür auf der linken Seite und warf einen Blick auf das Klingelschild.

K.&B. Bauer stand dort, also wandte er sich ab und versuchte es auf der anderen Seite, wo aber eine *Ilse Kerpen* wohnte.

Als er in den hinteren, rechten Bereich kam, stutzte er. Die Tür stand einen schmalen Spalt offen. Langsam ging er darauf zu, bis er das Klingelschild lesen konnte.

Jana Gehlen.

Das also war die Tür zu ihrer Wohnung.

Patrick legte die Hand auf die glatte Oberfläche und

drückte leicht dagegen, woraufhin die Tür nach innen aufschwang.

Der Flur der Wohnung war erleuchtet, eine der drei Türen, die er von seinem Standort aus sehen konnte, war geöffnet, ohne dass er in den dahinterliegenden Raum hätte blicken können.

»Hallo?«, sagte er. Als nichts geschah, versuchte er es ein wenig lauter: »Frau Gehlen? Sind Sie da?«

Keine Reaktion.

Patricks Gedanken rasten. Was hatte das zu bedeuten? Sollte er die Wohnung betreten? Oder besser Lomberg anrufen und ihm die Situation erklären? Er haderte mit sich, versuchte, das Für und Wider gegeneinander abzuwägen. Erneut rief er den Namen der Frau, jedoch ohne Erfolg.

Das ist eine Falle, soufflierte ihm eine innere Stimme. *Denk daran, dass jemand versucht, dir etwas in die Schuhe zu schieben. Die Frau, die dir das alles eingebrockt hat, ruft dich an und bestellt dich zu sich nach Hause, und dann das. Es ist eine Falle!*

War jetzt der Zeitpunkt, die Polizei anzurufen? Was aber, wenn dort in der Wohnung wieder irgendwelche Dinge arrangiert worden waren, die ihn noch verdächtiger machen würden? Er stand da, starrte in den Flur vor sich und fühlte sich so hilflos wie selten in seinem Leben.

Schließlich fasste er sich ein Herz und betrat den Flur. Die Wände waren cremefarben gestrichen, mehrere kleine Aquarelle hinter rahmenlosem Glas sorgten für Farbtupfer. An der Garderobe auf der rechten Seite hingen zwei leichte Jacken, auf einem kleinen, hüfthohen Schränkchen daneben standen eine Vase mit einer gelben Kunstblume darin und eine kleine Holzschale, in der ein paar Schlüssel und sonstiger Kleinkram lagen.

Patrick ging durch den Flur auf eine Tür zu, die leicht offen stand, warf einen Blick in das dahinterliegende Wohnzimmer und hielt erschrocken den Atem an.

11

Das Zimmer sah aus, als hätte darin ein Kampf stattgefunden. Eine Stehlampe und ein Stuhl waren umgekippt. Der ovale Tisch schien mitsamt dem Teppich, auf dem er stand, bis an die Wand geschoben worden zu sein. Eine Glasschale lag zerbrochen auf den hellen Fliesen, Obst und einige andere Dinge waren auf dem Boden verstreut. Neben einer zermatschten Banane lag ein zugeklapptes Notebook.

»Mist!«, stieß Patrick aus und wischte sich mit der Hand über die Stirn. Kein Zweifel, hier hatte entweder tatsächlich ein Kampf stattgefunden, oder jemand hatte einen Tobsuchtsanfall ausgelebt.

Und Jana Gehlen war offenbar verschwunden.

War derjenige, der das alles inszeniert hatte und der vermutlich verantwortlich dafür war, dass Yvonne Voigt verschwunden war und Patrick beschuldigt wurde, zu dem Entschluss gekommen, dass es besser war, Gehlen zu beseitigen? Weil sie etwas entdeckt hatte, das den ganzen Schwindel vielleicht auffliegen lassen würde?

War derjenige hier gewesen, während Patrick auf dem Weg zu ihr war, und hatte Gehlen überwältigt und mitgenommen, bevor sie ihm sagen konnte, was ihr aufgefallen war?

»So ein Mist!«, wiederholte Patrick leise und zermarterte sich den Kopf darüber, was jetzt das Richtige war. Sollte er einfach wieder nach Hause fahren und so tun, als wäre nichts geschehen? Nein, das war keine Option. Das war genau das, was die Protagonisten in Filmen meist taten, weil sie Angst davor hatten, sich verdächtig zu machen.

Kurz wunderte er sich darüber, dass er in dieser Situation an Filme denken konnte, dann schüttelte er diese Gedanken ab. Er musste Lomberg anrufen. Wahrscheinlich würde der toben, weil Patrick zu Jana Gehlen gefahren war, ohne ihn zu informieren.

Aber das war egal angesichts der Tatsache, dass hier offensichtlich etwas ganz und gar nicht stimmte. Womöglich schwebte die Frau in Gefahr. Ja, es war egal, wie Lomberg reagierte.

Patrick fischte sein Smartphone aus der Tasche und wollte die Nummer des Polizisten wählen, als ihm einfiel, dass Jana Gehlen sich auch in einem der anderen Räume befinden konnte. Gefesselt oder bewusstlos. Vielleicht war sie verletzt und brauchte Hilfe? Er musste nachsehen!

Patrick fühlte sich mit der Situation überfordert. Aber wer wäre in einer solchen Situation souverän?

Mit einer fahrigen Bewegung steckte er das Handy wieder ein, wandte sich um und ging den Flur entlang zur nächsten Tür. Sie war geschlossen. Mit wummerndem Herzen öffnete er sie ein Stück und spähte in den Raum. Es war die Küche. Leer. »Hallo?«, rief er zaghaft und fragte sich im selben Moment, was das bringen sollte.

Hinter der nächsten Tür befand sich ein etwas kleinerer Raum, den Gehlen wohl als Bügelzimmer benutzte, wie das aufgebaute Bügelbrett und ein Korb voller Wäsche vermuten ließen. Ein großer weißer Schrank nahm eine komplette Wand ein, sonst gab es nichts.

Hinter der letzten Tür musste das Schlafzimmer sein. Lag Jana Gehlen dort auf dem Bett? Gefesselt? Verletzt? Patrick öffnete die Tür und hatte dabei das Gefühl, sein Herzschlag müsse bis ins Treppenhaus zu hören sein.

Ein ordentlich gemachtes Bett, eine weiße Kommode, ein Standspiegel und ein ebenfalls weißer Wäschebehälter aus Korbgeflecht … das war alles. Es befand sich definitiv niemand außer ihm in der Wohnung.

Erleichtert wandte Patrick sich ab und nahm noch im Flur erneut sein Smartphone heraus, zögerte aber. Er hatte das dringende Bedürfnis, diese Wohnung zu verlassen. Er würde Lomberg vom Treppenhaus aus anrufen.

An der Tür zum Treppenhaus angekommen, hörte er Geräusche, im nächsten Moment stand eine weißhaarige Frau, einen kleinen Hund an der Leine, vor ihm und sah ihn fragend an, bevor ihr Blick sich auf das Telefon in seiner Hand richtete.

»Wer sind Sie?«, wollte sie wissen. »Und was tun Sie hier? Wo ist Frau Gehlen?«

»Das … weiß ich nicht«, antwortete Patrick überrascht. »Mein Name ist Patrick Dostert, ich war hier mit Frau Gehlen verabredet, aber die Tür stand offen, und sie ist nicht da. Da drin sieht es aus, als hätte ein Kampf stattgefunden.« Er hob das Smartphone an. »Ich wollte gerade die Polizei verständigen.«

»Verabredet? Um diese Zeit? Und was für ein Kampf?«

»Ich weiß es nicht, deswegen rufe ich jetzt die Polizei.«

Damit wählte er Lombergs Nummer und hielt sich das Gerät ans Ohr.

»Patrick Dostert hier«, sagte er, nachdem Lomberg sich gemeldet hatte. »Ich stehe vor der Wohnung von Jana Gehlen. Sie ist nicht da, aber die Tür stand offen, und drinnen sieht es aus, als hätte jemand gekämpft.«

»Was? Wo sind Sie? Bei Frau Gehlen? Ein Kampf, sagten Sie?«

»Ja.«

»Und Sie sind jetzt in der Wohnung?«

»Ich war drin, die Tür stand offen. Jetzt stehe ich im Treppenhaus.«

»Bleiben Sie da und fassen Sie nichts an. Wir kommen. Betreten Sie auf keinen Fall noch mal die Wohnung. Sie rühren sich nicht vom Fleck, haben Sie verstanden?«

»Ja, ist gut, ich warte.«

Patrick ließ das Telefon sinken und nickte der alten Frau zu. »Die Polizei ist auf dem Weg.«

Der misstrauische Ausdruck in ihrem Gesicht blieb, während sie an ihm vorbei einen langen Blick in den Flur warf. »Und wer sind Sie? Ich habe Sie hier noch nie gesehen.«

»Ich bin ein Kollege von Frau Gehlen«, log Patrick, weil er nicht wusste, was er der Frau sonst sagen sollte.

Ich kenne sie, weil sie mich bei der Polizei beschuldigt hat, ihre Freundin misshandelt und entführt zu haben, wäre keine gute Erklärung gewesen.

»Hm …«, sagte sie und wandte sich umständlich ab.

»Ach, wie ist Ihr Name und wo wohnen Sie?«, erkundigte sich Patrick geistesgegenwärtig. »Falls die Polizei fragt.«

»Die Polizei? Kerpen. Ich heiße Ilse Kerpen. Ich wohne da vorn. Aber jetzt gehe ich mit Friede Gassi.«

Patrick sah ihr nach, bis sie durch die Haustür verschwunden war, dann lehnte er sich an die Wand gegenüber der Wohnungstür. Ihm wurde flau im Magen, wenn er an die Begegnung mit Lomberg dachte, die ihm in Kürze bevorstand.

Die Zufälle und Behauptungen um Ihre Person häufen sich, hatte der Polizist vor wenigen Stunden noch zu ihm gesagt. Es hatte sich wie eine Drohung angehört, dass es besser für ihn wäre, wenn diese Zufälle aufhörten.

Und nun das. Die Frau, die ihn beschuldigt hatte, war verschwunden, und er stand vor ihrer Wohnung, in der es aussah, als hätte Gehlen sie nicht freiwillig verlassen.

Aber war das wirklich ein Zufall?

Patrick dachte über Gehlens Anruf nach. Daran, dass ihm aufgefallen war, dass ihre Stimme sich dunkler angehört hatte als bei ihrem ersten Gespräch. Mit einem Mal hatte er das Gefühl, alle Kraft fließe aus ihm hinaus. Er gab dem Zittern seiner Knie nach und ließ sich langsam an der Wand hinabrutschen, bis er auf dem kalten Boden saß.

Was, wenn das, was gerade geschah, tatsächlich Teil des Plans war, den jemand verfolgte, der sich offenbar auf die Fahne geschrieben hatte, sein Leben zu zerstören? So, wie er es befürchtet hatte?

Etwa zehn Minuten später traf die Polizei ein.

»Was ist hier los?« Lomberg sah Patrick ungerührt dabei zu, wie er sich vom Boden aufrappelte, während zwei uniformierte Beamte die Wohnung betraten. »Und was haben Sie um diese Uhrzeit überhaupt hier zu suchen?«

»Frau Gehlen hat mich angerufen und hierherbestellt«, antwortete Patrick ruhig. Während er auf die Polizei gewartet hatte, hatte er sich genau überlegt, was er auf Lombergs Fragen antworten würde.

»Um diese Uhrzeit. Warum?«

»Sie sagte, sie habe den ganzen Tag darüber nachgedacht, was ihre Freundin ihr über mich erzählt hatte, und dabei sei ihr etwas aufgefallen, das nicht zusammenpasste. Und dass ihr das keine Ruhe ließe.«

»Und?«

»Wie ich schon sagte – sie wollte, dass ich hierherkomme, um mir etwas zu zeigen. Sie sagte, am Telefon könne sie mir das nicht erklären.«

»Und auf die Idee, uns anzurufen, sind Sie nicht gekommen?«, fragte eine Frau neben ihm. Patrick hatte nicht registriert, dass Oberkommissarin Hensch mittlerweile ebenfalls hereingekommen war.

»Ich habe Frau Gehlen vorgeschlagen, dass Sie, Herr Lomberg, bei dem Treffen dabei sein sollten, aber das wollte sie auf keinen Fall. Sie sagte, sie wolle erst sicher sein, bevor sie Ihnen gegenüber zugibt, dass ihre Freundin ihr wohl nicht die Wahrheit gesagt hat. Ich habe trotzdem darüber nachgedacht, Sie zu informieren, es dann aber gelassen, weil ich gehofft habe, etwas zu erfahren, das Sie endlich davon überzeugen kann, dass ich unschuldig bin.«

»Hat ja wohl nicht geklappt«, bemerkte Lomberg mit einem Blick in den Flur, in dem die beiden Uniformierten standen. Einer von ihnen nickte ihm zu.

»Warten Sie hier«, sagte Lomberg daraufhin zu Patrick und betrat die Wohnung. Vor dem Eingang zum Wohnzimmer blieb er stehen, betrachtete die Szene eingehend und wechselte ein paar Worte mit den beiden Polizisten, dann kam er wieder heraus.

»KTU«, sagte er knapp zu Hensch. »Und gib eine Suchmeldung nach Jana Gehlen raus.«

Dann wandte er sich an Patrick. »Kommen Sie mit. Ich muss Ihre Aussage auf dem Präsidium aufnehmen.«

»Verdächtigen Sie mich jetzt auch noch, Frau Gehlen entführt zu haben?«, wollte Patrick wissen und bemerkte selbst den gereizten Unterton in seiner Stimme.

»Sie waren als Erster in der Wohnung«, erklärte Lomberg. »Ich brauche Ihre *Zeugenaussage.* Sie sind mit Ihrem Auto hier?«

»Ja.«

»Gut. Wir treffen uns auf dem Präsidium. Fahren Sie ohne Umweg dorthin.« Damit wandte Lomberg sich ab und verließ, gefolgt von Hensch, das Haus.

12

Lomberg schaltete das Diktiergerät ein und legte es vor Patrick auf dem Tisch ab. »Erzählen Sie mir jetzt ganz genau, was passiert ist. Beginnen Sie mit dem Anruf.«

Patrick betrachtete das kleine schwarze Gerät und nickte. »Julia ist bereits früh ins Bett gegangen. Das alles nimmt sie sehr mit. Ich war noch zu aufgedreht und bin zu meinen Nachbarn rüber. Wir haben über das Video gesprochen und über Peter. Peter Helmstätt. Er ist ein Arbeitskollege und mein Freund.«

»Ich erinnere mich. Sie haben mit ihm gesprochen. Was hat er mit der Sache zu tun?«

»Wie ich schon sagte, er ist mein Freund, und ich habe mich gewundert, dass er sich mir gegenüber etwas eigenartig benimmt. Meine Nachbarn meinten, er wisse nicht, wie er mit der Situation umgehen soll, und da ich sowieso keine Lust hatte, zu Hause zu sitzen und mir den Kopf zu zerbrechen, bin ich zu ihm gefahren.«

»Heute Abend?«

»Ja.«

»Wo wohnt er?«

»In Stotternheim, fast am Luthersee.«

»Wie spät war es da?«

Patrick überlegte. »Vielleicht halb sieben.«

»Weiter.«

»Peter war wohl nicht zu Hause, obwohl sein Auto vor der Tür gestanden hat. Ich habe ihn angerufen, aber seine Mailbox schaltete sich ein.«

»Was haben Sie dann gemacht?«

»Ich bin wieder nach Hause gefahren und habe mich auf die Couch gelegt. Irgendwann muss ich eingeschlafen sein. Dann hat Frau Gehlen angerufen. Das war um Viertel nach zehn.«

Patrick erzählte Lomberg von dem Gespräch mit Jana Gehlen, seiner Fahrt zu ihrer Wohnung und was er dort vorgefunden hatte. Auch die Begegnung mit der alten Dame erwähnte er.

Etwa zehn Minuten später schaltete Lomberg das Diktiergerät wieder ab.

»Haben Sie eigentlich Ihre Frau schon angerufen?«

»Nein, wie ich schon sagte, sie hat sich hingelegt, weil sie völlig erschöpft war. Die Situation ist für sie nicht einfach, wie Sie sich vielleicht denken können. Es hat keinen Sinn, sie jetzt aufzuwecken, um ihr zu erzählen, was gerade geschehen ist. Das kann ich immer noch tun, wenn ich wieder zu Hause bin.«

Lomberg sah Patrick lange an, bevor er sich gegen die Rückenlehne des Stuhls sinken ließ. »Ich will ehrlich sein. Ich bin mir noch nicht im Klaren darüber, was ich von Ihnen halten soll, Herr Dostert.«

Patrick stieß ein zischendes Geräusch aus. »Ja, das habe ich hier und da auch schon bemerkt.«

»Das, was Frau Gehlen ausgesagt hat, klang durchaus glaubwürdig. Und dann dieses Video. Das passt absolut zu den Anschuldigungen. Und nun tauchen Sie auch noch vor der verwüsteten Wohnung der Frau auf, die Sie beschuldigt hat, und diese Frau ist verschwunden.«

Patrick beugte sich vor. »Aber sehen Sie denn nicht …«

Lomberg hob eine Hand. »Lassen Sie mich ausreden. Was ich sagen wollte: Ich gebe Ihnen dahingehend recht, dass das alles fast ein bisschen zu offensichtlich ist. Und natürlich stelle ich mir auch die Frage, warum Sie mich anrufen sollten, nachdem Sie Frau Gehlen entführt haben und dann in ihre Wohnung zurückgekehrt sind.«

»Danke«, stieß Patrick erleichtert aus, doch Lomberg hob erneut die Hand.

»Das heißt nicht, dass Sie aus allem raus sind. Vor allem jetzt, wo Frau Gehlen verschwunden ist.«

»Ja, zufälligerweise genau zu dem Zeitpunkt, an dem sie anscheinend etwas entdeckt hat, das vielleicht meine Unschuld beweist«, sagte Patrick bitter. »Aber wer weiß, vielleicht taucht sie ja bald wieder auf und es gibt für das Chaos in ihrer Wohnung eine plausible Erklärung. So wie es sich am Telefon angehört hat, ist sie sich jedenfalls nicht mehr sicher, ob ihre Freundin ihr die Wahrheit erzählt hat.«

»Wir werden sehen.«

»Ja. Hoffentlich bald.«

Eine Weile saßen sie sich schweigend gegenüber, dann fragte Patrick: »Kann ich nach Hause fahren?«

»Ja. Ich melde mich morgen früh bei Ihnen, wenn wir die Auswertung der Stimmanalyse haben.«

»Dann wird sich hoffentlich endlich zeigen, dass ich nichts mit alldem zu tun habe.«

Lomberg rieb sich mit beiden Händen über das Gesicht

und wiederholte: »Wir werden sehen.« Dann erhob er sich, zog seine Jacke vom Stuhl und zeigte zur Tür. »Gehen wir.«

Sie schwiegen erneut, bis sie nebeneinander im Aufzug standen. »Warum haben Sie Ihren Freund Peter eigentlich nicht angerufen, *bevor* Sie zu ihm gefahren sind? Dann hätten Sie sich den Weg sparen können.«

»Manchmal verhält man sich eben nicht völlig rational.«

Der Aufzug hielt mit einem Ruck, und die Türen glitten sanft auseinander. Nachdem sie ihn verlassen hatten, blieb Patrick stehen. »Ehrlich gesagt, gibt es doch einen Grund. Ich wollte ihm keine Möglichkeit geben, mir zu sagen, dass es ihm für ein Treffen zu spät sei. Ich hatte das dringende Bedürfnis, mit einem Freund zu reden, der weiß, dass ich niemals eine Frau misshandeln und entführen würde.«

13

Als Patrick die Haustür vorsichtig hinter sich geschlossen hatte, blieb er einen Moment stehen und lauschte in die Dunkelheit, doch es war nichts zu hören. Offenbar schlief Julia.

Er legte den Schlüssel ab, zog seine Schuhe aus und ging im Dunkeln nach oben ins Badezimmer, wo er das Licht erst einschaltete, nachdem er die Tür hinter sich zugezogen hatte. Julia hatte einen sehr leichten Schlaf, und da die Schlafzimmertür immer einen Spalt weit offen stand, konnte bereits der Lichtschein sie aufwecken.

Nachdem er sich ausgezogen und die Zähne geputzt hatte, schlich Patrick ins Schlafzimmer und legte sich ins Bett, als Julia fragte: »Wo warst du?«

»Du bist wach? Tut mir leid, wenn ich dich geweckt habe.«

Die Lampe auf der Seite seiner Frau leuchtete auf, und Julia sah ihn blinzelnd an. »Ich habe die Haustür gehört. Wie spät ist es?«

»Schon nach Mitternacht.«

»Und wo warst du?«

»Okay«, sagte Patrick und drehte sich ihr zu. »Jana Gehlen hat mich heute Abend angerufen.«

»Was? Warum? Was wollte sie?«

Patrick erzählte Julia von dem Anruf und von dem, was danach geschehen war. Sie unterbrach ihn nicht. Erst als er mit Lombergs Feststellung endete, dass die Dinge ein bisschen zu deutlich gegen ihn sprachen, sagte sie: »Wenigstens etwas. Und niemand weiß, wo diese Frau sein könnte?«

»Die Polizei wird sicher noch die Nachbarn befragen. Und sie suchen nach ihr. Vielleicht finden sie sie ja schon bald, und alles klärt sich auf.«

Julia zog die Bettdecke bis zum Kinn hoch. »Auf die Erklärung, was in ihrem Wohnzimmer passiert ist, bin ich gespannt.«

»Ja, ich auch.«

»Warum hast du mich nicht geweckt, als sie angerufen hat?«

»Du warst so müde … Warum sollte ich dich wecken und damit belasten?«

Patrick nahm ihre Hand. »Ich denke, morgen wird sich herausstellen, dass jemand die Geschehnisse manipuliert, um mir etwas anzuhängen. Ich hoffe nur, sie finden schnell heraus, wer dahintersteckt.«

»Ja, das hoffe ich auch.« Julia löschte das Licht, und nachdem beide eine Weile stumm nebeneinandergelegen hatten, sagte Patrick in die Dunkelheit: »Es ist angsteinflößend, wie leicht es ist, jemanden zu einem Verdächtigen zu machen.«

»Darüber habe ich auch schon nachgedacht«, sagte Julia leise.

»Im Grunde kann es jeden jederzeit treffen. Und man kann absolut nichts dagegen tun.«

»Ja, wirklich beängstigend. Man macht sich über solche

Dinge überhaupt keine Gedanken, bis es einen selbst trifft. Aber morgen ist es hoffentlich vorbei.«

»Ja. Dieses Video haben allerdings Tausende von Menschen gesehen, die nicht erfahren werden, dass es gefälscht war, und die jetzt glauben, ich wäre wirklich so ein Mistkerl.«

»Ich weiß, dass du der liebevollste Mann bist, den man sich wünschen kann.«

Er drehte sich zu ihr und flüsterte: »Ich liebe dich.«

Patrick wachte in der Nacht mehrmals auf, und es dauerte jedes Mal lange, bis er wieder einschlafen konnte, da seine Gedanken sich sofort um Yvonne Voigt, Jana Gehlen und ihre verwüstete Wohnung drehten. Und um das Video.

Ein paarmal überlegte er, aufzustehen, ließ es aber bleiben, er wollte Julia nicht schon wieder wecken. Erst in den frühen Morgenstunden fiel er in einen tiefen, bleiernen Schlaf.

Als er vom penetranten Klingeln seines Telefons aufwachte, war er noch so müde, dass er es kaum schaffte, die Lider zu heben. Erst als ihm die Ereignisse des Vortages wieder einfielen, riss er die Augen auf und tastete nach seinem Handy.

Die Nummer auf dem Display konnte er nicht erkennen, weil seine Augen sich noch nicht an die Helligkeit gewöhnt hatten.

»Lomberg«, meldete sich der Ermittler der Weimarer Kriminalpolizei, und bei der knappen Art, wie er das sagte, wurde Patrick schlagartig hellwach.

»Guten Morgen«, sagte er, richtete sich im Bett auf und

warf einen kurzen Blick auf den altmodischen Radiowecker auf Julias Nachttisch. Neun Uhr zwanzig. Das Bett neben ihm war leer.

»Ist etwas passiert?«

»Das kann man so sagen. Wo sind Sie?«

»Ich … bin zu Hause, warum?«

»Weil wir vor Ihrer Tür stehen. Warum öffnen Sie nicht?«

»Ich bin noch im Bett, ich habe fast die ganze Nacht wachgelegen.«

Patrick schwang die Beine aus dem Bett und fragte sich, wo Julia war.

»Moment. Ich komme!«

Er legte das Telefon ab, nahm seinen Morgenmantel vom Haken an der Tür und schlüpfte hinein.

Zwanzig nach neun … Julia war natürlich in der Schule.

14

Als er die Tür öffnete, musterten Lomberg und Hensch ihn von Kopf bis Fuß, dann setze Lomberg sich wortlos in Bewegung und ging an ihm vorbei ins Haus.

»Ist Ihre Frau nicht zu Hause?«, fragte er auf dem Weg ins Wohnzimmer.

»Nein, sie ist Lehrerin und jetzt in der Schule.«

Im Wohnzimmer angekommen, wandte Lomberg sich ihm zu und sagte ohne weitere Einleitung: »Wir haben Jana Gehlen gefunden. Sie ist tot.«

Patrick hörte sich selbst aufstöhnen, während sich sein Magen im Bruchteil einer Sekunde in einen harten Klumpen verwandelte. Tot. Eine Frau, mit der er noch wenige Stunden zuvor telefoniert hatte. Die er hatte treffen wollen. Die ihn beschuldigt hatte.

»Tot? Aber wie … ich meine, was ist passiert?« Es kostete Patrick große Mühe, einen klaren Gedanken zu fassen.

»Das wissen wir noch nicht. Aber sie ist übel zugerichtet worden.«

»Ich … mein Gott, wie schrecklich.«

»Ja, das kann man so sagen«, bemerkte Inka Hensch und blieb neben ihrem Partner stehen. »Sie sagten, Jana Gehlen hat Sie gestern Abend angerufen und aufgefordert, zu ihr zu kommen?«

»Ja.«

»Wann war das?«

Patrick dachte einen Moment nach. »Gegen Viertel nach zehn.«

»Das wissen Sie noch so genau?«

»Ja, ich habe auf die Uhr geschaut, weil sie wollte, dass ich sofort zu ihr komme.«

»Als Sie mich von Frau Gehlens Wohnung aus angerufen haben«, schaltete sich Lomberg wieder ein, »war es zwanzig nach elf, das könnte also passen. Geben Sie mir Ihr Handy.«

»Moment.« Patrick wandte sich ab und ging nach oben ins Schlafzimmer, wo er sein Smartphone vom Nachttisch nahm. Kurz darauf reichte er es entsperrt an Lomberg weiter.

»Ein anonymer Anruf um sieben Minuten nach zehn«, stellte er nach einer Weile fest.

»Ja, das muss sie gewesen sein.«

Lomberg tippte auf das Display und hielt sich das Telefon ans Ohr. Nach einer Weile ließ er es wieder sinken und reichte es an Patrick zurück. »Stimmt, das war die Mailbox von Frau Gehlen. Wo waren Sie, bevor sie zu ihrer Wohnung gefahren sind?«

»Ich war zu Hause. Ich habe auf der Couch gelegen und geschlafen. Aber das habe ich doch alles schon heute Nacht erzählt.«

Lomberg nickte grimmig. »Ja, aber heute Nacht wussten wir noch nicht, dass Frau Gehlen ermordet worden ist.«

Patrick spürte, wie sich kleine Schweißperlen auf seiner Stirn bildeten. Leise sagte er: »Denken Sie, dass ich das war?«

Die beiden Beamten tauschten einen schwer zu deutenden Blick miteinander, dann sagte Lomberg. »Wir ziehen diese Möglichkeit in Betracht.«

Patrick machte zwei Schritte zum Esstisch, zog einen Stuhl zu sich heran und setzte sich.

Lomberg beobachtete ihn mit ernster Miene. »Sie sagten, Sie sind gestern Abend zu Herrn Helmstätt gefahren, haben ihn aber nicht zu Hause angetroffen und ihn daraufhin angerufen. Wann war das?«

»Ich habe nicht auf die Uhr geschaut, aber das muss zwischen halb sieben und sieben gewesen sein.«

Auf der Stirn von Hensch zeigten sich Falten. »Zwischen halb sieben und sieben ... Das ist ja seltsam. Ich stelle mir das gerade vor. Ich fahre zu einer Freundin, stehe vor ihrer Tür, und sie öffnet nicht.« Hensch zuckte mit den Schultern. »Also ich würde wohl unweigerlich einen Blick auf die Uhr werfen, um nachzusehen, wie spät es ist und ob sie um diese Zeit normalerweise zu Hause ist.«

»Peters Auto hat vor der Tür gestanden«, erklärte Patrick, mittlerweile vollkommen verwirrt. »Wahrscheinlich war er spazieren, oder er hat sich hingelegt und alles abgeschaltet, weil er seine Ruhe haben wollte. Ich habe, wie gesagt, nicht auf die Uhr geschaut, aber das lässt sich ja leicht nachvollziehen.«

Nach einigen Klicks auf seinem Smartphone hielt er Lomberg das Gerät entgegen. »Hier, sehen Sie? Das ist Peters Nummer. Der Anruf war um achtzehn Uhr zweiundvierzig.«

Nachdem Lomberg einen kurzen Blick auf die Anrufliste geworfen hatte, nahm er sein eigenes Smartphone heraus und machte ein Foto davon.

Patrick schüttelte fassungslos den Kopf. »Sie fotografieren Peters Nummer ab, um sie zu überprüfen? Denken Sie denn ernsthaft, ich zeige Ihnen irgendeine Telefonnummer und behaupte, es sei die von Peter? Stellen Sie jetzt alles in Frage und suchen krampfhaft nach Anzeichen dafür, dass ich nicht die Wahrheit sage?«

»Es geht um die mögliche Tatzeit, Herr Dostert, da ist es völlig normal, dass wir alles hinterfragen.«

»Sie wissen also nicht, wo Herr Helmstätt gestern Abend war«, hakte Inka Hensch nach. »Das heißt, Sie haben heute noch nicht mit ihm gesprochen?«

»Nein. Ich wiederhole mich: Ich hatte eine sehr unruhige Nacht, konnte erst am frühen Morgen einschlafen und bin gerade durch Ihren Anruf aufgeweckt worden.«

»Also gut.« Lomberg nickte seiner Kollegin zu und wandte sich dann wieder an Patrick. »Wann kommt Ihre Frau nach Hause?«

»Heute ist … Freitag. Normalerweise gegen halb zwei.«

»Gut. Sie sagten letzte Nacht, Ihre Frau war gestern Abend zu Hause, als Sie zu Herrn Helmstätt gefahren sind und sich anschließend auf die Couch gelegt haben?«

»Ja, sie war im Bett und hat geschlafen.«

»War sie zwischendurch mal wach?«, wollte Hensch wissen. »Haben Sie sich noch mal unterhalten?«

»Nein. Sie hat durchgeschlafen, bis ich heute Nacht vom Präsidium zurückgekommen bin.«

»Das bedeutet also, Ihre Frau wird nichts von dem bestätigen können, was Sie uns zum gestrigen Abend gesagt haben. Ebenso, wie sie es für den Montagabend, an dem wahrscheinlich Yvonne Voigt verschwunden ist, nicht konnte.«

»Nein«, erwiderte Patrick matt.

»Hm …«, murmelte Hensch, woraufhin Patrick sich vom Stuhl erhob.

»Was bedeutet *hm*? Dass Sie mir nicht glauben? Was sollte ich denn Ihrer Meinung nach tun? Julia war vollkommen fertig und hat geschlafen. Ich konnte doch nicht ahnen, dass diese Frau mich so spät noch anruft und mich unbedingt sofort sehen möchte.«

»Herr Dostert«, sagte Lomberg, »*diese Frau* ist letzte Nacht getötet worden, nachdem sie *Sie* unter anderem der Misshandlung ihrer Freundin und deren Entführung beschuldigt hat. Das bedeutet, Sie hätten ein Motiv für die Tat. Und wie sich herausstellt, haben Sie kein nachprüfbares Alibi für den Zeitraum, in dem der Mord vermutlich begangen wurde. Da ist ein *Hm* noch ein sehr zurückhaltender Ausdruck dessen, wie sich das für uns darstellt.«

Patrick wollte in seiner Verzweiflung aufbrausen, doch er riss sich zusammen, schloss für einige Sekunden die Augen und nickte schließlich.

»Ich verstehe, wie das für Sie aussehen muss. Aber können Sie vielleicht auch verstehen, wie es mir dabei geht? Ich habe von der Existenz dieser beiden Frauen bis gestern noch nichts gewusst, und plötzlich soll ich die eine erst misshandelt und dann entführt und die andere sogar ermordet haben.« Er hob beide Hände. »Können Sie nicht verstehen, dass ich nicht mehr weiß, wo mir der Kopf steht, und ich mich frage, wie so was möglich ist? Aus dem Nichts heraus, von einem Tag auf den anderen? Gestern Morgen war mein Leben noch vollkommen in Ordnung, und jetzt …« Patrick brach den Satz ab und schüttelte den Kopf.

»Sie sagten, um halb zwei kommt Ihre Frau nach Hause?«, fragte Lomberg mit ruhiger Stimme.

»Ja, ungefähr.«

»Gut, dann kommen wir wieder.«

Nachdem sie das Haus verlassen hatten, drehte sich Lomberg noch einmal zu Patrick um. »Ach, noch was. Als Sie gestern Abend in Frau Gehlens Wohnzimmer waren, haben Sie da etwas an sich genommen?«

»Wie, an mich genommen? Sie meinen, ob ich irgendetwas von dort gestohlen habe?«

»So würde ich das nicht bezeichnen. Könnte es vielleicht sein, dass da zum Beispiel eine Speicherkarte gelegen hat und Sie haben sie mitgenommen, weil sie hofften, darauf etwas zu finden, das erklärt, warum Frau Gehlen Sie der Misshandlung ihrer Freundin beschuldigt?«

Patrick sah Lomberg ungläubig an und schüttelte dann resigniert den Kopf. »Sie trauen mir alles zu, oder? Es gibt offensichtlich nichts, was Sie mir nicht, ohne mit der Wimper zu zucken, unterstellen würden. Nein, ich habe nichts eingesteckt. Weder eine Speicherkarte noch sonst was. Wie kommen Sie überhaupt darauf, dass eine Speicherkarte fehlt?«

»Weil es im Wohnzimmer eine Überwachungskamera gibt. Sie hat wohl irgendwo in einem Regal oder auf einem Schrank gestanden, lag gestern aber auf dem Boden. Es ist ein einfaches Gerät, das die Aufnahmen nicht auf einem Server, sondern auf einer internen Speicherkarte ablegt. Diese Karte fehlt.«

»Das heißt, auf dieser Karte ist vielleicht zu sehen, wer das Wohnzimmer verwüstet hat?«

»Könnte sein.«

»Dann hat sie wohl der Täter eingesteckt. Und der bin definitiv nicht ich.«

»Also gut. Wo wohnen die Nachbarn, bei denen Sie gestern Abend noch waren, bevor Sie sich auf den Weg zu Herrn Helmstätt gemacht haben?«

Patrick deutete auf die hellgraue Fassade des Hauses von Marveen und Stephan. »Wollen Sie sich von ihnen bestätigen lassen, dass ich da war?«

»Ja.«

»Muss das wirklich sein, dass mein Freundeskreis und die Nachbarschaft in diese Sache reingezogen werden?«

»Das lässt sich nicht vermeiden.«

»Ja, das habe ich befürchtet. Darf ich Sie noch etwas fragen?«

»Was?«

»Ich gehe davon aus, Sie ermitteln nicht nur in meine Richtung. Frau Gehlen und Frau Voigt hatten sicher Freunde und Bekannte. Vielleicht gab es auch Menschen, die sie nicht mochten oder mit denen sie Streit hatten. Gibt es noch andere Verdächtige, oder bin ich der einzige?«

»Darüber kann ich Ihnen keine Auskunft geben.«

»Aber es ist meine Existenz, die auf dem Spiel steht. Finden Sie nicht, dass ich ein Recht darauf habe zu erfahren, ob zumindest die Chance besteht, dass Sie den wahren Täter ermitteln?«

»Herr Dostert. Die Aufklärungsquote bei Mord liegt in Deutschland in den letzten zwanzig Jahren stabil zwischen einundneunzig und fünfundneunzig Prozent. Ich würde sagen, das ist deutlich mehr als nur die *Chance*, den Täter zu finden. Wenn Sie also wirklich nichts mit diesen Verbrechen zu tun haben, besteht eine mindestens einundneunzigprozentige Chance, dass wir den wahren Täter ausfindig machen.«

Nach einer Pause fügte er hinzu: »Das heißt aber auch, dass wir für den Fall, dass Sie es doch waren, auch das mit über neunzigprozentiger Sicherheit herausfinden werden.«

Sich von einem ungerechten Verdacht reinigen zu wollen, ist entweder überflüssig oder vergeblich.

Das hat vor rund einhundert Jahren schon die österreichische Schriftstellerin Marie von Ebner-Eschenbach festgestellt.

Wie recht sie hatte. Ich kann mich noch sehr gut an den Moment erinnern, als Kriminalhauptkommissar Lomberg an jenem Morgen in unserem Wohnzimmer gestanden und mir gesagt hat, dass Jana Gehlen ermordet worden war.

Ich weiß noch, wie mir plötzlich unzählige Gedanken durch den Kopf gingen, die alle den gleichen Grundton hatten: Sie werden dich verdächtigen. Sie können gar nicht anders, als dich zu verdächtigen, denn aus ihrer Sicht spricht alles gegen dich.

Und mit diesen Gedanken hatte sich der brennende Wunsch eingestellt, sofort etwas gegen diesen Verdacht zu unternehmen. Irgendetwas zu tun, um der Polizei und allen Menschen in meinem Umfeld zu beweisen, dass ich weder etwas mit den angeblichen Misshandlungen und der Entführung von Yvonne Voigt noch etwas mit der Ermordung von Jana Gehlen zu tun hatte. Alles in mir hatte danach geschrien, diesen schrecklichen Verdacht sofort aus dem Weg zu räumen.

Aber was konnte ich tun? Und vor allem – welchen Schritt hätte ich wagen können, ohne mich dadurch aus Sicht der Polizei zwangsläufig noch verdächtiger zu machen?

Nie zuvor in meinem Leben hatte ich eine so tiefe Verzweiflung gespürt wie in dem Moment, in dem Lomberg und seine Kollegin Hensch unser Grundstück verließen und auf das Haus von Marveen und Stephan zugingen.

Meine einzige Hoffnung lag auf der Auswertung der Stimmen in dem Video.

15

Zurück im Wohnzimmer setzte Patrick sich in einen Sessel und starrte eine ganze Weile vor sich hin. Er versuchte, die Geschehnisse der letzten Stunden in einen logischen Zusammenhang zu bringen, doch immer wieder scheiterte er an der nicht zu beantwortenden Frage des *Warum*.

Jana Gehlen war ermordet worden. Der Täter musste sie in ihrer Wohnung überwältigt haben, während Patrick auf dem Weg zu ihr gewesen war.

Hatte ihr Mörder gewusst, dass Patrick zu ihr kommen würde? War das vielleicht sogar der Grund gewesen, sie genau zu diesem Zeitpunkt umzubringen? Damit der Verdacht auf Patrick fiel?

Natürlich war das der Grund, denn auf irgendeine Art musste Jana Gehlens Tod mit dem Verschwinden ihrer Freundin zusammenhängen. Also war ihr Mörder auch für die Entführung von Yvonne Voigt verantwortlich. Und er musste dafür gesorgt haben, dass sie ihrer angeblich besten Freundin Jana diese Lügen von Patricks Misshandlungen erzählt hat. Alles musste zusammenhängen, und – so unglaublich der Gedanke für Patrick auch war – all das war offenbar inszeniert worden, um ihm die Verbrechen anzuhängen.

Letztendlich war also auch Jana Gehlen von Anfang an

ein Opfer dieser irren Intrige gewesen. Sie war benutzt worden. Und nun war sie tot.

Und da war es wieder, das *Warum*.

Das Klingeln des Smartphones riss Patrick aus seinen Überlegungen. Peter!

Patrick nahm das Gespräch an und begann statt einer Begrüßung gleich mit der Frage: »Wo warst du gestern Abend?«

»Ähm … dir auch einen guten Morgen«, antwortete Peter. »Ich habe gerade erst gesehen, dass du gestern Abend angerufen hast. Was war denn? Hat sich diese Sache mit dem Video aufgeklärt?«

»Nein. Ich war gestern Abend bei dir vor dem Haus, weil ich mit dir reden wollte. Das war um zwanzig vor sieben. Dein Auto hat dagestanden, aber du hast die Tür nicht geöffnet. Da habe ich versucht, dich anzurufen.«

»Oh, ja, ich hatte das Telefon ausgestellt. Zwanzig vor sieben, sagst du? Das ist ja seltsam. Ich war zu Hause. Aber ich habe keine Klingel gehört.«

»Deine Wohnung war dunkel.«

»Hm … ich hatte den Fernseher an und das Licht gedimmt, aber ganz dunkel war es nicht. Das ist ja wirklich komisch. Wolltest du über diese Sache mit dem Video mit mir reden? Und dass die Polizei hier in der Firma war?«

»Ja. Aber mittlerweile ist noch etwas anderes passiert. Diese Frau, die mich bei der Polizei beschuldigt hat … sie ist letzte Nacht ermordet worden.«

Eine Weile herrschte Stille, die nur durch Peters hörbares Atmen unterbrochen wurde.

»Ermordet?«, fragte er mit heiserer Stimme. »Scheiße!«

»Ja. Ich war mit ihr verabredet, aber als ich ankam …« Patricks Stimme brach, er musste mehrmals schlucken.

»Du warst mit ihr verabredet? Das wird ja immer schlimmer. Und warst du auch dort? Hast du sie getroffen?«

»Ja, ich war dort, aber da war sie schon verschwunden. Ihre Wohnungstür stand offen, und das Wohnzimmer war verwüstet. Ich habe die Polizei gerufen.«

»Moment … du sagtest, sie ist ermordet worden.«

»Ja. Das wusste aber zu diesem Zeitpunkt noch niemand.«

»Scheiße, Scheiße, Scheiße«, murmelte Peter. »Das klingt ja wirklich übel. Und wann ist entdeckt worden, dass sie tot ist? Und wie hat die Polizei reagiert?«

»Ich kann dir das jetzt nicht alles am Telefon erzählen.«

»Ja, okay, das verstehe ich. Aber ich denke, es ist wichtig, dass du mit jemandem redest. Was ist mit Julia? Wie geht es ihr? Sie ist doch sicher auch völlig fertig.«

»Sie weiß noch nicht, dass die Frau tot ist. Sie ist in der Schule.«

»Möchtest du, dass wir uns in der Mittagspause treffen und reden? Ich kann einen Long Lunch einlegen. Was hältst du von Massimo? Um zwölf?«

Massimo war der Inhaber des *Cento Vini*, eines italienischen Restaurants in der Nähe ihres Arbeitsplatzes, das sie häufig in der Mittagspause oder auch am Abend besuchten.

»Ja, gut. Julia kommt gegen halb zwei nach Hause, dann möchte Lomberg sich mit ihr unterhalten. Aber bis dahin …«

»Lomberg ist der Polizist, oder?«

»Ja. Er und seine Kollegin waren eben hier und haben mir gesagt, dass die Frau ermordet worden ist.«

»Was für eine Riesenkacke ...«

»Das ist es.«

»Okay, ich bin dann um zwölf bei Massimo.«

»Warte!«, sagte Patrick schnell. »Eine Frage habe ich noch, bevor wir auflegen. Als du gestern das Video im Netz entdeckt und mich angerufen hast, warum hast du gleich im Anschluss Julia angerufen und es nicht mir überlassen, meiner Frau davon zu erzählen?«

»Das ... ich weiß nicht ... Ich habe mir nichts dabei gedacht. Ich war ziemlich aufgewühlt wegen der Sache und wollte einfach mit ihr darüber reden. Aber du hast recht, das war unüberlegt, und das hätte ich wirklich dir überlassen sollen. Tut mir leid.«

»Okay. Dann bis nachher.«

»Ja, bis später.«

Patrick beendete das Gespräch, legte das Telefon zur Seite und dachte darüber nach, was er von Peters Erklärung halten sollte. Sie hatte ehrlich geklungen, und wahrscheinlich hatte ihn dieses Foto von Patrick im Zusammenhang mit dem Stalking-Vorwurf tatsächlich sehr aufgeregt ... Weiter kam er nicht mit seinen Überlegungen, weil in diesem Moment Julia anrief.

»Hallo«, meldete sie sich, und ihre Stimme hatte einen schrillen Unterton, den Patrick bisher bei ihr nur gehört hatte, wenn sie unter extremem Stress stand.

»Jana Gehlen ist ermordet worden!«

»Ja«, entgegnete Patrick überrascht, »ich weiß. Lomberg und Hensch waren gerade hier. Aber woher weißt du das?«

»Aus dem Radio. Und das Internet ist auch schon voll davon. Man hat sie in einem Waldstück bei Weimar gefunden. Patrick, du warst doch gestern Abend noch bei ihr.«

»Ja. Die Polizisten haben mir dazu auch Fragen gestellt. Die meisten davon habe ich Lomberg allerdings bereits letzte Nacht beantwortet.«

»Und?«

»Was meinst du mit *und*?«

»Wie haben sie reagiert, ich meine …«

»Du meinst, ob sie glauben, dass ich das war?«

»Ja«, sagte Julia zögernd, als wollte sie eigentlich nicht, dass er darauf antwortete. Oder als hätte sie Angst vor der Antwort.

»Ja, ich denke, das glauben sie.«

»O mein Gott.«

»Und ich kann es ihnen noch nicht einmal verübeln«, fügte Patrick hinzu, während er Julias Schluchzen hörte.

»Wie schrecklich. Was machen wir denn nun? Denkst du, sie werden dich verhaften?«

»Ich weiß nicht, was sie vorhaben. Lomberg möchte mit dir reden, wenn du aus der Schule kommst.«

»Mit mir? Warum?«

»Weil du gestern Abend zu Hause warst. Ich habe ihm gesagt, dass du geschlafen hast und nicht wissen kannst, was ich gemacht habe, aber er wollte trotzdem mit dir sprechen.«

Es vergingen ein paar Sekunden, bis Julia leise sagte: »Das ist jetzt schon das zweite Mal, dass ich nicht bestätigen kann, was du ihnen gesagt hast.«

»Das zweite Mal, dass du mein *Alibi* nicht bestätigen kannst«, präzisierte Patrick.

»Ja.«

»Ich weiß … Aber das ist noch nicht alles. Vorausgesetzt, es ist kein riesiger Zufall, stelle ich mir die Frage, wie derjenige, der mir das alles anhängen möchte, wissen konnte, dass du zu den entsprechenden Zeiten mein Alibi nicht bestätigen kannst.«

»Wie meinst du das?«

»Na, gestern Abend, zum Beispiel. Woher soll der Täter gewusst haben, dass du schläfst, als diese Frau mich angerufen hat? Und auch als ich mich auf den Weg zu ihr gemacht habe?«

»Gar nicht. Das konnte niemand wissen. Dass ich mich hinlege, wusste ich ja zehn Minuten zuvor selbst noch nicht. Das war Zufall.«

»Eben. Und genau das ist das Problem. Es sind aus Sicht der Polizei einfach zu viele Zufälle. Deswegen kann ich sogar verstehen, dass sie mich verdächtigen. Auch wenn ich ihnen entgegenschreien möchte, dass ich unschuldig bin.«

»Gott, ist das furchtbar. Aber was ist denn mit diesem Stalker-Video? Hat sich das wenigstens geklärt? Daran sehen sie doch, dass jemand die Dinge manipuliert, um dich verdächtig zu machen.«

»Bisher noch nicht, aber das Ergebnis muss bald kommen. Vielleicht werden sie mir dann endlich glauben.«

»Ja«, sagte Julia und fügte nach einer Pause hinzu: »Ich zermartere mir die ganze Zeit den Kopf, wer dich so sehr hassen kann, aber mir fällt einfach niemand ein. Kann es vielleicht jemand aus der Firma sein?«

»Ich weiß es nicht. Bestimmt bin ich hier und da jemandem auf die Füße getreten, das passiert immer mal. Aber für das, was da gerade geschieht, muss es doch einen triftigeren Grund geben als lediglich eine berufliche Meinungsverschiedenheit.«

»Das denke ich auch. Ich muss jetzt Schluss machen, die Pause ist vorbei. Lass bitte den Kopf nicht hängen. Das wird sich alles aufklären.«

»Ich versuch's.«

Keine zehn Minuten nach diesem Gespräch standen Lomberg und Hensch wieder vor der Tür. Als Patrick ihnen öffnete, hatte er sofort ein flaues Gefühl im Magen.

Dass sie nach dem Gespräch mit Marveen und Stephan wieder zu ihm zurückkamen, konnte nur bedeuten, dass bei der Unterhaltung irgendetwas gesagt worden war, worüber sie noch mal mit ihm sprechen wollten. Aber was konnten Marveen oder Stephan …

»Ich habe gerade einen Anruf aus unserem technischen Labor erhalten«, erklärte Lomberg ohne Umschweife und beendete damit Patricks Überlegungen. »Die Stimme auf dem Video ist eindeutig und ohne jeden Zweifel die Ihre.«

16

Patrick starrte Lomberg ungläubig an. Er war zu keiner Entgegnung fähig, nicht einmal zu einem klaren Gedanken.

»Haben Sie verstanden, was ich gerade gesagt habe, Herr Dostert?«, hakte Lomberg nach.

»Nein! Nein, das verstehe ich nicht.« Patrick kniff die Augen zusammen und schüttelte den Kopf, doch das Durcheinander in seinen Gedanken blieb bestehen.

Lomberg deutete an ihm vorbei. »Gehen wir rein?«

»Ihre Fachleute müssen sich getäuscht haben«, sagte Patrick, als er gleich darauf die Tür hinter Hensch schloss und den Beamten ins Wohnzimmer folgte. »Irgendwie hat es offenbar jemand geschafft, meine Stimme so gut zu imitieren, dass sie tatsächlich genauso klingt wie meine.«

»Das ist unmöglich«, entgegnete Lomberg. »Eine Stimme ist so einzigartig wie ein Fingerabdruck. Im Labor wurde die Sequenz Ihrer Stimme, die ich aufgenommen habe, mit unterschiedlichen Methoden mit der auf dem Video verglichen. Es gibt nicht den geringsten Zweifel, dass wir auf diesem Video Ihre Stimme hören. Ich schlage vor, Sie lassen jetzt endlich dieses Theater und sagen uns die Wahrheit. In Anbetracht dessen, dass in der letzten Nacht eine Frau ermordet worden ist und Sie in deren Wohnung waren, würde ich Ihnen jedenfalls dringend dazu raten.«

»Theater?«, brauste Patrick auf. Mit einem Mal war das Maß dessen, was er ertragen konnte und wollte, deutlich überschritten. Es war, als hätte sich ein Schalter in seinem Inneren umgelegt, der statt der Verzweiflung und der Angst vor dem, was auf ihn zurollte, Frustration und Ärger durch sein Innerstes jagte.

»Ich sage es Ihnen noch einmal: Ich habe nichts von dem, was auf diesem Video zu hören ist, gesagt. Ich weiß nicht, ob es jemand geschafft hat, meine Stimme täuschend echt nachzumachen, oder ob Ihre Spezialisten sich einfach geirrt haben, aber was auch immer es ist, es ändert nichts daran, dass ich das nicht gesagt habe.« Patrick war sich bewusst, dass er laut geworden war, aber das interessierte ihn in diesem Moment nicht.

»Ich hatte zu keiner Zeit ein Verhältnis mit einer Yvonne Voigt, ich kannte sie nicht einmal, und ich habe nichts mit der Ermordung ihrer Freundin Jana zu tun. Und die Worte, die auf diesem Video zu hören sind, habe ich nicht gesagt. Und das ist kein Theater, sondern nichts als die Wahrheit.«

Patrick wandte sich ab, machte ein paar Schritte bis zur Terrassentür, drehte sich wieder um und ging zurück und auf Lomberg zu. Er fühlte sich wie ein Tier in einem Käfig und schaffte es kaum, stehen zu bleiben.

»Und? Werde ich jetzt verhaftet?«

Lomberg und Hensch blickten einander an, dann schüttelte der Ermittler den Kopf. »Nein, zumindest nicht im Moment.«

»Gut. Dann bitte ich Sie, jetzt zu gehen.«

Hensch machte einen Schritt nach vorn und sah Patrick eindringlich an. »Herr Dostert, Sie müssen sich nicht weiter mit uns unterhalten, das ist richtig, aber wenn Sie die Kooperation verweigern, macht es das nicht besser für Sie.«

»Ich *habe* kooperiert!«, fiel Patrick ihr verbittert ins Wort. »Seit Sie gestern Morgen hier zum ersten Mal aufgetaucht sind und mich mit diesen unfassbaren Vorwürfen konfrontiert haben, gab es keine Sekunde, in der ich nicht kooperiert und alles versucht hätte, Ihnen zu helfen, damit diese Sache so schnell wie möglich aufgeklärt werden kann. Und was hat es mir gebracht? Nichts! Im Gegenteil. Jede Stunde kommen Sie mit neuen Geschichten, die es immer noch schlimmer machen. Das Schlimmste von allem aber ist, dass Sie mir offenbar kein Wort glauben, obwohl es wirklich offensichtlich ist, dass ich unmöglich so bescheuert sein könnte, eine Spur nach der anderen zu hinterlassen, die allesamt zu mir führen. Warum also sollte ich weiterhin mit Ihnen *kooperieren*?«

»Damit Sie die Chance haben, uns zu beweisen, dass Sie unschuldig sind«, entgegnete Hensch betont ruhig und mit festem Blick, so als hätte sie gerade etwas enorm Wichtiges von sich gegeben.

Patrick wollte ein zynisches Lachen ausstoßen, doch es hörte sich eher wie ein heiseres Bellen an.

»Ich fasse es nicht. Ich bin zwar kein Jurist, aber wenn mich nicht alles täuscht, gilt in Deutschland die Unschuldsvermutung, das sollten Sie als Kriminalbeamtin doch wissen. Das heißt, *Sie* müssen meine *Schuld* beweisen, und nicht *ich* meine *Unschuld*.«

»Das stimmt«, sagte Lomberg nach einigen Sekunden des Schweigens mit einem schwer zu deutenden Blick zu seiner Kollegin. Dann wandte er sich zum Gehen ab, hielt aber in der Bewegung inne und sah Patrick nachdenklich an.

»Ich will ehrlich zu Ihnen sein, Herr Dostert. Im Moment deutet einiges auf Sie als Täter hin. Da passt einfach vieles zusammen. Anders als Sie bin ich allerdings nicht der Meinung, dass das ein Zeichen dafür ist, dass etwas manipuliert wurde. Wie ich schon erwähnte, liegt die Aufklärungsquote bei Mord in Deutschland bei weit über neunzig Prozent. Das hängt zum einen damit zusammen, dass die Ermittlungsmethoden immer besser und unsere technischen Möglichkeiten immer ausgefeilter werden, zum anderen aber auch damit, dass Mord meist eine hochemotionale Sache ist, bei der die Täter in ihrer Aufregung oft Fehler machen, die uns recht schnell auf ihre Spur bringen. Wir finden Personalausweise von Tätern, die sie neben ihren Opfern verloren haben, oder Posts im Internet, in denen sie Täterwissen preisgeben. Um es kurz zu machen: So etwas wie Ihre Erläuterung gerade höre ich nicht zum ersten Mal, und sie hat mich nicht überzeugt. Das sollten Sie wissen.«

Damit wandte er sich ab und verließ hinter Hensch das Haus.

Patrick ging wie in Trance hinter den Beamten her, blieb an der Tür stehen und sah ihnen zu, wie sie in eine dunkle Limousine einstiegen, die schräg vor dem Haus am Straßenrand parkte. Auch als sie losfuhren und kurz darauf aus seinem Blickfeld verschwunden waren, stand er noch immer vor der Tür und starrte in dieselbe Richtung. In seinem Kopf herrschte eine eigenartige Leere.

Erst als ein anderer Wagen die Straße entlanggefahren kam und kurz vor ihrem Haus der Blinker aufleuchtete, wurde er aus seiner Erstarrung gerissen. Der kleine blaue Mini gehörte Julia.

Verstört schaute Patrick auf die Armbanduhr, während seine Frau in die Einfahrt einbog und hinter seinem Wagen parkte. Zwanzig vor elf …

Als die Fahrertür geöffnet wurde und Patrick Julias Gesicht sah, setzte er sich sofort in Bewegung. Ihre Augen waren gerötet und sahen verquollen aus, das Gesicht war seltsam blass. Eine Haarsträhne hatte sich in ihrem Mundwinkel verfangen, doch sie schien es nicht zu bemerken.

»Julia«, rief Patrick. »Was ist passiert? Warum bist du nicht in der Schule?«

Julia blieb mit hängenden Armen neben dem Auto stehen und sah ihm stumm entgegen, bis er sie erreicht hatte und ihr die Hände auf die Oberarme legte. »Was ist mit dir? Warum bist du schon zu Hause? Du hast geweint. Was ist denn passiert?«

»Es ist deine Stimme auf dem Video«, sagte sie so leise, dass Patrick die Worte mehr erahnte, als dass er sie verstand.

»Was? Wie kommst du jetzt … Nein, das ist sie nicht.«

Tiefe Falten zeigten sich auf ihrer Stirn.

»Doch. Die Polizei hat es bestätigt.«

»Nein, ich …« Patrick ließ sie los. »Wie kommst du denn jetzt darauf? Haben die dich etwa angerufen?«

»Wer?«

»Na, die Polizisten, Lomberg und Hensch.«

»Nein. Der Rektor hat mich zu sich gerufen, weil er mehrere Anrufe von besorgten Eltern erhalten hatte. Die haben das im Internet gesehen.«

»Was? Was haben die im Internet gesehen? Dieses Video? Aber das kennst du doch …«

»Der Schulleiter sagte, diese Eltern haben im Internet gesehen, dass die Polizei die Echtheit des Videos bestätigt hat. Er hat mich nach Hause geschickt. Beurlaubt, bis die Sachlage geklärt ist. Die Eltern wollen nicht, dass ihre Kinder von einer Lehrerin unterrichtet werden, deren Mann Frauen die Zähne einschlagen und die Knochen brechen möchte, sagte er. Sie haben gedroht, sich ans Kultusministerium zu wenden.«

»O Mist.« Patrick legte die Arme um seine Frau und zog sie an sich. »Das tut mir so leid.«

Er spürte, dass sie in seinen Armen erstarrte, dann hob sie die Hände, drückte ihn von sich weg und sah ihn flehend an. »Patrick … ich habe mir das im Internet auch angeschaut. Da steht wirklich, dass aus Polizeikreisen bestätigt wurde, dass das Video definitiv keine Fälschung ist. Und ich habe auch gehört, dass es deine Stimme ist.«

»Ich habe das nicht gesagt, was da zu hören ist.«

»Aber wie kann das denn sein?«

»Ich weiß es nicht«, stieß Patrick aus, dann wandte er sich ab und lief mit schnellen Schritten ins Haus. Er war so wütend, dass er das Gefühl hatte, an dem aufbrodelnden Ärger zu ersticken, wenn er sich nicht augenblicklich Luft machte. Im Haus angekommen, ging er ins Wohnzimmer, schnappte sich sein Handy und wählte Lombergs Nummer.

»Meine Frau ist gerade von ihrer Schule beurlaubt worden, weil dieser reißerischen Nachrichtenseite aus *Polizeikreisen* bestätigt wurde, dass das verdammte Video echt sei«, polterte er sofort los, als der Beamte das Gespräch angenommen hatte. »Wissen Sie überhaupt, was Sie da anrichten? Erst bin ich von meinem Chef in Zwangsurlaub geschickt worden, nachdem Sie meine Kolleginnen und Kollegen mit Fragen über mich belästigt haben, und jetzt meine Frau. Wollen Sie unser Leben mit aller Gewalt kaputt machen? Ist es das, was Sie möchten? Dann kann ich Ihnen versichern, Sie sind auf einem guten Weg.«

»Moment mal, Herr Dostert, jetzt mal langsam. Ich weiß überhaupt nicht, wovon Sie reden. Von polizeilicher Seite ist meines Wissens gar nichts bestätigt worden. Ich wüsste nicht, wer das gemacht haben sollte.«

»Wie können die das dann schreiben? Und warum tut die Polizei nichts dagegen? Das geht doch herum wie ein Lauffeuer. Die Leute glauben das ohne Wenn und Aber, wenn da steht, die Polizei hat es bestätigt.«

»Ich werde mich erkundigen, was da los ist«, erklärte Lomberg, aber es hörte sich für Patrick eher halbherzig an.

Hinter Patrick betrat Julia das Haus. Er drehte sich zu ihr um, doch sie ging zur Couch und ließ sich darauf fallen, ohne ihn anzusehen. »Aber eines ist klar, Herr Dostert«, redete Lomberg weiter. »Aufgrund der Analyse steht für uns zweifelsfrei fest, dass Sie das gesagt haben, was auf dem Video zu hören ist. Sollte es also tatsächlich so sein, dass jemand von dieser Nachrichtenseite sich bei uns nach der Echtheit erkundigt hat, und eine Kollegin oder ein Kollege hat das bestätigt, dann entspricht das den Tatsachen.«

»Und es ist dennoch falsch«, entgegnete Patrick und beendete das Gespräch.

Er ging zur Couch, wo Julia mit geschlossenen Augen auf dem Rücken lag, und setzte sich vorsichtig neben sie.

»Lomberg sagt, niemand von der Polizei hat gegenüber diesen polemischen Schmierfinken von *NF&B* bestätigt, dass das Video echt ist.«

Julia öffnete die Augen, sah ihn aber nicht an, sondern richtete den Blick gegen die Decke. »Du hast mich gefragt, wie ich darauf komme, dass das Video echt ist, und ob die Polizei mich angerufen hat.«

»Ja, ich dachte, nachdem sie hier waren …«

»Das heißt also, es stimmt? Die haben das auf dieser Website nicht einfach nur so geschrieben. Die Polizei sagt wirklich, das Video ist echt, nachdem sie es mit ihren technischen Möglichkeiten geprüft haben?«

Nicht zum ersten Mal hatte Patrick das dringende Bedürfnis, seiner Verzweiflung Luft zu machen, doch er schaffte es, seine Stimme unter Kontrolle zu halten und seiner Frau ruhig zu antworten. »Ich weiß nicht, wie derjenige das gemacht hat, aber offenbar hat es tatsächlich den Anschein, als wäre es echt. Aber ich schwöre dir, das ist es nicht.« Patrick war klar, dass er sich anhören musste wie ein Leierkasten, der immer wieder das Gleiche wiederholte.

»Okay.« Julia schob die Beine an ihm vorbei von der Couch herunter und erhob sich. Als Patrick ebenfalls aufstehen wollte, schüttelte sie den Kopf und trat einen Schritt zurück.

»Bitte nicht. Lass mich. Ich muss mal raus.«

»Du musst raus?«

»Ja.« In ihren Augen standen Tränen. »Ich muss ein wenig allein sein.«

Sekunden später fiel die Haustür hinter ihr ins Schloss.

Patrick saß da und starrte in Richtung des Eingangs. *Lass mich, ich muss ein wenig allein sein …*

So etwas hatte Julia noch nie zu ihm gesagt. Aber es hatte auch noch nie der konkrete Verdacht im Raum gestanden, dass er Frauen belästigte, bedrohte, misshandelte und ermordete. War es angesichts dessen nicht allzu verständlich, dass Julia Zeit brauchte, um über all das nachzudenken, was binnen weniger Stunden in ihr bisher sorgenfreies Leben hereingebrochen war? Dennoch war der Gedanke fast nicht zu ertragen, dass Julia an dem zweifeln könnte, was er sagte, dass sie es vielleicht sogar für möglich hielt, dass er tatsächlich zu solchen Gewalttaten fähig war.

Patrick ließ sich in die Polster zurückfallen und schloss die Augen. Aus unerfindlichen Gründen war er vom Paradies direkt in der Hölle gelandet.

Ich habe einige interessante Entdeckungen über mich gemacht, seit man mich eingesperrt hat. Ich habe hier ja viel Zeit, mich mit mir selbst zu beschäftigen.

Da ist zum Beispiel die Erkenntnis, dass ich beeinflussen kann, was ich träume. Das gelingt mir nicht immer, aber ich versuche es mittlerweile jeden Abend, und ab und zu funktioniert es tatsächlich.

Entdeckt habe ich diese Fähigkeit, als ich etwa zwei Wochen hier war. Ich habe abends im Dunkeln auf meiner Pritsche gelegen und versucht, mich von diesen immer präsenten Gedanken abzulenken, die wie eine schwere, eiserne Kette um meinen Verstand liegen. Das Bewusstsein, unschuldig in diesem Raum eingesperrt zu sein und nicht einfach aufstehen und irgendwohin gehen zu können, so wie es mein ganzes bisheriges Leben lang das Selbstverständlichste der Welt war.

Oder die Gewissheit, auch am nächsten Tag wieder von früh bis spät herumkommandiert zu werden und mein Leben nicht mehr selbst bestimmen zu können. Und das vielleicht für sehr lange Zeit. Diese Dinge meine ich.

Ich lag also mit geschlossenen Augen auf der Pritsche und habe mir vorgestellt, gemeinsam mit Julia an einem warmen Tag durch einen sonnendurchfluteten Wald zu spazieren. In meiner Phantasie sind wir über einen schmalen Pfad gelaufen, der sich im Schatten zwischen den Baumstämmen hindurchschlängelte. Unsere Schritte wurden von einer Schicht aus trockenen Nadeln und Laub weich abgefedert. Hier und da mussten wir achtgeben, wohin wir unsere Füße setzten, weil Baumwurzeln wie die Rücken gelblicher Schlangen aus dem Boden ragten.

In meiner Vorstellung lächelte Julia und breitete glücklich die Arme aus, als wollte sie die ganze Welt umarmen. Wir genossen die angenehme Temperatur im Schatten der Bäume, plauderten und lachten und gingen weiter und weiter.

Ich habe die Sonnenstrahlen gesehen, die durch die wenigen Lücken in den Baumkronen fielen und wie meterhohe goldene Speere auf dem Waldboden standen. Ich habe das Zwitschern der Vögel gehört und immer wieder einen warmen Lufthauch auf meinen nackten Armen gespürt. Und dann war da Julias unbeschwertes Lachen. In diesem Moment habe ich mich unendlich frei gefühlt, glücklich und ohne Sorgen. Der ganzen Szenerie haftete eine kindliche Sorglosigkeit an, so intensiv und friedlich, dass ich mir innig wünschte, dieser Augenblick würde nie wieder vorbeigehen.

Er war jedoch vorbei, als das kalte Licht eingeschaltet wurde und laute Geräusche mich unsanft aus dem Schlaf zurück in die Realität meiner Zelle rissen.

Ich weiß noch, dass ich eine Weile gebraucht habe, um zu verstehen, was geschehen war, doch dann begriff ich.

Ich hatte mir am Abend diese Szene im Wald so intensiv vorgestellt, dass ich sie als Traum weiterlebte, auch nachdem ich eingeschlafen war.

Am nächsten Abend habe ich es gleich wieder versucht. Es hat zwar nicht funktioniert, aber zwei Nächte später ist es mir erneut gelungen.

Seitdem habe ich schon so manche Nacht mit Julia in den schönsten Situationen verbracht.

Wir sind eng umschlungen an einem Strand über warmen Sand geschlendert und haben auf den höchsten Berggipfeln gestanden und in die schönsten Täler geblickt. Wir sind über blühende Wiesen geritten und mit nackten Füßen durch klare Bäche gelaufen.

Zwei Dinge aber sind bei diesen gesteuerten Träumen immer gleich: Immer bin ich dabei mit Julia zusammen. Und immer bin ich frei.

17

Das Klingeln seines Smartphones ließ Patrick zusammenzucken. Es dauerte zwei, drei Sekunden, in denen er sich verwirrt umblickte, bis er registrierte, dass er auf der Couch eingeschlafen war. Als er das Telefon in die Hand nahm, sah er, dass es halb zwölf war. Er war also nur für etwa zwanzig Minuten eingenickt.

Die angezeigte Telefonnummer war ihm unbekannt, was ein mulmiges Gefühl in ihm erzeugte, noch bevor er das Gespräch angenommen hatte. Die letzten vierundzwanzig Stunden hatten ihn gelehrt, dass Anrufe selten etwas Gutes bedeuteten.

»Dostert«, meldete er sich knapp.

»Portmann hier. Ich wollte mal hören, wie es dir geht.«

Guido Portmann, Leiter der Personalabteilung, die nur aus ihm und einer Kollegin bestand und von ihm hochtrabend als *Human Ressources* bezeichnet wurde.

Portmann war Mitte vierzig und ledig. Er hatte schütteres braunes Haar, war durchschnittlich groß und dürr und gehörte zu den Menschen, denen Patrick in der Firma ab und an begegnete, ohne dass sie ihm irgendwie aufgefallen wären. Auch war ihm nicht bewusst, dass sie sich duzten. Umso mehr wunderte er sich, dass Portmann ihn anrief.

»Es geht so«, antwortete Patrick und wusste nicht, was er Portmann erzählen sollte.

»Du wunderst dich wahrscheinlich, dass ich dich anrufe.«

»Ja, schon, ich meine …«

»Du meinst, wir haben ja normalerweise nicht viel miteinander zu tun, nicht wahr?«, nahm Portmann ihm die Erklärung ab.

»Ja, das meinte ich.«

»Ich habe mitbekommen, dass die Polizei gestern hier war und alle möglichen Leute nach dir ausgefragt hat. Und ich höre, was die Kolleginnen und Kollegen seitdem über dich reden. Das finde ich ziemlich unfair dir gegenüber. Deshalb dachte ich, ich melde mich mal bei dir, um dir zu sagen, dass nicht alle hier schlecht über dich denken.«

»Die denken schlecht über mich?«, hakte Patrick nach. »Warum? Nur, weil die Polizei Fragen über mich gestellt hat?«

»Na ja, und wegen dieses Videos. Das haben alle gesehen. Du kannst dir vorstellen, was vor allem die Kolleginnen davon halten.«

Das konnte Patrick. »Das Video ist gefälscht«, erklärte er, obwohl er dieses Argument selbst schon nicht mehr hören konnte.

»Das glaube ich dir. Ich kann mir nicht vorstellen, dass du so was zu einer Frau sagen würdest. Aber einige hier sehen das anders.«

»Das kann ich dann wohl nicht ändern. Ich habe jetzt erst einmal zwei Wochen Urlaub. In der Zeit wird sich alles aufklären, da bin ich sicher. Und wer dann immer noch ein

Problem mit mir hat, kann mich gern darauf ansprechen. Ich danke dir jedenfalls, dass du dich gemeldet hast. Du bist einer von ganz wenigen.«

»Ja, ich weiß, dass Peter mit dir in Kontakt steht.«

»Ja.«

»Als er ein paar Kollegen von dem Video erzählt hat, ging das wie ein Lauffeuer durch den ganzen Betrieb.«

»Ja, das denke ich mir«, entgegnete Patrick und fragte sich, warum sein Freund dieses unselige Video überhaupt in der Firma erwähnt hatte.

»Na ja, ich musste gerade an dich denken, als ich deine Frau hier gesehen habe.«

»Meine Frau?«, stieß Patrick überrascht aus.

»Ja. Also, ich habe sie bisher zwar nur zwei-, dreimal gesehen, aber ich bin mir ziemlich sicher, dass es deine Frau ist. Sie ist vor ein paar Minuten gekommen, sitzt bei Peter im Büro und trinkt Kaffee. Das ist für sie sicher auch alles nicht so einfach, oder?«

»Nein, sicher nicht.« Patrick versuchte, sich seine Überraschung nicht weiter anmerken zu lassen. »Wie gesagt, vielen Dank für deinen Anruf. Ich muss jetzt Schluss machen.«

»Ja. Also, wenn ich etwas für dich tun kann, lass es mich wissen. Wie gesagt, ich bin absolut überzeugt, dass dir jemand einen üblen Streich spielt.«

»Ja, danke.«

Patrick beendete das Gespräch und legte das Telefon neben sich ab. Julia war bei Peter. Peter hatte den Kolleginnen und Kollegen in der Firma von dem Video erzählt. Was, zum Teufel, ging da vor sich?

Er sah auf die Uhr. Zwanzig vor zwölf. Er musste los und würde gleich die Gelegenheit haben, Peter persönlich die eine oder andere Frage zu stellen.

Ich muss ein wenig allein sein, hatte Julia gesagt, als sie gegangen war. Und nun saß sie bei seinem Freund. Weil sie Peter im Moment mehr vertraute als ihm, ihrem Mann? Glaubte sie etwa tatsächlich, er hätte diese Beleidigungen, die auf dem Video zu hören waren, zu der Frau gesagt? Er wäre ein Stalker? Wenn sie bereit war, das zu glauben …

Der Signalton einer eingehenden Nachricht lenkte ihn von seinen Gedanken ab. Es war eine WhatsApp von Peter.

Hi! Muss leider für die Mittagspause absagen. Melde mich später.

Gruß

Peter

Ohne lange nachzudenken, wählte Patrick Peters Nummer. Fast rechnete er damit, dass sich sofort die Voice-Mailbox einschalten würde, doch schon nach dem zweiten Klingeln nahm Peter das Gespräch an.

»Hi Patrick, ich hätte dich eh gleich angerufen.«

»Ist Julia bei dir?« Patrick schaffte es halbwegs, seine Stimme unaufgeregt klingen zu lassen.

»Ja. Deswegen würde ich das Mittagessen gern verschieben. Ich bin gerade aus dem Büro gegangen, sie kann mich nicht hören. Es geht ihr gar nicht gut. Ich möchte sie ungern jetzt wegschicken.«

»Denkst du nicht, dass *ich* in dem Fall der richtige Ansprechpartner für sie wäre?«

»Normalerweise natürlich schon, aber im Moment eher

nicht, weil du der Grund dafür bist, dass es ihr nicht gut geht.«

Patrick atmete tief durch. »Glaubt sie diesen Mist mit dem Video wirklich?«

»Sie sucht verzweifelt nach Gründen, es nicht zu glauben, aber … mein Gott, Patrick! Die Polizei sagt, das Video ist echt. Kannst du nicht verstehen, was in ihr vor sich gehen muss?«

»Kannst *du* nicht verstehen, was gerade in *mir* vor sich geht? Dass ich von allen möglichen Leuten verdächtigt und sogar beschuldigt werde, nicht nur diese Frau auf dem Video bedroht, sondern eine andere sogar umgebracht zu haben!« Ihm wurde bewusst, dass er lauter wurde, aber er konnte es nicht verhindern, dazu war er zu aufgewühlt. »Ein Mord, Peter! Es geht nicht um zu schnelles Fahren oder eine Sachbeschädigung, sondern darum, dass ich einen Menschen getötet haben soll. Verstehst du nicht, dass ich gerade jetzt von meiner Frau erwarte, dass sie mir vertraut und zu mir hält? Dass sie weiß, dass ich niemals einen Menschen töten könnte? Und dass sie ihre Probleme mit mir bespricht und nicht mit dir?«

»Doch, natürlich, aber … was soll ich denn machen, Patrick? Julia ist meine Freundin, so wie du mein Freund bist. Ich kann sie doch nicht wegschicken.«

»Nein, das kannst du nicht«, gab Patrick zu. »Also gut. Du kannst dich ja später melden.«

»Das mache ich. Woher wusstest du eigentlich, dass Julia hier ist?«

»Ein Kollege hat mich angerufen und es beiläufig erwähnt.«

»Ein Kollege? Welcher Kollege denn?«

»Ist das jetzt wichtig?«

Eine kurze Pause entstand, dann sagte Peter: »Nein, natürlich nicht. Bis dann.«

Kaum war das Gespräch beendet, tippte Patrick auf die Kurzwahltaste für Julias Nummer und wollte sich das Gerät gerade ans Ohr halten, als er den Klingelton ihres Handys in der Diele hörte. Patrick beendete den Anruf und ließ die Hand mit dem Smartphone sinken.

Julia hatte ihr Handy auf der Kommode in der Diele liegen lassen, als sie aus dem Haus gegangen war. Aus Versehen oder absichtlich.

»Mist!«, stieß er aus und war versucht, vor Verzweiflung sein eigenes Telefon gegen die Wand zu werfen. Hatte sich denn die ganze Welt gegen ihn verschworen?

18

Kurz dachte Patrick daran, in die Firma zu fahren, um seiner Frau zu sagen, dass er ihre Sorgen verstand und dass sie mit ihm über alles reden konnte. Er verwarf den Gedanken allerdings gleich wieder.

Es wäre für diejenigen seiner Kolleginnen und Kollegen, die sowieso schon über ihn redeten, ein gefundenes Fressen, wenn er seine Frau abholte, nachdem die zu seinem Freund Peter geflüchtet war und wahrscheinlich völlig aufgelöst und verheult bei ihm saß.

Er fragte sich, was eigentlich mit ihm los war, dass er sich diese Gedanken machte. Er hatte im Moment bei Gott andere Probleme als irgendwelches Geschwätz im Betrieb.

Er spürte, dass Niedergeschlagenheit sich wie ein schweres, schwarzes Tuch über seinen Verstand legte und seine Gedanken zu lähmen drohte. Er musste dagegen ankämpfen, musste sich zwingen, nicht zu resignieren.

Keine dreißig Stunden war es her, da hatte er noch ein glückliches und zufriedenes Leben geführt. Er hatte einen guten Job, der ihm Spaß machte, und eine Frau, die ihn liebte. Und außerdem hatte er das Vertrauen, dass er in einem Land lebte, in dem man sicher sein konnte, dass der Staat einen schützte, solange man sich nichts zuschulden kommen ließ.

Und nun?

Er musste sich ablenken und mit etwas beschäftigen, während er darauf wartete, dass Julia nach Hause kam. Darauf hoffte, *dass* sie kam.

Er würde sich an den Computer setzen und versuchen, doch noch etwas über Jana Gehlen oder Yvonne Voigt herauszufinden.

Als er sich in dem kleinen Raum in der oberen Etage an den Schreibtisch setzte, nahm er sich vor, auf keinen Fall die Seite von *NF&B-Network* aufzurufen, um sich von dem, was dort stand, nicht noch weiter runterziehen zu lassen.

Er schaltete den Monitor ein, öffnete den Browser und konnte nicht anders. Er rief die Seite von *NF&B-Network* auf.

Stalker bedroht Frau auf offener Straße!

Direkt unter der Überschrift in großen roten Lettern stand nur wenig kleiner und in Schwarz:

Keine Zweifel mehr! Polizei bestätigt Echtheit des Videos.

Dann folgte der Bericht, den Patrick größtenteils schon kannte. Neu waren allerdings die Leserkommentare. Laut einer Angabe waren es mittlerweile über zweihundert.

Ekelhaft! Solche Typen sollte man wegsperren, lautete der erste Kommentar von jemandem, der sich *arfaf8arf98* nannte. Offenbar war es auf diesem Portal nicht nötig, sich mit seinem Klarnamen anzumelden. Das passte zu dieser Plattform. Und ließ Patrick ahnen, welcher Art einige der Kommentare sein würden.

Geil! Da weiß jemand, wie man mit Frauen umgeht, schrieb der Nutzer *Coolface0815*.

Krempljoe war hingegen der Meinung: *es ist zum kozen*

diese typen werden sowieso nie bestraft und morgen belästigt er die näxte frau.

Dann kam ein Beitrag, der Patricks Puls schlagartig in die Höhe trieb.

Kennt vielleicht jemand den Namen und die Adresse von dem Mistkerl? Man sollte ihm mal einen Besuch abstatten und zeigen, was man mit Typen wie ihm macht.

Patrick lehnte sich zurück und starrte die Wörter an.

Was, wenn tatsächlich jemand seinen Namen und ihre Adresse preisgab? Was, wenn ein im Internet angestachelter, wütender Mob plötzlich vor ihrem Haus stand?

Er musste etwas tun. Die Polizei musste etwas tun. Er überlegte, ob er Lomberg anrufen sollte, doch bevor er dessen Nummer wählen konnte, klingelte sein Handy erneut. Dieses Mal war der Anrufer anonym.

Patrick dachte an die Leserkommentare und nahm das Gespräch mit einem flauen Gefühl an.

»Wie fühlst du dich?«, sagte ein Mann, dessen Stimme Patrick nicht zuordnen konnte, die aber dennoch eine vage Erinnerung in ihm wachrief. Sie klang seltsam gepresst und für einen Mann fast zu hoch. War das jemand, der den Artikel gelesen hatte? Konnte man dort sogar schon seine Telefonnummer finden?

»Mit wem spreche ich?«

»Mit dem, der dein Leben in seinen Händen hält.«

Mit einem Ruck richtete Patrick sich auf. »Was? Was soll das heißen?«

»Das, was ich gesagt habe.«

Das war kein Spinner aus dem Internet, das war Patrick sofort klar.

»Dann sind Sie für das verantwortlich, was gerade mit mir geschieht?« Sein Herz hämmerte wild gegen seine Rippen.

»Das bin ich.«

Patricks Gedanken rasten. Dieser seltsame Tonfall … Er war sicher, dass der Anrufer seine Stimme verstellte, gut genug, dass Patrick sie nicht zuordnen konnte. »Wer, zum Teufel, sind Sie, und was wollen Sie von mir? Warum tun Sie das?«

»Ich tue es, weil ich es kann.«

»Aber …«

»Ich frage dich noch einmal: Wie fühlst du dich?«

»Wie soll ich mich fühlen? Man verdächtigt mich, eine Frau ermordet zu haben. Beschissen fühle ich mich. Verdammt beschissen.«

»Das ist gut.«

»Gut? Sind Sie völlig irre? Was soll das?«

»Ich möchte, dass du etwas für mich tust und …«

»Wer sind Sie, und warum tun Sie das?«, wiederholte Patrick mit plötzlich heiserer Stimme. »Ist Ihnen klar, dass Sie gerade mein Leben zerstören?«

»Aber natürlich. Darum geht es doch.« Der Anrufer klang amüsiert. »Was denkst du, warum ich mir die ganze Mühe mache?«

»Das ist meine Frage. Warum, verdammt?«

»Du langweilst mich. Ein letztes Mal: Weil ich es kann. Ich kann sogar noch viel mehr, und wenn du mir jetzt nicht zuhörst und tust, was ich dir auftrage, werde ich es dir beweisen. Also, was sagst du?«

Diese Stimme … nein, er konnte sie nicht zuordnen. Er

überlegte fieberhaft, was er nun tun sollte. Dieser Anruf war der definitive Beweis, dass er unschuldig war. Aber was nutzte ihm das, wenn niemand außer ihm etwas davon mitbekam?

»Du sagst also nichts? Gut, dann lege ich jetzt auf, und du wirst erleben, wozu ich fähig bin. Das Video war für mich ein Klacks. Alles andere auch. Du weißt, was ich meine. Und das geht noch viel besser, du wirst sehen. Mach's gut.«

»Nein! Warten Sie! Ich höre Ihnen ja zu.«

»Gut. Ich möchte, dass du in zwei Stunden zur alten Sophienheilstätte kommst.«

»Wohin? Wo ist das?«

»Das ist eine alte Klinik im Wald von Bad Berka. Du wirst sie finden.«

Bad Berka ... das lag südlich von Weimar. »Und was soll ich dort?«

»Das wirst du beizeiten erfahren.«

»Und dann? Bringen Sie mich dann auch um? So wie Jana Gehlen?«

Er hörte ein kurzes Lachen. »Wenn ich dich umbringen wollte, wärst du längst tot.«

»Aber warum das alles? Sie haben einen Menschen getötet. Das ist mit nichts zu rechtfertigen.«

Patrick wünschte sich in diesem Moment nichts sehnlicher, als ein Aufnahmegerät zur Hand zu haben. Im nächsten Moment fiel ihm Julias Handy ein. Es lag auf der Kommode, und es gab eine Sprachmemo-App darauf.

»Sagen Sie mir doch wenigstens, was ich Ihnen getan habe«, sagte Patrick, während er mit schnellen Schritten durch das Wohnzimmer in die Diele ging.

»Wenn man der Polizei glauben mag, hast du der lieben Jana etwas getan. Und ihrer Freundin.«

»Was?« Patrick stockte unwillkürlich. Er brauchte einen Moment, bis er verstand. »Yvonne Voigt? Ist sie auch tot? Haben Sie sie auch ermordet, Sie Wahnsinniger?«

Patrick hörte ein meckerndes Lachen. »Wer weiß? Und warum ich? *Du* warst das. Frag die Polizei.«

Patrick tippte auf das Display von Julias Smartphone und gab daraufhin den sechsstelligen Code ein. Der Bildschirm war entsperrt. Nun musste er nur noch die App starten …

»Sie wissen, dass ich unschuldig bin. Was muss ich tun, damit dieser Irrsinn aufhört?«

»In zwei Stunden. Deine Chance. Sei pünktlich.«

Patrick stieß einen Fluch aus und ließ die Hand mit Julias Handy sinken.

Das Gespräch war beendet.

Heute war meine Mutter zu Besuch.

Es war das erste Mal, und ich weiß, es hat sie große Überwindung gekostet. Sie hat eine tiefsitzende Angst vor dem Gefängnis. Weniger von dem Gebäude an sich, nein, eher vor dem, was es verkörpert und über diejenigen aussagt, die dort eingeschlossen sind. Wenn man da einsitzt, muss das einen Grund haben. Man muss ein Verbrechen begangen haben. Denkt sie. Und sie denkt, dass die Leute so denken. Und da liegt der Hase im Pfeffer.

Sie hat mir gegenübergesessen und sich in Belanglosigkeiten ergangen, um nicht über ihre wahren Sorgen reden zu müssen. Darüber, was die Leute sagen. Und dass man sicherlich über sie denkt, sie sei eine schlechte Mutter gewesen, weil ihr Sohn im Gefängnis sitzt.

Ich habe mit belanglosen Floskeln geantwortet.

»Wie geht es dir?«

»Alles gut«, habe ich gesagt. (Ich denke jeden Tag mindestens einmal daran, auf welche Art ich mir das Leben nehme, wenn sie mich hier dauerhaft einsperren, habe ich gedacht.)

»Hast du alles, was du brauchst?«

»Ja, sicher«, habe ich gesagt. (Nein, ich habe nichts von dem, was ich brauche. Ich brauche meine Frau, meine Freiheit und selbstbestimmtes Handeln, habe ich gedacht. Ich brauche es, dass

mich jemand anlächelt und es ehrlich meint, wenn er mir einen guten Tag wünscht.)

»Kann ich etwas für dich tun?«

»Nein«, habe ich gesagt. Und gedacht.

Aber gut, wo wir schon einmal dabei sind, reden wir kurz über meine Mutter.

Auch wenn es vielleicht gerade nicht so geklungen hat, liebe ich sie. Und ich weiß, sie liebt mich auch.

Sie hat mich sehr umsorgt, als ich noch klein war. Wenn ich Schmerzen hatte, hat sie mich gepflegt und getröstet. Wenn es mir schlecht ging, hat sie mir Gesundsuppe gekocht. So hat sie sie genannt. Sie hat mir erzählt, dass das ein uraltes Rezept sei und die Suppe heilende Kräfte besaß. Es war eine dünne Brühe, in der allerlei nicht identifizierbare Bröckchen schwammen, aber sie war lecker. Wahrscheinlich hätte ich sie als lecker empfunden, egal wonach sie geschmeckt hätte.

Wenn der Teller dann leer war, hat sie mich ins Bett gebracht, mir Lieder vorgesummt und mir über den Kopf gestreichelt, bis ich eingeschlafen bin.

Sie hat mir beigebracht, recht früh auf eigenen Füßen zu stehen und mein Leben zu meistern.

Nun ist sie fast siebzig und allein, seit mein Vater vor drei Jahren den Kampf gegen den Tumor in seinem Kopf verloren hat.

Davor hat er nach einem Schlaganfall schon zwei Jahre im Rollstuhl gesessen und konnte nichts anderes mehr tun, außer zu essen und die verdauten Reste wieder auszuscheiden. Sie hat ihn gepflegt, zwei ganze Jahre lang. Es war ein Segen für sie, als der Tumor wuchs und meinen Vater innerhalb kurzer Zeit dahingerafft hat. Ich habe sie an seinem Grab beobachtet. Sie hat kaum geweint.

Jetzt lebt sie ein bescheidenes Leben, in dem alles so ist, wie es sein soll. Das kleine Haus ist stets blitzblank, jedes Zimmer perfekt aufgeräumt. Jedes kleinste Accessoire hat seinen festen Platz und steht auch dort und nirgendwo anders. Wann immer jemand zu Besuch käme, würde er ein perfektes Haus vorfinden.

Aber es kommt kaum jemand. Nur ihre Freundin Brigitte, die sie schon aus ihrer Schulzeit kennt, schaut ab und an vorbei. Sie ist Witwe wie meine Mutter und hat ebenso viel Zeit wie sie. Und dennoch lässt sie sich nur alle paar Wochen mal blicken. Ich kann es ihr nicht verübeln, denn im Gegenzug besucht meine Mutter sie so gut wie gar nicht. Es ist ihr ein Gräuel, ihr Haus zu verlassen und Zeit in einer fremden Umgebung zu verbringen.

Lieber sitzt sie zu Hause vor dem Fernseher und schaut Stunde um Stunde dem Treiben schwachsinniger Menschen in ebenso schwachsinnigen Shows zu. Ich glaube, das tut sie, um sich von der Erkenntnis abzulenken, dass sie einsam ist.

Nun mag man denken, ich sei ein schlechter Sohn, weil ich meine Mutter so sehr sich selbst überlasse, aber das stimmt nicht. Was habe ich nicht alles versucht, um sie aus ihrem Schneckenhaus herauszulocken. Vergebens.

Irgendwann habe ich resigniert und eingesehen, dass sie wohl entschieden hat, ihren Lebensabend auf diese Weise zu verbringen.

Aber ich denke, ich starte trotzdem noch mal einen Versuch, wenn ich hier rauskomme. Wenn.

Kurz bevor sie heute wieder gegangen ist, hat meine Mutter sich noch mal zu mir umgedreht und mich gefragt, was sie den Leuten sagen soll, wenn sie wissen wollen, warum ich im Gefängnis bin.

»Welchen Leuten?«, habe ich sie gefragt. Daraufhin ist sie wortlos gegangen.

Jetzt tut es mir leid, dass ich das zu ihr gesagt habe. Es war gemein.

Der Knast macht gemein.

19

Patrick lief im Wohnzimmer auf und ab und wusste nicht, was er tun sollte. Bad Berka war etwa dreißig Kilometer entfernt, er konnte in einer halben, spätestens einer Dreiviertelstunde dort sein. Was aber sollte er vorher tun? Er blieb stehen, blickte aus dem Terrassenfenster. Zwei Stunden. Warum hatte der Anrufer ihm ein derart großes Zeitfenster eingeräumt? Wäre es nicht effektvoller gewesen, wenn er Patrick unter Druck gesetzt hätte, so dass er keine Zeit mehr zum Nachdenken hatte? Dass er sich nichts mehr überlegen konnte, sondern damit beschäftigt war, es rechtzeitig zum Treffpunkt zu schaffen?

Erneut lief er auf und ab. Grübelte, fluchte. Er dachte an Lomberg. Was, wenn er den Polizisten anrief und ihm von dem Telefonat erzählte? Seltsamerweise hatte der Anrufer nichts davon gesagt, dass er sich nicht an die Polizei wenden durfte.

Setzte er das als selbstverständlich voraus? Was würde er unternehmen, wenn Patrick gemeinsam mit Lomberg in dieser alten Klinik auftauchte? Was konnte noch schlimmer sein als das, was er schon getan hatte?

Patrick setzte sich auf einen Sessel, rieb sich mit den Händen nervös über die Oberschenkel.

Ich kann sogar noch viel mehr, hatte der Kerl gesagt. Mehr als Videos täuschend echt fälschen und Frauen ermorden? Was konnte es noch geben?

Vielleicht bot sich für Patrick gerade die einmalige Chance, seine Unschuld zu beweisen. Wenn er sie verstreichen ließ, würde er am Ende womöglich tatsächlich unschuldig ins Gefängnis wandern.

Wenn er andererseits mit Lomberg dort auftauchte und der Mistkerl bemerkte es und verschwand, wurde Patricks Situation vielleicht tatsächlich noch schlimmer.

Was immer er tat, es konnte ein riesiger Fehler sein. War es das, was der Anrufer beabsichtigte? Wollte er ihn dazu bringen, Dinge zu tun, die den Verdacht gegen ihn noch mehr erhärteten?

Und immer wieder die alles entscheidende Frage: Wer war dieser Kerl, und warum tat er ihm das an?

Patrick schloss die Augen, konzentrierte sich.

Und plötzlich wusste er, was zu tun war, denn er hatte sich selbst gerade die einzig richtige Frage gestellt: Was war das Richtige? Natürlich musste er alles versuchen, um seine Unschuld zu beweisen. Derjenige, der für seine Situation verantwortlich war und mit dem er gerade noch telefoniert hatte, musste dafür zur Rechenschaft und aus dem Verkehr gezogen werden, bevor er noch weiteres Unheil anrichten konnte. Wenn das gelang, war Patricks Unschuld sowieso bewiesen.

Nein, er würde sich auf die Spielchen nicht einlassen, die der Mistkerl sich für ihn ausgedacht hatte.

Entschlossen griff er nach seinem Telefon, tippte auf die Kurzwahltaste und hielt es sich ans Ohr.

»Lomberg«, meldete sich der Beamte.

»Patrick Dostert hier. Ich hatte gerade einen Anruf. Von dem Mörder von Jana Gehlen.«

»Was sagen Sie da?«

Patrick berichtete Lomberg von dem Gespräch. Der Polizist unterbrach ihn nur einmal, weil Patrick während des Redens immer lauter geworden war und irgendwann so schnell sprach, dass Lomberg ihn kaum mehr verstehen konnte.

Als Patrick geendet hatte, herrschte eine Weile Schweigen, bis Lomberg fragte: »Hat er nichts angedroht für den Fall, dass Sie die Polizei verständigen?«

»Nein, darüber habe ich mich auch gewundert.«

»Das ist außergewöhnlich. Und er sagte: in zwei Stunden?«

»Ja.«

»Wann war das?«

»Vor etwa zwanzig Minuten. Also soll ich um halb drei dort sein.«

»Ich kenne die alte Klinik. Ein riesiger Bau. Hat er eine bestimmte Stelle genannt, zu der Sie kommen sollen?«

»Nein.«

»Gut. Dass Sie mich angerufen haben, war richtig. Ich werde mich jetzt kurz mit meinen Leuten hier beraten und rufe Sie in zehn bis fünfzehn Minuten zurück. Sie unternehmen solange bitte nichts, okay?«

»Ja, verstanden«, beteuerte Patrick und ließ die Hand mit dem Telefon sinken.

Er hatte Angst vor dem, was ihm bevorstand, aber er spürte auch so etwas wie Erleichterung, dass nun endlich etwas geschah. Etwas, das hoffentlich Licht ins Dunkel bringen würde. Für ihn und für die Polizei.

Irgendwo in einer Ecke seines Verstandes flüsterte eine Stimme, er solle sich nicht zu früh freuen. Und dass der Mörder sich etwas dabei gedacht haben musste, wenn er ihm so viel Zeit ließ und nicht darauf bestand, dass er auf keinen Fall die Polizei verständigen sollte. Patrick wischte den Gedanken weg. Er hatte sich entschieden, daran war jetzt sowieso nichts mehr zu ändern.

Kurz fielen ihm die Leserkommentare auf der Seite des *NF&B-Network* wieder ein. In seiner Aufgeregtheit hatte er ganz vergessen, Lomberg davon zu erzählen. Aber wenn er Glück hatte, würde sich das hoffentlich bald erledigen, und Lomberg musste einsehen, dass auch die Techniker der Polizei sich täuschen konnten.

Kurz darauf rief der Hauptkommissar wieder an.

»Fahren Sie zu der alten Klinik, so wie der Anrufer es von Ihnen verlangt hat. Wir werden das Gebiet großflächig umstellen.«

»Wird er das nicht bemerken?«

»Wenn er dort allein ist, sicher nicht. Aber es ist natürlich möglich, dass er gar nicht da sein wird.«

»Aber … warum sollte er mich dann dorthin bestellen?«

»Das weiß ich noch nicht, aber ich denke, dass er Ihnen etwas angedroht hätte, für den Fall, dass Sie die Polizei benachrichtigen, wenn er vorhätte, persönlich dort aufzutauchen. Und dass er Sie bei Tageslicht dort treffen möchte, das ist auch ungewöhnlich. Im Dunkeln hätte er weitaus bessere Möglichkeiten, wenn nötig zu verschwinden.«

»Und wenn er doch dort ist und mich mit einer Waffe erwartet?«

»Wir werden in der Nähe sein«, versicherte Lomberg.

»Das nützt mir in dem Fall aber nichts.«

»Sie können sich darauf verlassen, dass wir Sie nicht aus den Augen lassen. Wir haben sehr gut ausgebildete Leute, die auf solche Fälle spezialisiert sind.«

»Nehmen Sie es mir nicht übel, aber so, wie Sie bisher agiert und sich ausschließlich auf mich eingeschossen haben, weiß ich nicht, ob ich auf Ihre sehr gut ausgebildeten Leute vertrauen soll.«

»Mich würde interessieren, was Sie erwartet haben, als Sie mich eben anriefen?«

Patrick dachte darüber nach. »Ich weiß es nicht«, gestand er schließlich ein. »Aber vielleicht können Sie verstehen, dass ich Angst habe. Dieser Irre hat mindestens eine Frau ermordet, und er hat einen ziemlichen Aufwand betrieben, um mir das in die Schuhe zu schieben. Ich weiß nicht, wer er ist und womit ich ihn gegen mich aufgebracht habe, aber er scheint mich zu hassen und vor nichts zurückzuschrecken, um mir zu schaden. Vielleicht hat er ja beschlossen, die Sache jetzt zu Ende zu bringen?«

»Ich verstehe Sie, Herr Dostert«, versicherte Lomberg. »Und ja, es stimmt, ein Restrisiko bleibt immer. Aber ich glaube trotzdem nicht, dass er dort auf Sie warten wird. Und noch einmal: Wir werden ganz in Ihrer Nähe sein. Sollte es in irgendeiner Form zu einer gefährlichen Situation kommen, greifen wir sofort ein. Letztendlich aber müssen Sie selbst entscheiden, ob Sie zu diesem Treffen gehen. Dazu kann und möchte ich Sie nicht zwingen.«

Patrick wusste, dass er im Grunde keine Wahl hatte, wenn er zumindest eine kleine Chance haben wollte, seine Unschuld zu beweisen.

»Wie wollen Sie wissen, was passiert, wenn ich im Inneren des Gebäudes bin und kein Mikrophon an mir habe?«

»Rufen Sie mich an, bevor Sie hineingehen, und platzieren Sie Ihr Telefon so, dass ich mithören kann. Vielleicht in einer Hemdtasche. Sobald ich irgendetwas höre, das nach Gefahr für Sie klingt, sind wir innerhalb von Sekunden da.«

»Also gut. Muss ich sonst noch irgendetwas wissen?«

»Nein. Tun Sie einfach, was er Ihnen gesagt hat. Sie werden uns nicht bemerken, aber wir sind da.«

»Okay. Ich fahre dann bald los. Ich möchte auf keinen Fall zu spät kommen.«

»Viel Glück.«

»Ich hoffe, dass ich mich nicht nur aufs Glück verlassen muss«, entgegnete Patrick und legte auf.

Kurz darauf verließ er das Haus und ging zu seinem Wagen. Als er gerade einsteigen wollte, nahm er aus dem Augenwinkel eine Bewegung wahr und meinte, jemanden hinter einem Wagen verschwinden zu sehen, der auf der anderen Straßenseite parkte. Er hielt inne und starrte mit zusammengekniffenen Augen auf das Fahrzeug, doch es rührte sich nichts.

Patrick dachte an den Anrufer. Hatte er hier draußen gewartet, um zu beobachten, wann Patrick das Haus verließ? Aber warum sollte er das tun? Würde er vielleicht in ihr Haus einbrechen, sobald Patrick sich auf den Weg gemacht hatte, um dort etwas zu platzieren? Beweise, die wieder gegen Patrick sprechen würden?

Aber war hinter dem Auto tatsächlich jemand, oder hatte er sich getäuscht und litt schon unter Verfolgungswahn?

Patrick schüttelte über sich selbst den Kopf und stieg ein.

Nachdem er die Einfahrt verlassen hatte und ihre Straße bereits ein Stück weit entlanggefahren war, warf er einen Blick in den Rückspiegel.

Er sah, wie sich jemand hinter dem parkenden Auto aufrichtete und, nach einem Blick in seine Richtung, mit schnellen Schritten hinter einer Hecke verschwand.

Es war eine Frau, das hatte er trotz der Entfernung genau erkennen können. Sie hatte lange pechschwarze Haare und trug eine übergroße Sonnenbrille.

20

Patrick überlegte, ob er Lomberg anrufen und ihm von der Frau vor seinem Haus erzählen sollte, entschied sich aber dagegen. Sie war längst verschwunden, es würde also nichts bringen, wenn Lomberg jemand hierherschickte. Außerdem konnte die Ähnlichkeit mit der Frau, die dieses verdammte Video von ihm gemacht hatte, purer Zufall sein. Wie auch immer, er musste sich darauf konzentrieren, was vor ihm lag.

Als Patrick seinen Wagen nach einer Fahrt, während der er in Gedanken die letzten dreißig Stunden wieder und wieder hatte Revue passieren lassen, langsam auf den großen Gebäudekomplex zurollen ließ, war es kurz nach zwei, er hatte also noch fast eine halbe Stunde Zeit. In den letzten fünf Minuten hatte er immer wieder in den Rückspiegel und aus den Seitenfenstern geschaut und überprüft, ob er jemanden entdecken konnte. Doch Lomberg schien recht zu behalten. Es war niemand zu sehen.

Kurz vor der breiten Vorderfront der alten Klinik hielt er an und betrachtete das beeindruckende Gebäude. Es handelte sich um einen verwinkelten Fachwerkbau von gewaltigen Ausmaßen. Selbst bei Tageslicht strahlte der dreistöckige Bau mit der gelblichen und schmutzig grauen Fassade etwas Unheimliches aus. Die meisten der unzähligen

Fenster waren zerbrochen und glotzten ihn wie boshafte, dunkle Augen an. Die ganze Szenerie hatte etwas Bedrohliches, Abweisendes, als würde das Gebäude ihm zuraunen, dass es besser für ihn sei, sofort zu verschwinden.

Patrick ließ den Blick über die Front wandern und fragte sich, wohin er sich in diesem riesigen Komplex wenden sollte.

Er griff nach seinem Handy und wählte Lombergs Nummer. »Sind Sie da?«

»Ja«, antwortete der Polizist. »Und ich kann Sie sehen.«

»Okay. Dann gehe ich jetzt rein.«

Patrick stieg aus seinem Wagen aus, steckte das Smartphone mit der aktiven Verbindung zu Lomberg so in die Gesäßtasche seiner Jeans, dass die Unterseite mit dem dort angebrachten Mikrophon ein kleines Stück herausstand, und ging langsam auf die alte Klinik zu.

Er versuchte, möglichst leise zu sein, und konzentrierte sich auf seine Umgebung. Hier und da war das Zwitschern eines Vogels zu hören oder ein leises Rascheln. Friedliche Geräusche in einem Waldgebiet, die ihm eine Normalität vorgaukelten, die es nicht gab. Nicht für ihn.

Je näher Patrick der Treppe kam, die zu dem breiten Eingang führte, desto unwohler fühlte er sich.

Als er den Fuß auf die unterste Stufe setzte, musste er sich zusammennehmen, um nicht auf dem Absatz kehrtzumachen und zu seinem Auto zurückzulaufen. Alles in ihm ahnte Gefahr und wehrte sich dagegen, das Gebäude zu betreten. Für einen Moment blieb er stehen, zwang sich dann aber doch zu einem weiteren Schritt. Er *musste* wissen, was es mit diesem Kerl auf sich hatte.

Die massive Holztür war übersät mit Kerben und Krakeleien, der untere Bereich war mit blauer Sprühfarbe verunstaltet. Schon als er noch einige Schritte entfernt war, sah Patrick, dass sie nur angelehnt war.

Er drückte dagegen und erwartete das typische unheimliche Knarzen, wie man es aus Horrorfilmen kannte. Es war jedoch lediglich ein schleifendes Geräusch zu hören.

Vor ihm lag eine Eingangshalle von etwa zehn mal zwanzig Metern, die nur mäßig von dem Licht erhellt wurde, das durch einen glaslosen Fensterrahmen und zwischen den Ritzen der Holzplatten hereinfiel, mit denen die restlichen Fenster vernagelt waren.

Patrick machte zwei Schritte in den Raum und sah sich um.

Der Boden war übersät mit Bruchstücken der hellen Fliesen, mit denen er einmal ausgelegt gewesen war. Nun klafften überall Lücken, in denen teilweise Wasser stand.

Die Wände waren größtenteils mit Graffiti bedeckt, an manchen Stellen war der Putz abgebröckelt.

Ihm gegenüber führte eine breite steinerne Treppe mit schmiedeeisernen Geländern nach oben, rechts und links davon ging es ins Untergeschoss. An einem rechteckigen hellen Fleck neben der linken, nach unten führenden Treppe blieb Patricks Blick hängen. Es sah aus wie ein Blatt Papier, auf dem etwas geschrieben stand. Obwohl er sich innerlich dagegen sträubte, trat er weiter in den Raum hinein. Er musste näher heran, wenn er lesen wollte, was auf dem Papier stand.

Es war nur ein Wort, neben dem ein schräg nach unten zeigender Pfeil aufgemalt war. Das Wort lautete: *Patrick*.

Patrick sah sich schnell nach allen Seiten um, dann zog er das Smartphone aus der Tasche, hielt es sich ans Ohr und flüsterte: »An der Treppe hängt ein Schild mit meinem Namen und einem Pfeil, der nach unten zeigt. Ich gehe jetzt da runter, okay?«

»Seien Sie vorsichtig«, hörte er Lomberg sagen, bevor er das Telefon wieder in der Gesäßtasche verschwinden ließ.

Die Treppe endete nach etwa zehn Stufen auf einem schmalen Absatz und führte vermutlich noch weiter nach unten.

Langsam ging er Stufe um Stufe hinab, bis er auf dem Absatz stand. Wie er vermutet hatte, ging von dort eine weitere Treppe ins Untergeschoss. Soweit er es von seinem Standort aus sehen konnte, musste es dort unten kleine Oberlichter oder etwas Ähnliches geben, durch die ein wenig Tageslicht fiel.

Als Patrick in der Mitte der Treppe auf ein Fliesenstück trat und es mit einem Knirschen unter seinem Fuß zerbrach, hielt er unwillkürlich den Atem an. Das Geräusch war ihm in der bedrückenden Stille so laut vorgekommen, dass er das Gefühl hatte, es müsse in dem gesamten riesigen Gebäude zu hören sein.

Nachdem er einige Sekunden reglos verharrt hatte, wagte er es, weiterzugehen. Am Fuß der Treppe blieb er stehen und blickte den langen Gang entlang. Das dämmrige Licht reichte zwar nicht ganz bis in den hinteren Bereich des Flurs, war aber ausreichend, um sich zu orientieren. Hier unten war der Verfall noch weiter fortgeschritten als im Erdgeschoss.

An den Wänden und der Decke löste sich großflächig die Farbe und bildete unzählige wellige Inseln. Der Boden war bedeckt mit Schutt, abgeblättertem Putz und zerborstenen Teilen von Türrahmen. Zu beiden Seiten standen Türen offen, einige hingen schief in den Angeln, lediglich eine Tür im hinteren Bereich war geschlossen.

Patrick war versucht, Lomberg zu beschreiben, was er sah, verkniff es sich aber. Der Kerl, der ihn hierherbestellt hatte, konnte hinter jeder der geöffneten Türen stehen und würde alles hören.

Also schwieg er und suchte nach weiteren Hinweisschildern. Als er keine entdeckte, setzte er sich mit vorsichtigen Schritten in Bewegung.

Die Räume hinter den offenstehenden Türen schienen in etwa gleich groß zu sein, in allen bot sich das gleiche Bild von Verfall und Vandalismus. Schutt, Müll, Reste von Regalen oder sonstigem ehemaligen Inventar. Konnte man bei den Graffiti im Erdgeschoss noch von Kreativität sprechen, war es den Menschen, die hier unten gewütet hatten, offensichtlich nur darum gegangen, etwas zu zerstören.

Obwohl er noch ein Stück entfernt war, entdeckte Patrick an der geschlossenen Tür ein weißes Blatt. Er trat näher und blieb stehen.

Im oberen Bereich des grün gestrichenen Türblattes waren senkrecht drei schmale Glasscheiben eingelassen, deren strukturierte Oberfläche es unmöglich machte, hindurchzusehen. Direkt darunter klebte das Blatt, auf dem sein Name stand. Hinter dieser Tür wartete also vielleicht die Auflösung der Frage, warum sein Leben plötzlich zu einem Albtraum geworden war.

Patrick legte die Hand auf die Klinke, atmete noch einmal tief durch und drückte sie dann herunter.

Der Raum dahinter war wie die anderen etwa fünf mal fünf Meter groß. Er war leer. Bis auf den zerschundenen, leblosen Körper, der auf dem Boden lag. Patrick schlug ein Gestank entgegen, der so penetrant war, dass er würgen musste. Er hörte sich selbst aufstöhnen und presste sich instinktiv eine Hand auf Mund und Nase. Wie angewurzelt blieb er stehen. Sein Puls hämmerte ihm in den Ohren, binnen Sekunden trat ihm kalter Schweiß auf die Stirn, er atmete in kurzen Stößen.

Vor ihm, in der Mitte des Raumes, lag eine Frau auf dem Rücken, und sie war tot, das erkannte er sofort, auch wenn er zuvor noch nie eine Leiche gesehen hatte. Die stumpfen Augen waren weit aufgerissen, der gebrochene Blick war gegen die Decke gerichtet. Ihr Gesicht wirkte eingefallen, die bleiche Haut sah wächsern aus und war überzogen mit dunklen Flecken und Verletzungen, unter dem rechten Auge klaffte eine tiefe Platzwunde, in der er eine Bewegung wahrnehmen konnte. Maden!

Seine Speiseröhre zog sich zusammen, er beugte sich schnell zur Seite und übergab sich würgend.

Nachdem er sich wieder aufgerichtet hatte, bemerkte er auch das Summen der unzähligen Fliegen, die überall in dem Raum zu sein schienen. Er widerstand dem Impuls, vor dem grausamen Szenario wegzurennen, und zwang sich, wieder hinzusehen.

Die Lippen der Toten waren nicht mehr als dünne, fast schwarze Striche. Die langen Haare lagen wie Tang in schmutzigen Strähnen um den Kopf und über dem Gesicht.

Die Frau trug eine verdreckte Jeans und ein dunkles Shirt, das an der Seite eingerissen war. Ein Schuh fehlte, der graue Strumpf war halb ausgezogen und hing wie ein schlaffer Schlauch an ihrem Fuß. Auch die nackten Arme waren mit Flecken übersät, der linke Unterarm stand in einem seltsamen Winkel ab.

Es sah aus, als wäre sie brutal zu Tode geprügelt worden.

Schräg hinter ihr lag ein offensichtlich neuer gelber Strick auf dem Boden, der nicht in diese Umgebung passte.

Auch der breite schwarze Streifen Klebeband daneben stach aus der graubraunen Schicht aus Schutt und Staub hervor.

Patricks Blick erfasste die Situation wie eine Kamera, die langsam durch den Raum strich und einzelne Gegenstände für einen unbeteiligten Betrachter hervorhob. Und so fühlte er sich auch.

Schutzmechanismus, flüsterte eine Stimme in seinem Verstand.

Patrick hatte kein Gefühl dafür, wie lange er so dastand und die Tote anstarrte, bis ihm Lomberg einfiel, der mit seinen Kolleginnen und Kollegen vom SEK draußen auf Nachricht von ihm wartete.

Noch immer den Blick auf die Tote gerichtet, zog er das Handy aus seiner Gesäßtasche und hörte Lombergs Stimme bereits, als er das Telefon noch nicht am Ohr hatte. »Was, zum Teufel, ist los?«

»Die linke Treppe. Kommen Sie in den Keller, hier liegt eine tote Frau.« Dann beendete er das Gespräch.

Nach einem letzten Blick in das entstellte Gesicht wandte Patrick sich ab. Er ertrug den Anblick keine Sekunde länger. Er verließ den Raum und lehnte sich im Gang an die Wand. Seine Knie begannen heftig zu zittern. Er setzte sich auf den kalten Boden, zog die Beine an und umschloss die Knie mit beiden Armen. Dass Feuchtigkeit vom Boden in seine Hose zog, registrierte er nur nebenbei. Es war ihm gleichgültig. Nebenan lag ein toter Mensch. Gequält und ermordet. Was war da über sein Leben hereingebrochen?

So saß er lange da, starrte ins Nirgendwo und fühlte in sich eine niegekannte Leere.

Erst als Geräusche von oben das Einsatzkommando der Polizei ankündigten, wurde Patrick bewusst, dass er keine Sekunde daran gedacht hatte, dass der Mörder sich noch irgendwo in seiner Nähe aufhalten könnte.

21

Die Beamten, die mit schnellen Schritten die Treppe herunterkamen und ohne Zögern, die Maschinenpistolen schussbereit, den Gang entlang auf Patrick zuliefen, sahen furchterregend aus.

Sie trugen dicke Westen, an denen neben Body-Cams noch andere Ausrüstungsgegenstände befestigt waren. Die Gesichter waren durch schwarze Sturmhauben verdeckt, die lediglich einen schmalen Schlitz vor den Augen frei ließen.

Alles in allem wirkte der Auftritt sehr martialisch, und Patrick duckte sich reflexartig.

Kurz bevor die ersten beiden Polizisten des SEK Patrick erreicht hatten, deutete einer von ihnen mit dem Kinn zu der Tür und sagte: »Da drin?«

Patrick nickte und blieb auf dem Boden sitzen, während die Männer in den Raum stürmten.

Eine Minute später kamen Lomberg und Hensch. Sie trugen ebenfalls schusssichere Westen über ihrer normalen Kleidung.

Patrick drückte sich vom Boden hoch.

»Alles okay mit Ihnen?«, fragte Lomberg, woraufhin Patrick stumm nickte und beobachtete, wie die beiden Beamten auch in dem Raum verschwanden.

Nach zwei, drei Minuten kam Lomberg wieder heraus und deutete zur Treppe. »Gehen wir nach oben.«

Froh, das Gebäude verlassen zu können, ging Patrick voraus und atmete tief durch, als er durch die Tür ins Freie trat.

»Ist das da unten Yvonne Voigt?«, fragte er Lomberg, als der vor ihm stehen blieb.

Der Polizist nickte. »Nach den Fotos, die ich von ihr gesehen habe, gehe ich davon aus. Lassen Sie uns über den Anrufer reden. Kam Ihnen seine Stimme bekannt vor?«

»Nein … das heißt, irgendetwas daran kam mir am Anfang bekannt vor, aber ich weiß nicht, was es war und an wen es mich erinnert hat.«

»Darf ich Ihr Handy mal sehen?« Lomberg streckte die Hand aus. Patrick zog das Gerät heraus, entsperrte es und reichte es Lomberg. Der tippte ein paarmal darauf herum und deutete dann auf einen Anruf mit unterdrückter Nummer. »War es der?«

»Ja.«

»Wir versuchen, den Anruf zurückzuverfolgen, allerdings kann es sein, dass Vorkehrungen getroffen wurden, damit uns das nicht gelingt.«

»Ich verstehe nicht, was das sollte.«

»Was? Dass Sie hier sind?«

»Ja. Ich meine … Wenn er wollte, dass diese arme Frau gefunden wird … warum ich?«

»Gute Frage. Wenn wir Ihrer Theorie Glauben schenken, dass er es aus irgendwelchen Gründen auf Sie abgesehen hat, gehört das vielleicht zu seinem perfiden Plan.«

Patrick dachte kurz darüber nach. »Aber genau das ist

es, was ich nicht verstehe. Bisher hat er es darauf angelegt, dass ich verdächtigt werde. Dass er mich dann hierherlockt, damit ich sein Opfer finde, ergibt keinen Sinn. Er musste doch damit rechnen, dass ich Sie informiere.«

Als Lomberg darauf nicht antwortete, sagte Patrick leise: »Glauben Sie etwa, dass ich die Frau da unten ermordet habe?«

Sie sahen sich eine Weile in die Augen, und Patrick zwang sich, Lombergs Blick standzuhalten, auch wenn es ihm schwerfiel.

»Ich weiß noch nicht, was ich glauben soll. Wir warten ab, was bei der Obduktion herauskommt und was die Kolleginnen und Kollegen von der Spurensicherung finden.«

Auch wenn Lomberg nicht sagte, dass er ihm glaubte, hatte Patrick das Gefühl, dass der Beamte ihm zumindest ein kleines bisschen wohlwollender gegenüberstand.

»Wie geht es Ihnen überhaupt?«, fragte Lomberg wie zur Bestätigung dieser Gedanken. »Ich meine« – er deutete mit dem Kopf zum Eingang des Gebäudes – »so was kann einem schon auf den Magen schlagen.«

»Ja, ich versuche, nicht darüber nachzudenken.«

In diesem Moment verließ Inka Hensch das Gebäude, kam auf sie zu und wandte sich an ihren Kollegen. »Spurensicherung und Rechtsmedizin sind verständigt. Sie hat keine Papiere bei sich. Die Kollegen vom SEK sind ausgeschwärmt und durchsuchen das ganze Gebäude, aber bisher Fehlanzeige.«

»Ich schätze, sie ist schon länger tot. Der Täter wird sich nicht mehr hier aufhalten.«

»Brauchen Sie mich noch?«, fragte Patrick, der an Julia dachte. »Ich würde gern nach Hause fahren. Meine Frau weiß nicht, wo ich bin.«

»Warum das?«

»Sie war unterwegs und hatte ihr Handy zu Hause vergessen.«

»Ja, Sie können nach Hause fahren. Wir kommen später noch mal zu Ihnen.«

Im Auto angekommen, versuchte Patrick als Erstes, Julia zu erreichen, doch nach mehrmaligem Klingeln schaltete sich ihre Mailbox ein. Er legte auf, ohne eine Nachricht zu hinterlassen, und warf das Telefon auf den Beifahrersitz.

Ja, er verstand, dass es eine schwierige Situation für Julia war, aber jetzt, in diesem Moment, hätte er seine Frau gebraucht, um mit ihr reden, ihr sagen zu können, wie sehr es ihn belastete, eine ermordete Frau gefunden zu haben. Er hätte einfach gern ihre Stimme gehört, und der Gedanke, dass sie stattdessen vielleicht immer noch bei Peter saß und sich ihm anvertraute, erzeugte in Patrick ein Gefühl der Enttäuschung und Niedergeschlagenheit.

Er startete den Motor und fuhr los, musste sich aber dazu zwingen, auf seine Umgebung zu achten, denn immer noch hatte er das Bild der Toten vor Augen. Ihr eingefallenes, misshandeltes Gesicht, der geschundene Körper. Die blicklosen, stumpfen Augen …

Etwa eine Viertelstunde später meldete sich Julia.

»Du hast angerufen«, sagte sie ohne Einleitung. Ihre Stimme klang dünn. »Wo bist du?«

Patrick brauchte einen Moment, um sich darüber klarzuwerden, wie er reagieren sollte. Einem ersten Reflex folgend, wollte er sie fragen, warum sie nicht mit ihm geredet hatte, sondern zu Peter gefahren war, doch er ließ es sein. Sie hatte ihn angerufen und war jetzt da. Das war die Hauptsache.

»Ich bin auf dem Heimweg«, sagte er ruhig.

»Von wo? Wo warst du?«

Er berichtete ihr in Kurzform von dem Anruf und davon, was danach geschehen war, und schloss seine Schilderung mit den Worten: »Ich erzähle dir alles genau, wenn ich zu Hause bin. Du bist doch auch zu Hause, oder?«

»Ja. Mein Gott, ich mag mir gar nicht vorstellen, wie du dich jetzt fühlen musst. Das ist ja schlimmer als jeder Albtraum.«

»Ja. Ich bin froh, deine Stimme zu hören. Lass uns nachher weiterreden, okay?«

»Ja, natürlich … Patrick?«

»Ja?«

»Es tut mir leid, dass ich weggerannt bin. Mir war auf einmal alles zu viel. Ich musste mit jemand anderem darüber reden. Das ging in dem Moment einfach nicht mit dir. Ich hoffe, du bist mir nicht böse.«

»Das bin ich nicht«, sagte Patrick. »Ich kann dich ja verstehen. Es war wirklich viel, was da innerhalb kurzer Zeit auf dich eingeprasselt ist.«

»Und dabei bist du doch der Leidtragende. Glauben dir die Polizisten denn jetzt, dass du nichts mit alldem zu tun hast?«

»Das weiß ich nicht, und ich befürchte, das wissen sie selbst noch nicht. Aber das Wichtigste ist, dass *du* mir glaubst.«

»Das tue ich. Auch wenn ich das mit diesem Video nicht verstehe. Wie kann es sein, dass sogar die Polizei …« Sie ließ den Satz unvollendet.

»Ich verstehe es auch nicht. Aber können wir das Gespräch bitte auf nachher verschieben?«

»Ja, du hast recht, komm erst mal nach Hause. Bis gleich.«

Fünfundzwanzig Minuten später fuhr Patrick in die Einfahrt und stellte den Wagen ab.

Als er das Haus betrat, erwartete Julia ihn im Wohnzimmer. Sie saß mit angezogenen Beinen auf der Couch, vor sich eine Kanne Tee. Sie war blass und hatte noch immer leicht gerötete Augen.

»Hi«, sagte er, ging zu ihr und setzte sich neben sie.

»Hallo«, antwortete sie und versuchte ein Lächeln.

Eine Weile saßen sie schweigend nebeneinander, bis Patrick nach Julias Hand griff und sagte: »Diese tote Frau … Ich sehe die ganze Zeit, wie sie dalag, auf dem Boden, im Dreck. Achtlos weggeworfen wie Müll. Und wie sie ausgesehen hat, diese schlimmen Wunden im Gesicht … Es war furchtbar. Dass Menschen zu solchen Dingen fähig sind. Ich weiß nicht, wie ich damit umgehen soll.«

Julia wandte sich ihm zu, nahm ihn in die Arme und drückte ihn an sich. »Das wird dauern«, sagte sie leise. »So etwas kann man nicht einfach so wegstecken und wieder zum normalen Tagesablauf übergehen. Aber ich werde dir dabei helfen.«

»Ich wüsste nicht, was ich tun sollte, wenn ich dich nicht hätte«, sagte Patrick und meinte es auch so.

Schon der Gedanke daran, in dieser Situation allein zu

sein, war so unerträglich, dass er ihn sofort wieder verdrängte.

Julia ließ die Arme sinken und lehnte sich wieder ein Stück zurück, so dass sie einander ansehen konnten.

»Als Erstes ist es wichtig, dass die Polizei dir glaubt und dich in Ruhe lässt.«

»Als ich mich eben mit Lomberg unterhalten habe, hatte ich das Gefühl, dass er vielleicht doch allmählich umdenkt, aber wie ich das sehe, bin ich trotzdem immer noch sein einziger Verdächtiger.«

»Warten wir mal ab, was bei der Untersuchung herauskommt.«

»Lomberg sagt, sie versuchen, den Anruf von dem Kerl zurückzuverfolgen. Diese Stimme …«

»Was ist mit seiner Stimme?«, hakte Julia nach, als Patrick nicht weitersprach.

»Ich weiß nicht … Er hat sie verstellt, das habe ich deutlich bemerkt, aber irgendetwas daran kam mir bekannt vor.«

»Hm … inwiefern?«

»Ich kann es dir nicht sagen. Die Art, wie er geredet hat, vielleicht, keine Ahnung. Es war auch nur am Anfang. Danach habe ich nicht mehr so sehr auf die Stimme geachtet, sondern auf das, was er sagte.«

»Das verstehe ich. Aber vielleicht fällt dir ja noch ein, an wen sie dich erinnert hat.«

»Ja, vielleicht.«

»Ist es dir recht, wenn Peter heute gegen Abend zu uns kommt?«

»Wie kommst du jetzt auf Peter?«

»Er hat ein schlechtes Gewissen, weil du gestern Abend mit ihm reden wolltest und er nicht für dich da war.«

Patrick zuckte mit den Schultern. »Er kann ja nichts dafür, wenn er die Klingel nicht hört.«

»Er möchte einfach mit dir reden. Er hat mir heute Mittag sehr geduldig zugehört, und dafür bin ich ihm dankbar. Aber eigentlich ist er *dein* Freund.«

»Natürlich kann er kommen …«

Er wurde vom Klingeln an der Haustür unterbrochen.

»Das werden Lomberg und Hensch sein«, vermutete Patrick und stand auf. »Lomberg sagte, dass sie noch mal vorbeikommen würden.«

Es waren aber nicht Lomberg und Hensch, die vor der Tür standen, sondern ihr Nachbar Stephan. Patrick mochte ihn, doch in diesem Moment war ihm nicht danach, mit jemand anderem als Julia zu reden.

»Hi!«, sagte Stephan, als Patrick die Tür geöffnet hatte. »Ich wollte mal sehen, wie es dir geht.«

»Nicht so gut. Ich bin ehrlich gesagt ziemlich fertig.«

Er fühlte sich nicht in der Lage, Stephan von der Toten in der alten Klinik zu erzählen.

»Ja, das kann ich mir vorstellen. Ich bin auch gleich wieder weg. Ich dachte nur, ich hör mal nach, weil im Internet ja ganz schön die Post abgeht wegen dieses Videos.«

»Ja, ich habe die Kommentare auf *NF&B-Network* gesehen. Diese Idioten.«

»Ich meinte jetzt eher auf Facebook.«

»Facebook? Da habe ich noch gar nicht reingeschaut.«

»Dann solltest du es vielleicht auch besser nicht machen. Ist teilweise schon krass, was die Leute da von sich geben.«

»Was denn? Und wieso überhaupt auf Facebook?«

»Ach, irgendwer hat das wohl bei den Idioten von *NF&B* entdeckt und bei Facebook geteilt. Und jemand anderes hat dich auf dem Video erkannt und deinen Namen daruntergeschrieben. Tja, du weißt ja, wie das auf Facebook geht. Das wird dann geteilt und wieder geteilt, und jeder, der dir irgendwann mal im Supermarkt begegnet ist, meint jetzt, seinen Senf dazu abgeben zu müssen, weil er dich ja kennt. Wie gesagt, schau's dir am besten nicht an.«

»Mal sehen. Sei mir bitte nicht böse, aber ich muss jetzt wieder rein, okay?«

»Ja klar, kein Thema. Wenn du was brauchst, melde dich einfach.«

»Das mache ich, danke dir.«

Patrick schloss nachdenklich die Tür und ging zurück ins Wohnzimmer.

»War das Stephan?«, fragte Julia. »Hörte sich nach ihm an.«

»Ja, er wollte sehen, wie es mir geht. Und er sagte, dass bei Facebook dieses verdammte Video kursiert und wohl viele Leute glauben, etwas dazu schreiben zu müssen. Ich werde mir das mal ansehen.«

»Bist du sicher, dass du dir das auch noch antun möchtest?«

»Natürlich. Es geht dabei doch um mich. Um uns. Hast du die Leserkommentare auf dieser Nachrichtenseite gesehen? Da schreiben Leute, sie würden mich am liebsten lynchen.«

Julias Augen wurden groß. »Was? Nein, das habe ich nicht mitbekommen.«

Ohne weiteren Kommentar verließ Patrick das Wohnzimmer und ging nach oben, wo er sein Notebook aus dem Arbeitszimmer holte und damit wieder ins Wohnzimmer zurückkehrte. Dort setzte er sich an den Esstisch und klappte es auf. Julia erhob sich, kam zu ihm und stellte sich so hinter ihn, dass sie das Display sehen konnte.

Nachdem Patrick sich angemeldet hatte und der Sperrbildschirm verschwunden war, hatten sie das Mailprogramm vor sich, das immer geöffnet war. Es dauerte nur drei, vier Sekunden, bis das Programm damit begann, die Mails herunterzuladen, die seit seinem letzten Aufruf neu dazugekommen waren.

Es waren viele. Sehr viele. Manche kamen über Facebook, andere waren direkt an ihn adressiert.

Noch während im Sekundentakt ständig neue Nachrichten auftauchten, fiel Patricks Blick auf die Betreffzeile in der schnell länger werdenden Liste, und eine heiße Welle schoss ihm durch den Körper.

Heute Morgen bin ich zusammengeschlagen worden.

Ich kam aus der Dusche und hatte mir mein Handtuch um die Hüften geschlungen, als sie plötzlich zu dritt neben mir standen. Ich weiß nicht, wo sie plötzlich herkamen, aber sie sind Untersuchungsgefangene wie ich. Ich sehe sie immer beim Essen. In ihren Gesichtern konnte ich ablesen, worauf die Situation hinauslaufen würde und dass ich keine Chance hatte, das abzuwenden.

Als junger Erwachsener hatte ich eine Freundin (es war die erste, mit der ich zusammen in eine kleine Wohnung gezogen bin), bei der es mir ähnlich ging. Nein, sie wollte mich nicht verprügeln, so wie die Typen heute Morgen, aber es war fast genauso schlimm.

Im Großen und Ganzen haben wir uns gut verstanden, auch wenn ich zugeben muss, dass wir uns recht häufig stritten. Aber ich denke, das ist gerade bei den ersten Gehversuchen in Sachen längerfristige Beziehung gar nicht so selten. Zwei Individuen treffen aufeinander, die beide gerade erst in der Welt der Erwachsenen angekommen sind. Da fliegen schon mal die Fetzen. Aber ansonsten war es zumindest in den ersten Monaten eine gute Beziehung. Dann aber veränderte sich etwas. Vielleicht hat sich ja auch nichts verändert, und es ist mir nur aufgefallen, weil wir uns immer besser kennenlernten und einschätzen konnten.

Bei Vanessa – so hieß sie – war es so, dass ich nach einer Weile genau wusste, wenn wir unabwendbar auf einen Streit zusteuerten. Ich hörte es am Tonfall ihrer Stimme, kleinste Nuancen, die niemand anderes bemerkte, und ich sah es an ihren Mundwinkeln, die ein paar Millimeter weiter nach unten zeigten als sonst. In solchen Situationen schoss sie mitten in einer ganz normalen Unterhaltung plötzlich einen verbalen Giftpfeil in meine Richtung ab, und in dem Moment war klar: Was immer ich auch darauf erwidern würde, es wäre falsch.

Ich habe versucht, diesen Situationen zu entkommen. Mit allen Mitteln. Ich habe ihr in ruhigem Ton geantwortet, ich habe ihr recht gegeben, selbst dann, wenn ich anderer Meinung war – vergebens.

Mit der Zeit hat mich diese sichere Erkenntnis, dass wir uns aus heiterem Himmel gleich streiten werden, einfach weil sie es so wollte, derart wütend gemacht, dass ich nicht mehr versucht habe, es abzuwenden. Frustrierend!

Als ich dann zum ersten Mal gespürt habe, dass ich vor einem erneut aufziehenden Verbal-Gewitter über diese Unabwendbarkeit so aufgebracht war, dass ich Vanessa am liebsten an den Armen gepackt und so lange geschüttelt hätte, bis sie zur Vernunft kam, habe ich die Beziehung beendet und somit den bisher unabwendbaren Streit ein für alle Mal abgewendet.

Das hat heute Morgen nicht funktioniert, weil ich leider die besondere Beziehung mit meinen drei Mithäftlingen nicht beenden konnte.

»Hey, du Pussy«, hat mich der Rädelsführer angesprochen, ein Schrank von einem Mann mit einem Meter neunzig und geschätzten hundertzwanzig Kilo. »Du verprügelst doch gern hilflose Frauen. Wie wäre es, wenn du es mal mit mir versuchst?«

»Ich verprügele keine Frauen«, habe ich ruhig geantwortet. »Und ich möchte es auch nicht bei dir versuchen.«

»Sagst du, dass ich lüge?«

»Nein, ich sage nur, dass ich keine Frauen verprügele.«

»Und ich sage, dass du es doch tust.«

»Hör zu«, versuchte ich es noch mal. »Ich möchte mich nicht prügeln, okay? Weder mit dir noch mit jemand anderem.«

»Es interessiert mich einen Scheiß, was du möchtest, Pussy«, sagte er, und dann griff er mit einer schnellen Bewegung unter mein Handtuch und quetschte meine Hoden zusammen.

Der Schmerz schoss wie ein Feuerwerk direkt in meinen Bauch, und noch während ich mich zusammenkrümmte, ballte ich die Faust und schlug dem Kerl von unten mit aller Kraft gegen die Genitalien. Es war reiner Reflex, aber offenbar habe ich dabei so gut getroffen, dass er wie vom Blitz gefällt auf die Knie sank und sich stöhnend nach vorn beugte.

Dann flog die erste Faust auf mein Gesicht zu.

Der Gefängnisarzt hat die Wunde an der Stirn mit sechs Stichen genäht, die aufgeplatzten Lippen und die Hämatome am ganzen Körper würden, ebenso wie das zugeschwollene Auge, von selbst heilen, meinte er. Wie die Schlägerei zustande gekommen ist und wer beteiligt war, das wollte er nicht wissen. Ich hätte es ihm aus einem Bauchgefühl heraus auch nicht gesagt.

Udo Berger, der später in meine Zelle kam, wollte es allerdings sehr wohl wissen. Aber nicht, um etwas zu unternehmen, sondern lediglich, um mir mitzuteilen, dass das seiner Erfahrung nach erst der Anfang war. Und dass man sich jetzt innerhalb des Blocks der U-Häftlinge wohl auf mich einschießen und keine Gelegenheit auslassen würde, mir Schmerzen zuzufügen.

»So ist das hier, Dostert«, hatte er beim Hinausgehen gesagt.

»Wenn die ein Opfer haben, dann bleiben die dran. Zumindest die, die nach ihren Verhandlungen hier einsitzen. Das lenkt vom eigenen Frust ab. Und du bist nun mal ein Opfer.«

Dann hat er die Tür hinter sich zugezogen.

Jetzt liege ich auf meiner Pritsche und wage es nicht, mich zu rühren, weil jede Bewegung kleine Schmerzexplosionen an den verschiedensten Stellen meines Körpers auslöst.

Ich schließe die Augen und versuche, mich in mein Innerstes zurückzuziehen, so wie ich es jedes Mal tue, wenn ich spüre, dass die Verzweiflung überhandnimmt. Ich verkrieche mich dann in meine gedankliche Parallelwelt, in der es keine Sorgen gibt und keine Schmerzen. Kein schlechtes Essen und kein Herumkommandieren. Keine falschen Beschuldigungen.

In dieser Welt gibt es auch nicht das Gefühl, das mich gerade wieder zu überwältigen droht. Dieses schlimmste aller Gefühle, die ich hier drin tagtäglich durchlebe, das mich zermürbt und verzweifeln lässt.

Das Gefühl, niemanden zu haben. Absolut auf mich allein gestellt zu sein.

Das Gefühl der vollkommenen Einsamkeit.

Wenn ich nicht bald hier rauskomme, verliere ich wirklich noch den Verstand.

22

Man sollte dir die Eier abreißen, war der erste Betreff, den Patrick las. *Schäm dich!*, der nächste. Weiter ging es mit *Verdammtes Dreckschwein* und *ab in den knast mit dir*.

»O mein Gott!«, stieß Julia aus. »Was ist das? Wo kommen diese ganzen Nachrichten her?«

»Stephan sagte, jemand hat auf Facebook meinen Namen zu dem Video gepostet.« Patrick räusperte sich, weil er einen Kloß im Hals spürte. »Da scheint jemand noch die Mailadresse hinzugefügt zu haben.«

Endlich kamen keine neuen Mails mehr. Am unteren Rand des Fensters wurde die Anzahl der ungelesenen Mails mit einhundertvierzehn angegeben.

»Was hast du jetzt vor?«, fragte Julia, ohne dabei den Blick von den Mails abzuwenden.

»Ich weiß es nicht«, gestand er. »Vielleicht ist es das Beste, wenn ich sie alle einfach lösche. Was da drinsteht, ist doch sowieso nur Hass und Müll.«

»Aber vielleicht ist auch etwas Wichtiges dabei«, gab Julia zu bedenken. »Etwas, das dir wirklich weiterhelfen könnte.«

Das war nicht von der Hand zu weisen.

»Ich schaue mir nur die Betreffzeilen und im Zweifelsfall den Absender an, dann sehe ich ja, welcher Art die Mails sind.«

»Okay, wenn du meinst. Aber was ist mit der Polizei? Wäre es nicht sinnvoll, Lomberg mal zu zeigen, was es bewirkt, dass die Polizei auf dieser Website die angebliche Echtheit des Videos bestätigt hat?«

»Da hast du recht. Wer weiß, was diese Idioten sich noch alles einfallen lassen, wenn sie schon meinen Namen und meine Mailadresse kennen. Da ist es vielleicht wirklich nicht schlecht, wenn ich die Mails aufhebe.«

Erneut ließ Patrick den Blick über die Betreffzeilen wandern, begann mit der obersten und ging sie der Reihe nach durch.

»Ich möchte das gar nicht mehr sehen«, erklärte Julia und wandte sich ab. »Ich werde uns jetzt mal was zu essen machen, wir haben ja beide noch nichts im Magen.«

Patrick nickte ihr zu und las die nächste Zeile.

Arschloch, lautete der Betreff.

Eine Mail im unteren Drittel ließ ihn stocken.

Ich habe dich im Auge. Patrick öffnete sie mit einem Doppelklick. Der Text begann ohne Anrede.

Ich weiß, was du getan hast!

Ich habe dich im Auge. Wo immer du bist, was immer du tust, du sollst wissen, dass ich in deiner Nähe bin.

Denk an heute Nachmittag!

Patricks Herz setzte einen Schlag aus. Am Nachmittag, die Gestalt hinter dem Auto vor ihrem Haus. Die Frau mit der schwarzen Perücke … Er las weiter:

Ich weiß, du glaubst, du kannst ungestraft andere verletzen und ihnen Schaden zufügen, aber das ist vorbei. Jetzt bin ich da. Und ich werde nicht eher ruhen, bis du deine gerechte Strafe bekommen hast.

Das war alles. Kein Name, kein Hinweis, um wen es sich bei der Verfasserin oder dem Verfasser handelte, nichts.

Patrick betrachtete die Absenderadresse, doch das brachte nichts. Sdfafe442f@spoofmail.us war mit Sicherheit eine Fake-Adresse, deren Inhaber nicht zu ermitteln war.

Wer immer ihm diese Mail geschickt hatte, war mit großer Wahrscheinlichkeit dafür verantwortlich, was gerade mit ihm geschah. Er würde sie Lomberg zeigen. Vielleicht konnte die Polizei ja etwas herausbekommen.

Zwanzig Minuten später rief Guido Portmann, der Leiter der Personalabteilung, an.

»Ähm … hallo«, sagte Patrick erstaunt, als Portmann sich gemeldet hatte.

»Du wunderst dich wahrscheinlich, dass ich dich heute schon zum zweiten Mal anrufe, aber in der Firma ist ziemlich was los. Du bist bereits den ganzen Tag das Hauptthema. Da kursieren die wildesten Gerüchte im Internet, und die meisten Kollegen hier fallen dir in den Rücken. Ich befürchte, der eine oder andere hat sich sogar an diesem Geschmiere im Netz beteiligt.«

»Ja, ich weiß, was da los ist«, sagte Patrick, dem die Tatsache, dass seine Kolleginnen und Kollegen ihn offenbar derart schnell fallenließen, einen Stich versetzte.

»Hör zu, Patrick … auch wenn es für dich jetzt vielleicht so aussehen mag, aber ich bin kein Idiot, der sich bei dir einschleimen möchte. Ich habe dich als anständigen Kerl kennengelernt und kann das, was da behauptet wird, nicht glauben. Ich kann es einfach nicht ausstehen, wenn die Meute über jemanden herfällt, ohne genau zu wissen, was eigentlich Sache ist.

Wer weiß, vielleicht irre ich mich ja, und du bist tatsächlich jemand, der Frauen stalkt und bedroht, aber dann hätte ich mich so sehr in einem Menschen getäuscht wie noch nie zuvor. Deshalb, finde ich, ist es nicht nur fair, sondern auch wichtig, wenn ich dir sage, dass ich davon überzeugt bin, dass dir jemand was anhängen will.«

»Das ist sehr anständig von dir«, sagte Patrick und gestand sich ein, dass er tatsächlich kurz daran gedacht hatte, Portmann wolle sich – warum auch immer – bei ihm einschleimen.

»Das wollte ich loswerden. Und wenn du jemanden brauchst, sei es zum Reden oder egal wofür, dann melde dich bei mir. Das ist nicht nur so dahergesagt, sondern ernst gemeint.«

»Nochmals – vielen Dank, Guido. Es ist gut möglich, dass ich darauf zurückkomme. Nachher kommt Peter vorbei, ich gehe davon aus, der wird mir auch einiges zu erzählen haben.«

»Ach, Peter, ja …«, sagte Portmann auf eine seltsame Art, die Patrick aufhorchen ließ.

»Was ist mit Peter?«

»Nein, nichts, alles okay. Ich weiß ja, dass ihr befreundet seid.«

»Ich bin dir wirklich dankbar. Bis bald.«

»Ja … ähm … Patrick?«, stammelte Portmann. Es hörte sich an, als gäbe es noch etwas, das er gern loswerden wollte, aber nicht wusste, wie.

»Ja? Ist noch was?«

»Nein, es … Sei einfach ein bisschen vorsichtig und rechne damit, dass nicht immer alles so ist, wie es scheint.

Manchmal sieht man das Offensichtliche nicht, weil man es nicht sehen möchte oder nicht für möglich hält.«

»Was meinst du damit?«

»Nur so, allgemein. Wie ich eben schon sagte, ich finde, dass du ein anständiger Kerl bist und nicht verdient hast, was da gerade abgeht. Nichts davon. Bis bald.«

Damit legte Portmann auf und ließ Patrick nachdenklich zurück.

23

Lomberg und Hensch trafen ein, als die Sonne gerade unterging. Als Patrick den Polizisten die Tür öffnete, schickte sie gerade ihre letzten Strahlen über den Horizont und tauchte alles in ein geradezu überirdisches rotgelbes Licht.

Und trotz seiner Probleme konnte Patrick nicht anders, als den Blick für einen Moment an den beiden vorbei auf diesem Zauber der Natur ruhen zu lassen.

»Herr Dostert?« Der Schock, als Lombergs Stimme ihn zurück in die Realität holte, war umso größer und ließ ihn aufstöhnen.

»Entschuldigung«, sagte Patrick und deutete mit dem Kopf an den beiden vorbei. »Der Sonnenuntergang … er ist so extrem friedlich … Bitte, kommen Sie rein.«

Julia wischte sich die Hände an einem Tuch ab, als die beiden Beamten hinter Patrick das Wohnzimmer betraten, und kam um den hüfthohen Tresen herum, der als optische Trennung zwischen Küche und Wohn-Esszimmer diente, auf sie zu.

»Hallo«, sagte sie an Lomberg gewandt. Patrick konnte deutlich das Zittern in ihrer Stimme hören. »Gibt es was Neues? Bitte, setzen Sie sich doch.«

Lomberg nickte seiner Kollegin zu, und die beiden nahmen nebeneinander auf der Couch Platz.

»Es handelt sich bei der Toten tatsächlich um Yvonne Voigt«, berichtete Lomberg, und Patrick kam es vor, als ob seine Stimme dabei ruhiger klänge als bei seinen bisherigen Besuchen. Wohlwollender.

»Die Rechtsmedizinerin schätzt, dass sie seit etwa drei Tagen tot ist. Nach der ersten Begutachtung ist die Frau mit einem Seil oder einem Kabel erwürgt worden. Sie hat deutliche Male am Hals.«

»Wie schrecklich«, entfuhr es Julia.

»Herr Dostert, der Anruf, den Sie erhalten haben, kam von einem Prepaid-Handy, der Besitzer der Karte ist nicht ermittelbar.«

»Was heißt das, nicht ermittelbar? Ich dachte immer, alle Anrufe sind zurückzuverfolgen?«

»Das heißt, wir haben keinen Namen und keine Adresse zu der Karte. Was wir aber über den Provider herausfinden konnten, war der ungefähre Standort, an dem sich der Anrufer aufgehalten hat, als er mit Ihnen telefonierte.« Lomberg machte eine kurze Pause und sah Patrick dabei an. »Die SIM-Karte war zum Zeitpunkt des Anrufs in einer Zelle hier in Ihrer Nähe eingeloggt.«

»Das heißt … Der Mörder war hier, als er mich angerufen hat? In der Nähe unseres Hauses?«

»Ja, das bedeutet es.«

»Die Frau!« Patrick sagte es mehr zu sich selbst, doch Lomberg wurde sofort hellhörig.

»Die Frau? Welche Frau meinen Sie?«

»Welche Frau meinst du?«, wiederholte Julia.

»Sie war vor dem Haus, als ich zu meinem Wagen gegangen bin. Sie hat sich hinter einem Auto auf der anderen

Seite versteckt, und ich dachte erst, ich hätte mich geirrt, aber als ich losgefahren bin, habe ich sie im Rückspiegel gesehen. Ich glaube, es war diejenige, die auch dieses Video von mir gemacht hat. Sie hatte unnatürlich schwarze, lange Haare und trug eine große Sonnenbrille.«

»Warum sagen Sie uns das erst jetzt?«, fragte Hensch.

»Ich … mein Gott, bei allem, was seitdem passiert ist, habe ich nicht mehr daran gedacht. Und ich war mir nicht ganz sicher. Es hätte ja auch ein Zufall sein können. Irgendeine andere Frau, die so ähnlich aussieht. Aber jetzt, wo Sie das mit dem Anruf sagen …«

»Wir werden die Nachbarschaft befragen«, erklärte Lomberg. »Vielleicht hat jemand die Frau gesehen. So, wie Sie sie beschreiben, ist sie ja nicht gerade unauffällig. Was hatte sie an?«

»Ich weiß nicht … Ich glaube, eine Jeans und eine helle Jacke, aber ich bin mir nicht sicher. Da ist noch etwas. Eine Mail.«

»Was für eine Mail?«

»Patrick hat eine ganze Menge Mails erhalten, in denen er übel beschimpft wird. Die sind gekommen, nachdem die Polizei bestätigt hat, dass das Video angeblich echt ist.« Der Vorwurf in Julias Stimme war offensichtlich auch für Lomberg nicht zu überhören, denn er senkte kurz den Blick und nickte verstehend, bevor er sich wieder an Patrick wandte.

»Und Sie meinten eine bestimmte dieser Mails?«

»Ja. Moment, ich zeige sie Ihnen.«

Patrick stand auf, ging zum Esstisch, wo das zugeklappte Notebook lag, und kehrte damit zu den Polizisten zurück. Nachdem er es aufgeklappt und entsperrt hatte, drehte er es so, dass Lomberg und Hensch das Display sehen konnten, dann öffnete er die Mail mit dem Betreff: *Ich habe dich im Auge.*

Nachdem sie sie gelesen hatten, deutete Lomberg auf den Monitor. »Das sieht aber doch sehr nach jemandem aus, der noch eine Rechnung mit Ihnen offen hat.«

»Ja, ich weiß. Aber so sehr ich mir auch den Kopf zermartere, mir fällt einfach niemand ein, der einen Grund hätte, mich so zu hassen.«

»Was für einen Täter oder eine Täterin ein triftiger Grund für eine Tat ist, kann für jemand anderen eine Lappalie sein«, erklärte Hensch. »Denken Sie nicht nur in großen Dimensionen. Es kann durchaus sein, dass Sie jemanden mit etwas, das Sie gesagt oder getan haben, zutiefst beleidigt oder verletzt haben, ohne sich dessen bewusst zu sein.«

»Aber wenn ich mir dessen nicht bewusst war«, warf Patrick ein, »wie soll ich dann wissen, auf wen das zutreffen könnte?«

»Versuchen Sie es noch mal«, forderte Lomberg ihn auf. »Gehen Sie alle Situationen durch, die auch nur annähernd in Frage kämen.«

Bevor Patrick darauf eingehen konnte, klingelte es an der Tür.

Julia stand auf und sagte: »Ich mach auf.«

Während sie den Raum verließ, sagte Lomberg: »Das war's dann auch für den Moment von uns.«

Beide standen auf, und auch Patrick erhob sich.

»Wir melden uns wieder bei Ihnen.«

»Glauben Sie immer noch, dass ich das war?«, fragte Patrick, bevor sie sich in Bewegung setzten, obwohl er Angst vor der Antwort hatte.

Lomberg tauschte einen kurzen Blick mit seiner Kollegin. »Ich sage es mal so: Auch wenn tatsächlich vieles darauf hindeutet, dass Sie als Täter in Betracht kommen könnten, gibt es doch einige Hinweise, die das unwahrscheinlich erscheinen lassen.«

Patrick nickte. »Danke.«

Vom Eingang her war Peters Stimme zu hören, gleich darauf betrat er zusammen mit Julia das Wohnzimmer und sah von Patrick zu den beiden Polizisten. »Komme ich ungelegen?«

Lomberg hob eine Hand. »Nein, wir sind gerade im Begriff zu gehen.«

Patrick begleitete die beiden Beamten zur Haustür und verabschiedete sich von ihnen. Ein wenig erleichtert kehrte er dann zurück ins Wohnzimmer, wo Peter es sich in einem Sessel bequem gemacht hatte und Patrick bestürzt entgegensah.

»Julia hat mir erzählt, was passiert ist. Du hast eine tote Frau gefunden? Das ist ja furchtbar.«

Patrick setzte sich ihm gegenüber auf die Couch, wo Julia schon saß. »Ja, das ist es.«

»Und was sagt die Polizei dazu? Verdächtigen sie dich immer noch?«

»Ich denke, das werden sie so lange tun, bis sie den wahren Mörder haben.«

»Scheiße! Die müssen doch einsehen, dass du dich unmöglich so blöd verhalten kannst, wie es sich darstellt. Ich meine, du planst einen Mord, bist aber zu dämlich, dir ein halbwegs vernünftiges Alibi zu besorgen? Dann dieses Video im Netz. Und schließlich entführst und ermordest du noch eine andere Frau und hast wieder kein Alibi? Das sieht doch ein Blinder, dass das alles jemand manipuliert hat.«

»Ich denke, allmählich begreift Lomberg das auch, aber wie gesagt, solange sie den wahren Täter nicht haben ...«

»Schöner Mist. Und so was nennt sich dann Rechtssystem.«

»Na ja, irgendwie kann ich sie sogar verstehen. Wenn es eindeutige Hinweise auf jemanden als Täter gibt, dann müssen sie dem natürlich nachgehen.«

Sie schwiegen eine Weile, bis Patrick sagte: »Guido Portmann hat mich angerufen und mir erzählt, dass man im Betrieb wohl ziemlich übel über mich redet.«

Peter hob die Brauen. »Portmann? Was hast du denn mit dem zu schaffen?«

»Eigentlich so gut wie nichts, aber er war wohl der Meinung, ich hätte ein Anrecht darauf, zu erfahren, wie über mich geredet wird. Ich bin froh, dass mir das jemand erzählt hat, so weiß ich wenigstens, woran ich bin.«

Peter sah erst Julia und dann wieder Patrick an. »Ich habe verstanden. Das hätte ich dir auch gesagt, aber bisher gab es einfach noch keine Gelegenheit dazu.«

»Ja, klar.«

»Patrick! Du weißt, dass ich dein Freund bin, oder?«

»Ja, davon gehe ich aus.«

»Das kannst du auch. Und ja, Portmann hat recht. Einige der Kolleginnen und Kollegen haben sich heftig über dich aufgeregt, nachdem die Polizei offenbar die Echtheit dieses Videos bestätigt hat. Besonders die Frauen. Das ist sicherlich nicht toll, aber wenn sogar die Polizei sagt, das Video ist echt, dann glauben die Leute das natürlich.«

»Ja, ich weiß«, entgegnete Patrick bitter. »Ich habe meine Mailbox voll mit der Bestätigung, dass es eine ganze Menge Leute gibt, die das nur allzu gerne glauben. Aber die Kollegen, die jeden Tag mit mir zusammenarbeiten? Die mich wirklich gut kennen? Damit habe ich nicht gerechnet. Wie gesagt, ich bin froh, dass Guido mir erzählt hat, was in der Firma abgeht. Er machte übrigens noch eine Andeutung, die ich nicht einordnen kann.«

»Was denn?«

Patrick ließ ein paar Sekunden verstreichen, bevor er sagte: »Er meinte, ich solle vorsichtig sein. Manchmal würde man das Offensichtliche nicht sehen, weil man es nicht sehen wolle.«

Er war nur kurz, aber Patrick bemerkte den Blick dennoch, den Peter und Julia miteinander tauschten.

Da ich schon von meiner Mutter erzählt habe, sollte auch Platz sein, zumindest kurz über meinen Vater zu sprechen.

Wie ich bereits erwähnte, ist er vor einiger Zeit gestorben, nachdem er zwei Jahre lang vor sich hin vegetierte.

Ich habe an seinem Grab nicht geweint. Das hat nichts damit zu tun, dass ich mich zusammengerissen hätte, sondern damit, dass mir nicht zum Weinen zumute war, weil ich Frieden mit meinem Vater geschlossen habe.

Dazu muss ich ein wenig ausholen. Das Verhältnis zwischen meinem Vater und mir war die meiste Zeit unseres gemeinsamen Lebens recht schwierig. Bis auf die letzten beiden Jahre. Ja, ich weiß, das klingt nach einem Widerspruch, weil er in den letzten zwei Jahren ja als hilfloses Häufchen Elend festgeschnallt im Rollstuhl gesessen oder im Bett gelegen hat. Aber es ist kein Widerspruch, und ich kann auch erklären, warum.

Mein Vater war ein absoluter Kopfmensch. Entscheidungen traf er grundsätzlich nach reiflichem Überlegen und sorgfältigem Abwägen aller Möglichkeiten und aller möglichen Konsequenzen. Aus dem Bauch heraus zu entscheiden, das war für ihn ebenso undenkbar wie seinen Sohn zu umarmen. Ich möchte nicht behaupten, dass körperliche Berührungen ihm grundsätzlich ein Gräuel waren, schließlich bin ich irgendwann von ihm gezeugt worden, und manchmal habe ich auch als Kind durch Geräusche mitbekommen, dass da unverständliche Dinge im Schlafzimmer meiner Eltern vor sich gingen.

Aber als Vater sein männliches Kind liebevoll zu umarmen, war für ihn ein geradezu obszöner Gedanke.

Die einzigen Gelegenheiten, bei denen es zu Berührungen zwischen ihm und mir kam, waren die zwischen seiner Hand und meiner Wange, wenn er mir – was zum Glück nicht häufig vorkam – wegen etwas, das ich angestellt hatte, eine Ohrfeige verpasste.

Ich weiß noch, dass ich mir schon als Teenager geschworen habe, meine Kinder später mit liebevollen Umarmungen zu überhäufen. Hat leider nicht funktioniert mit den Kindern, aber das ist eine andere Geschichte.

Mein Vater und ich haben nie über dieses Thema gesprochen, auch nicht, als ich schon lange erwachsen war.

Wir sind in gewisser Weise respektvoll miteinander umgegangen, aber es war ein distanzierter Umgang. Unsere Gespräche drehten sich stets um unpersönliche Dinge wie Reparaturen, die er im Haus gemacht hatte, oder eine Diskussion, die er mit dem Nachbarn gehabt hatte. Begrüßt und verabschiedet haben wir uns stets per Handschlag. Immerhin.

Aber sogar als erwachsener Mann hat mich das Bedürfnis nie verlassen, ihn einfach in den Arm zu nehmen und so fest an mich zu drücken, dass ich seinen Herzschlag spüren kann. Verrückt, oder? Ich habe mich danach gesehnt, den Herzschlag meines Vaters zu spüren.

Dann hatte er einen Schlaganfall, der ihn zu einem wehrlosen, stummen Häufchen Elend machte, dessen Augen einen verfolgten, ohne dass er in der Lage gewesen wäre, auf irgendeine Art mitzuteilen, was er dachte und empfand.

Bis zu dem Tag, an dem ich ihn gemeinsam mit meiner Mutter aus dem Krankenhaus abgeholt und nach Hause gebracht habe.

Meine Mutter war in der Küche und hat Essen gekocht und dann püriert, um ihn anschließend damit zu füttern, Löffel für Löffel, wie man es ihr im Krankenhaus gezeigt hatte.

Er lag in seinem extra aufgebauten Krankenbett im Schlafzimmer und hat mich angesehen, den Kopf mir zugewandt. Ich habe neben ihm gesessen und ihn lange betrachtet, habe tief in diese Augen geblickt und versucht, darin vielleicht Antworten auf Fragen zu finden, die ich ihm nie gestellt hatte.

Aus irgendeinem Grund sind mir plötzlich die Tränen gekommen, und ich habe gesagt: »Weißt du eigentlich, wie sehr ich dich in meiner Kindheit vermisst habe?«

Darauf konnte er natürlich nicht antworten. Aber er konnte auch nicht sagen, ich solle still sein. Er konnte sich nicht dagegen wehren.

»Weißt du, wie sehr ich mich danach gesehnt habe, von meinem Vater in den Arm genommen zu werden? Oder über den Kopf gestreichelt, wenn ich hingefallen und mit blutenden Knien nach Hause gekommen bin? Nein, ich bin mir sicher, das ist dir nicht klar. Und ich kann es dir noch nicht einmal verübeln, weil du es eben nicht besser weißt.«

Dann bin ich aufgestanden und habe mich über ihn gebeugt. Ich habe meine Hand auf seinen faltigen, mit Blutergüssen von den Infusionsnadeln überzogenen Handrücken gelegt und habe gesagt: »Und jetzt liegst du hier in diesem seltsamen Bett und kannst dich weder bewegen noch protestieren.«

Und dann habe ich mich noch weiter vorgebeugt und meinen Vater zum ersten Mal in meinem Leben umarmt. Ich habe ihn an mich gedrückt, so fest, dass ich seinen flachen Atem an meinem Ohr und seinen Herzschlag an meiner Brust gespürt habe.

Ich weiß nicht mehr, wie lange ich so dagestanden habe, bis ich ihn wieder losließ. Aber ich weiß noch, was geschehen ist, als ich mich wieder aufgerichtet habe.

Er hat mich angesehen mit seinem hilflosen Blick, und dann haben sich seine Augen mit Tränen gefüllt, die über seine Wangen liefen und auf das Kissen tropften.

Es war das erste und einzige Mal, dass ich meinen Vater weinen sah.

24

»Was kann Portmann damit gemeint haben?«, fragte Julia und brach das unangenehme Schweigen.

»Das weiß ich nicht.«

»Hast du ihn nicht danach gefragt?«, hakte Peter nach.

»Doch, aber er rückte nicht mit der Sprache raus.«

»Vielleicht wollte er sich nur ein bisschen wichtig machen. Schau ihn dir doch an. Portmann ist Personalentwickler mit einer einzigen Mitarbeiterin und eine der unscheinbarsten Personen in der ganzen Firma. Du hast dich ja auch schon über ihn lustig gemacht, wenn er von seiner *Human-Ressources-Abteilung* schwadroniert hat. Wenn er sich gut mit dir als dem kaufmännischen Leiter des Betriebes stellt, während viele andere über dich herziehen, rechnet er sich vielleicht ein paar Vorteile aus.«

Patrick schüttelte den Kopf. »Das glaube ich nicht. Er kam mir sehr ehrlich und wirklich besorgt vor.«

Peter hob die Hände und ließ sie auf die Oberschenkel fallen. »Wie auch immer. Was da passiert, ist eine Sauerei, und wenn das so weitergeht mit dem Getratsche über dich, werde ich zum Chef gehen.«

»Danke, aber ich befürchte, der wird nichts dagegen unternehmen. Immerhin hat er mich sofort beurlaubt, um *Schaden von der Firma abzuwenden*. Aber im Moment gibt es sowieso Wichtigeres. Ich muss jetzt erst mal verdauen, was ich heute erlebt habe, und dann hoffe ich inständig, dass die Polizei den wahren Täter fasst.«

»Und ich hoffe, das mit diesen Mails hört schnell wieder auf«, sagte Julia mit sorgenvoller Stimme.

»Welche Mails?«, fragte Peter.

Patrick erzählte ihm von den Nachrichten, die er erhalten hatte, und was in den Betreffzeilen stand. »Ich habe mir nur den Inhalt einer einzigen Mail angeschaut, das hat mir gereicht.« Ohne zu wissen, warum, erzählte er Peter nichts von der Frau vor ihrem Haus und dass er da einen Zusammenhang sah.

»Puh, das ist ja heftig. Und der Kerl, der dich angerufen hat, sagte dir, wo du hinkommen sollst, hat aber nichts erwähnt in der Art von: *kein Wort zur Polizei*?« Peter stieß ein zischendes Geräusch aus. »Das riecht ja regelrecht danach, dass er *wollte*, dass die Polizei mitkommt und die Leiche findet.«

»Aber wozu? Was soll das alles? Es macht mich verrückt, dass ich keinen Schimmer habe, warum mir das jemand antut.«

Eine Weile starrten alle drei nachdenklich vor sich hin, bis Patrick plötzlich zu Peter hinübersah und sagte: »Woher wusstest du das eigentlich?«

»Was?«, fragte Peter sichtlich überrascht.

»Dass der Kerl mich angerufen und was genau er gesagt hat?«

»Das …« Er sah Julia an. »Das hat Julia mir erzählt. Warum?«

»Wann?«

»Wie, wann? Was ist denn los mit dir?«

»Das ist doch eine ganz einfache Frage: Wann hat Julia dir das so detailliert erzählt? Als du eben gekommen bist, wohl kaum. Dazu hat die Zeit nicht gereicht.«

»Nein, ich habe ihn vorher angerufen.« Julia runzelte die Stirn. »Was ist los, Patrick?«

Er dachte kurz nach und schüttelte dann den Kopf. »Schon gut, sorry, diese ganze Situation … Ich entwickle wohl langsam eine Paranoia. Tut mir leid.«

»Okay«, sagte Peter und warf Julia einen vielsagenden Blick zu. Dann stand er auf. »Ich denke, ich fahre mal wieder. Hau dich am besten aufs Ohr und versuche, ein paar Stunden zu schlafen. Es ist heftig, was da im Moment alles auf dich einstürmt.«

Patrick stand ebenfalls auf. »Ja, das werde ich tun.«

Mit einem Nicken zu Julia wandte Peter sich ab und ging zur Tür. Patrick folgte ihm. In der Diele legte Peter ihm die Hand auf die Schulter. »Ich bin auf deiner Seite, mein Freund. Vergiss das nicht.«

»Ich weiß«, sagte Patrick und öffnete die Tür.

Als Peter gegangen war, blieb Patrick noch eine Weile stehen und sah ihm nach.

Sie hat ihn angerufen, dachte er. *Dazu gab es nur eine Gelegenheit. Nachdem ich ihr von unterwegs erzählt habe, was ich gerade Fürchterliches erleben musste und dass ich die schrecklich zugerichtete Leiche der Frau gefunden habe, die ich entführt haben soll. Nachdem ich ihr gesagt habe, dass ich sie jetzt dringend brauche, hat meine Frau sofort Peter angerufen und ihm bis in alle Einzelheiten erzählt, was sie von mir gehört hat.*

Er schloss die Tür und ging zurück ins Wohnzimmer.

Als er den liebevollen Blick registrierte, mit dem Julia ihm entgegensah, fragte er sich, ob er mittlerweile tatsächlich dabei war, den Verstand zu verlieren.

Er setzte sich neben seine Frau, nahm sie wortlos in den Arm und drückte sie an sich.

Als er spürte, wie sie den Druck seiner Arme erwiderte, wie sie ihre Wange zärtlich an seiner rieb, dachte er, dass diese ganze Situation begann, Spuren bei ihm zu hinterlassen, und schämte sich deswegen.

»Ich liebe dich«, flüsterte er leise.

»Ich liebe dich auch«, hauchte Julia ihm ins Ohr.

So saßen sie eine Weile schweigend beieinander.

Bis es an der Tür klingelte und das Unheil seinen Lauf nahm.

25

Als Patrick die Haustür öffnete und sah, dass hinter Lomberg und Hensch mehrere uniformierte Polizeibeamte standen und ihm ernst entgegenblickten, bekam er schlagartig ein mulmiges Gefühl. Als er dann noch bemerkte, dass vor dem Haus zwei Streifenwagen mit eingeschaltetem Blaulicht warteten, begann sein Herz zu rasen, und eine Stimme in ihm brüllte, er solle sofort wegrennen, weil etwas Furchtbares geschehen sein musste.

»Herr Dostert«, begann Lomberg mit fester Stimme, »ich nehme Sie fest wegen des dringenden Verdachts des Mordes an Jana Gehlen.«

»Was? Aber wieso …«

Einer der uniformierten Beamten trat an Lomberg vorbei auf Patrick zu und sagte im Befehlston: »Umdrehen!«

Noch während er der Aufforderung nachkam, stammelte Patrick: »Aber … ich verstehe das nicht. Warum …«

Seine Arme wurden unsanft nach hinten gebogen, dann klickten Handschellen um seine Handgelenke, und er durfte sich wieder zurückdrehen. Lomberg hatte mittlerweile sein Smartphone aus der Tasche gezogen und tippte darauf herum, dann hielt er es Patrick entgegen. »Was sagen Sie dazu?«

Patrick blickte auf das Display, auf dem das Bild eines

Wohnzimmers zu sehen war. Er kannte es, allerdings nur im Zustand völligen Durcheinanders.

Die Kamera musste in einer Ecke platziert gewesen sein, so dass sie den gesamten Raum erfasste.

Nach wenigen Sekunden kam Bewegung in die Szene. Die Tür flog mit einem dumpfen Knall auf, jemand taumelte ins Bild und fiel zu Boden, wobei eine Vase und ein Stuhl umgerissen wurden. Es war eine Frau. Sie hatte rote Haare. Ihr Mund war mit einem breiten Klebeband verschlossen, die Hände offenbar auf dem Rücken gefesselt.

Jana Gehlen, soufflierte eine panische innere Stimme Patrick. Gleich darauf stürzte eine zweite Person hinterher. Ein Mann. Sein Gesicht war nur verschwommen zu erkennen.

»Steh auf, du Schlampe!«, rief er. Diese Stimme …

Als der Mann die Frau an den Haaren packte und sie daran hochzog, war zu sehen, dass er dunkle Handschuhe trug.

Sie versuchte, sich mit ihren gefesselten Händen irgendwo abzustützen, doch es gelang ihr nicht. Schließlich schaffte sie es, auf die Füße zu kommen, doch der Mann ließ sie nicht los, sondern holte aus und schlug ihr mit der Faust ins Gesicht. Das dumpf klatschende Geräusch war deutlich zu hören, bevor ihr Kopf zurückgeschleudert wurde. Sie stolperte, stieß gegen den Tisch und schob ihn mitsamt dem Teppich nach hinten. Weitere Gegenstände fielen polternd und klirrend zu Boden, während die Frau versuchte, sich auf den Beinen zu halten.

Der Mann setzte nach, schlug erneut zu, und gleich darauf ein weiteres Mal. Sie fiel wieder zu Boden und krümmte sich vor Schmerzen. Bei dem Geräusch der Schläge zuckte Patrick jedes Mal zusammen.

Er wollte sich angeekelt abwenden, weil er das Gefühl hatte, den Anblick keine Sekunde länger ertragen zu können, doch dann wandte der Mann sich in Richtung Kamera und stand nun so, dass sein Gesicht deutlich zu sehen war.

Patrick hatte das Gefühl, jeden Moment das Bewusstsein zu verlieren. Er *wünschte* sich, das Bewusstsein zu verlieren.

Der Mann, dessen Gesicht klar zu erkennen war, so als stünde er direkt vor ihm, war … er selbst.

Patrick erstarrte, zu keiner Reaktion fähig. Er wollte Lomberg anschreien, dass er das nicht war, und konnte doch nichts anderes tun, als regungslos dazustehen und schockiert zu beobachten, was geschah.

Der Mann zog etwas aus der Tasche, das erst als Spritze zu erkennen war, als er sich bückte und die Nadel in den Oberarm der Frau stieß.

Nachdem er die Spritze wieder in die Tasche gesteckt hatte, zerrte er die Frau auf die Füße, wo sie schwankend stehen blieb.

»Nein!«, stieß Patrick aus, als er endlich die Sprache wiedergefunden hatte. »Das ist unmöglich!«

»Ist das alles, was Sie dazu zu sagen haben?«, wollte Lomberg wissen. »Das ist unmöglich?«

»Ja, weil es unmöglich ist. Ich bin das nicht auf diesem Video.«

Auf dem Display war zu sehen, wie der Mann Jana Gehlen am Oberarm packte und sie – ohne Gegenwehr – von ihm aus dem Raum geschoben wurde.

Ein Geräusch ließ Patrick herumfahren. Hinter ihm stand Julia, die Hand vor den Mund geschlagen. Aus den weit aufgerissenen Augen liefen Tränen, während sie wieder und wieder den Kopf schüttelte und gegen ihre Handfläche stammelte: »Nein, nein, nein.«

»Julia!«, stieß Patrick verzweifelt aus. »Bitte! Ich bin das nicht, das musst du mir glauben. Bitte!«

»Ich wusste, dass Sie das behaupten werden. Wir haben das Video bereits ins Labor gegeben. Die Analyse dauert, aber nach einer ersten Einschätzung unserer Spezialisten ist es echt.«

»Wo … wo haben Sie das her?«

»Wir haben einen anonymen Hinweis erhalten. Unsere Kollegen von der Abteilung Cybercrime haben es daraufhin im Darknet gefunden. Der, der es dort hochgeladen hat, hat sich damit gebrüstet, es *der Alten so richtig besorgt zu haben*.«

Erneut wandte Patrick sich um, Julia stand jedoch nicht mehr hinter ihm. Er wollte ihr nachgehen, aber der Polizist neben ihm hielt ihn am Oberarm fest und sagte: »Gehen wir.«

»Aber kann ich nicht …«, setzte Patrick an, doch Lomberg unterbrach ihn. »Sie kommen jetzt auf der Stelle mit.«

Als er sich noch immer nicht rührte, zog der Uniformierte ihn mit einem Ruck nach vorn, so dass er fast gestolpert wäre.

»Nun kommen Sie schon«, herrschte der Mann ihn an. »Oder sollen wir Sie zum Auto schleifen?«

Schließlich gab Patrick nach und ließ sich abführen. Nach ein paar Metern wandte er sich noch einmal um und schaute zum Haus zurück. Julia stand in der Tür. Als er sie ansah, sank sie gegen den Türrahmen und schlug beide Hände vor das Gesicht.

Nun ist der Moment gekommen, an dem ich an meiner Erzählweise etwas ändern muss.

Aus der vorläufigen Festnahme wurde noch am selben Tag ein Haftbefehl, und der Haftrichter hat mich in Untersuchungshaft stecken lassen, wo ich mich – wie bereits erwähnt – nun schon seit vielen Wochen befinde.

Deshalb kann ich ab jetzt nicht mehr aus meiner Perspektive berichten, denn dann würde es nur noch um mein Dasein in der Justizvollzugsanstalt gehen. Auch damit könnte ich sicherlich viele Seiten füllen (das meiste davon wäre deprimierend, einiges sicher auch schockierend), aber darum geht es mir nicht. Ich möchte meine Geschichte rund um die Tatsache erzählen, wie und warum ich als Unschuldiger in diesen schrecklichen Strudel geraten bin.

Deshalb habe ich meinen Anwalt (zur Erinnerung: Dr. Johannes Göbel, Fachanwalt für Strafrecht, Seniorpartner der Kanzlei Dr. Brunner, Dr. Keipel und Partner) gleich bei unserem ersten Gespräch gebeten, mir bei seinen Besuchen im Gefängnis von allem, was er in der Zwischenzeit unternommen und erlebt hat, zu berichten.

Dr. Göbels erster Besuch fand übrigens erst statt, nachdem ich schon rund zwei Wochen in Untersuchungshaft gesessen und mich bis dahin von Ralf Theis, dem Firmenanwalt meines ehemaligen

Arbeitgebers, habe beraten lassen. Zum Glück habe ich selbst recht schnell gemerkt, dass Theis nicht der richtige Anwalt für mich ist.

In diesen zwei Wochen ist der Gedanke in mir gereift, meine Geschichte niederzuschreiben. Warum? Weil es mir hilft, alles noch einmal bis in jede Einzelheit zu durchdenken, wobei ich die Hoffnung habe, dass mir dabei vielleicht noch etwas auffällt, das meine Unschuld beweisen könnte. Aber auch damit im Fall meiner Verurteilung alles so an die Öffentlichkeit kommt, wie es sich tatsächlich zugetragen hat. Und nicht vollkommen verzerrt und voller Vorurteile, wie es in den sozialen Medien und in der Presse verbreitet worden ist. Losgetreten nicht zuletzt durch eine sachlich falsche Beurteilung der Polizei hinsichtlich eines gefälschten Videos und der Bestätigung dieser falschen Beurteilung gegenüber einem Boulevard-Netzwerk.

Aber kommen wir zurück zu Dr. Göbel. Meine erste Begegnung mit ihm könnte ich ja durchaus noch aus meiner Perspektive beschreiben, aber er hat mir auf meine Bitte hin so ehrlich und ausführlich geschildert, wie er dieses erste Treffen und sein Zustandekommen erlebt hat, dass ich auch das bereits aus seiner Perspektive erzählen möchte.

Eines aber noch aus meiner Sicht: Als ich Dr. Göbel zum ersten Mal gesehen habe, dachte ich spontan, dass er ein eitler Schnösel ist, der mich wahrscheinlich nur vertreten wollte, weil mein Fall ihm einen öffentlichkeitswirksamen Auftritt verschaffte. Wie er so dasaß in seinem dunkelblauen, maßgeschneiderten Anzug mit Weste und Seidenkrawatte, den wahrscheinlich rahmengenähten Schuhen, dem überkorrekten Schnitt der kurzen braunen Haare und einem Gesichtsausdruck, der signalisierte, dass er sich für unbesiegbar hielt, bezweifelte ich, dass er sich wirklich für jemanden wie mich interessierte.

Dann erfuhr ich, dass mein Fall absolut nicht zu den größten und auch nicht zu den aussichtslosesten zählte, die er bisher übernommen – und auch gewonnen – hatte.

Und ein weiterer Gedanke war ausschlaggebend dafür, dass ich ihn als meinen Verteidiger engagierte, obwohl sein Honorar so hoch ist, dass ich auch bei einem Freispruch einen Teil davon selbst werde tragen müssen: Gerade weil mein Fall großes Interesse in der Öffentlichkeit erregte, würde ein Mann wie Göbel alles daransetzen, ihn zu gewinnen.

26

Als Johannes Göbel um kurz vor neun Uhr in der Kanzlei eintraf, wartete schon ein Mann im Besucherraum gegenüber seines Büros.

Göbel kannte ihn nicht. Da das Wartezimmer für die Mandanten aller Partnerinnen und Partner der Kanzlei zur Verfügung stand und er beim Blick in seinen Kalender während des Frühstücks festgestellt hatte, dass sein erster Termin erst um zehn Uhr dreißig war, nickte er dem Mann durch die Glaswand nur kurz zu und verschwand dann in seinem Büro.

Er hatte sein dunkelblaues Anzugsakko über einen Kleiderbügel gehängt und gerade hinter dem Schreibtisch Platz genommen, als seine Assistentin die Tür öffnete und sagte: »Im Warteraum sitzt ein Herr Stephan Puhl für Sie.«

Göbel hob die Brauen. »Der Name sagt mir nichts. Hat er einen Termin? Nein, oder?«

»Nein, aber er sagt, es sei enorm wichtig.«

»Pia, ich bitte dich. Natürlich ist es wichtig. Das ist es immer.«

Er warf einen Blick auf seinen Schreibtisch, auf dem zwei Akten lagen, die er vor seinem ersten Termin noch durchsehen musste, und nickte. »Also gut, schicken Sie ihn rein. Zehn Minuten habe ich.«

Göbels Assistentin verschwand, und kurz darauf betrat ein schlanker Mann Anfang vierzig das Büro und blieb zwei Schritte vor Göbels Schreibtisch stehen. Er trug Jeans, ein etwas ausgewaschenes Sweatshirt und abgenutzte, ehemals weiße Sneakers.

»Guten Tag«, sagte er. »Mein Name ist Stephan Puhl. Kai Bungert hat Sie mir empfohlen. Sie haben ihn vor einem halben Jahr vertreten wegen einer Prügelei mit einem Türsteher. Es ging um schwere Körperverletzung.« Als Göbel die Stirn kraus zog, fuhr Puhl fort: »Ein Türsteher hat ihm ohne Vorwarnung eine verpasst. Daraufhin hat Kai ihn vermöbelt, und der Türsteher hat ihn auf Körperverletzung verklagt.«

»Hm … habe ich den Fall gewonnen?«

Göbel wusste, dass er den Fall gewonnen hatte, und er erinnerte sich an jede Einzelheit, aber er hielt sich grundsätzlich zurück, wenn er jemanden neu kennenlernte. Dass er ein fotografisches Gedächtnis besaß, erfuhren vor allem Prozessgegner in der Regel erst dann, wenn es zu einer schmerzlichen Erfahrung für sie wurde.

»Ja, das haben Sie. Ich bin jetzt aber wegen etwas anderem hier. Es geht um den Mord an den beiden Frauen aus Weimar.«

Göbel hatte nicht nur alles über den Fall gelesen, was aus der Presse zu erfahren war, sondern auch schon einiges von dem einen oder anderen Kontakt bei der Polizei gehört. All das hatte ihn zu der Schlussfolgerung gebracht, dass dieser Fall, zumindest was seinen aktuellen Kenntnisstand betraf, nicht zu gewinnen war.

»Ah, ja. Dostert heißt der Verdächtige, nicht wahr?«

»Ja. Er ist mein Nachbar. Und Freund.«

»Existiert nicht ein Video, das zeigt, wie er eines der Opfer in dessen Wohnung brutal zusammenschlägt? An dem Abend, an dem die Frau ermordet wurde?«

»Ja, aber …«

»Und gibt es nicht noch ein zweites Video von einer anderen Frau, die er beschimpft und bedroht?«

Puhl hob die Hände. »Bitte, lassen Sie mich Ihnen doch erklären, was wirklich geschehen ist. Wie ich schon sagte – Patrick Dostert ist mein Freund, ich habe diese Sache von Anfang an miterlebt. Es ist nicht so, wie es den Anschein hat.«

»Hm … Meine Erfahrung sagt mir, dass es das meistens doch ist, aber bitte, setzen Sie sich.« Göbel warf einen Blick auf seine Armbanduhr. Eigentlich hatte er nicht die Zeit, sich eine Geschichte anzuhören, aber der Fall interessierte ihn bereits seit dem Moment, als er zum ersten Mal davon gelesen hatte.

»Wenn ich mich recht erinnere, sitzt Herr Dostert schon eine Weile in U-Haft. Er hat doch sicher längst einen Anwalt?«

»Nein … also ja, schon, aber der kann das nicht. Er hat noch nie mit einem Mordfall zu tun gehabt. Wenn der Patrick vertritt, kann er gleich aufgeben.«

Göbel lehnte sich in seinem Stuhl zurück. »Also gut, Herr Puhl. Ich habe nachher Termine, aber ein wenig Luft ist noch. Legen Sie los. Detailliert, aber bitte nicht zu ausgeschmückt.«

Puhl brauchte etwa zwanzig Minuten, dann verschränkte er die Hände und zuckte mit den Schultern. »Das war's.«

Göbel griff sich einen Kugelschreiber und ließ ihn durch Zeigefinger und Daumen gleiten, bis die Spitze mit einem *Klack* auf dem Schreibtisch auftraf. Dann wiederholte er den Vorgang. Das tat er immer, wenn er über etwas konzentriert nachdachte.

»Was ist mit einem unabhängigen Spezialisten? Einem Gutachter?«

Göbel sah seinem Gegenüber an, dass er nicht verstand, was er meinte. Er ließ den Kugelschreiber fallen und lehnte sich zurück. »Beide Videos sind in der kriminaltechnischen Abteilung der Polizei überprüft worden, und bei beiden haben die Polizeitechniker die Echtheit bestätigt. Aber wurden diese Aufzeichnungen auch von einem unabhängigen Gutachter geprüft?«

»Das weiß ich nicht. So genau bin ich nicht über alles informiert, was da läuft.«

Als Puhl sah, dass Göbel eine Braue hob, fügte er schnell hinzu: »Hören Sie, ich weiß, dass Patrick niemals einen Menschen umbringen würde. Ich sehe seit zwei Wochen, wie nicht nur er, sondern auch seine Frau leidet. Und seine Mutter musste ins Krankenhaus eingeliefert werden, weil sie die Hexenjagd nicht verkraftet hat, die auf Patrick veranstaltet wird. Ich bitte Sie inständig, Patrick zu vertreten.«

»Wissen Sie, wie hoch sich die Anwaltskosten für einen solchen Prozess belaufen?«

»Nein, aber die müsste er für den ahnungslosen Anwalt, den er jetzt hat, auch zahlen. Mir ist klar, dass das nicht das Gleiche ist, aber …«

Göbel konnte sich ein Grinsen nicht verkneifen. »O nein, das ist es sicher nicht.«

»Patrick war Geschäftsführer in einem Logistikunternehmen, er hat nicht schlecht verdient. Ich weiß nicht, was er auf der hohen Kante hat, aber das ist letztendlich egal. Bei diesen angeblichen Beweisen braucht er einen Top-Anwalt, sonst landet er im Gefängnis für etwas, das er nicht getan hat. Also wird er für Ihr Honorar gern einen Kredit aufnehmen.«

Erneut griff Göbel nach dem Kugelschreiber.

»Also gut, ich spreche die Sache mit den Seniorpartnern der Kanzlei durch.«

»Danke!«, stieß Puhl hörbar erleichtert aus. »Ich gebe Ihnen meine Nummer, damit Sie mich anrufen können.«

Göbel erhob sich. »Warum? Soll ich *Sie* vertreten oder Herrn Dostert?«

»Natürlich Patrick. Ich dachte nur …«

»Schön. Dann wünsche ich Ihnen noch einen guten Tag.«

27

Montagmorgen, fünf Minuten vor neun, Justizvollzugsanstalt Tonna, rund dreißig Kilometer von Erfurt entfernt.

Der Besucherraum wirkte mit seinen weiß getünchten, schmucklosen Wänden und den hellen Bodenfliesen nüchtern und war zweckmäßig eingerichtet. Hier trafen die Gefangenen der JVA Behördenvertreter, Rechtsanwälte und Gutachter ebenso wie Familienangehörige.

Die Tische waren in zwei langen Reihen aufgestellt, an manchen von ihnen standen zwei, an anderen vier schwarze Stühle mit Chrombeinen.

Alles in allem hatte man sich Mühe gegeben, in diesem kleinen Bereich keine Knastatmosphäre aufkommen zu lassen, was es aber nicht unbedingt besser machte. Göbel hatte schon viele Stunden hier verbracht und war jedes Mal aufs Neue froh, wenn er den seltsamen Raum wieder verlassen konnte.

Als Göbel eintrat, war er der einzige Besucher, doch er hatte kaum an einem der Tische Platz genommen und einen Schnellhefter aus seiner Ledertasche gezogen, als Patrick Dostert schon hereingeführt wurde. Göbel taxierte ihn binnen zweier Sekunden.

Kurze blonde Haare, mittelgroß, schlank. Die fünfzehn Tage, die er nun schon in U-Haft saß, hatten ihre Spuren in seinem Gesicht hinterlassen. Dennoch: gute Augen, offener Blick, in dem ein Hauch von Skepsis lag. Leicht hängende Schultern, was man als erstes Anzeichen von Resignation deuten konnte.

Göbel erhob sich. »Guten Morgen, Herr Dostert. Mein Name ist Johannes Göbel, wir sind verabredet.«

»Guten Morgen«, erwiderte Dostert und setzte sich an den Tisch. Der Justizbeamte, der ihn begleitete, wandte sich wortlos ab, verließ den Raum und begab sich in einen verglasten Bereich, eine Art Kabine, von der aus er das Geschehen im Besucherzimmer zwar im Blick hatte, von dem vertraulichen Gespräch zwischen ihnen aber nichts hören konnte.

Göbel öffnete den Schnellhefter und schob ein beschriebenes Blatt Papier über den Tisch, dann zog er aus der Innentasche seines Sakkos einen Stift und legte ihn daneben. »Lesen Sie sich das bitte durch und unterschreiben Sie es. Dann kann ich sofort Akteneinsicht verlangen und mir den Stand der Ermittlungen anschauen.«

Dostert warf einen kurzen Blick auf das Blatt, zu kurz, um etwas von dem Text lesen zu können.

»Stephan Puhl sagte, Sie hätten bisher fast jeden Fall gewonnen?«

»Was die wichtigen Fälle betrifft, waren es alle.«

»Wichtig? Würden Sie meinen Fall als wichtig einstufen?«

»Ich habe mich falsch ausgedrückt. Ich habe noch keinen Fall verloren, in dem es um ein Kapitalverbrechen ging.«

»Glauben Sie, dass Sie meine Unschuld beweisen können?«

»Das kann ich Ihnen erst sagen, wenn ich Akteneinsicht hatte.« Göbel deutete auf das Papier. »Dazu brauche ich aber Ihre Unterschrift auf diesem Dokument. Wenn Sie einen etwas längeren Blick darauf werfen, werden Sie feststellen, dass es sich dabei nicht um einen Vertrag handelt, sondern lediglich um die Bestätigung eines Anbahnungsverhältnisses, das wir beide unterschreiben. Damit drücken wir die unverbindliche Absicht aus, dass ich Sie anwaltlich vertrete. Das ist ausreichend, damit ich den Ermittlungsstand abfragen kann. Danach entscheide ich, ob ich den Fall übernehme, und Sie entscheiden, ob Sie sich meine Tätigkeit leisten möchten. Aber ich habe vorab zwei Fragen an Sie, und das sind wahrscheinlich die wichtigsten Fragen, die ich Ihnen jemals stellen werde, denn danach richtet sich, ob ich gewillt bin, Sie zu vertreten oder nicht. Und damit dürfte sich Ihre Frage von eben erübrigen. Erstens: Haben Sie irgendetwas mit diesem Mord zu tun, dessen man Sie beschuldigt?«

Auf Dosterts Stirn zeigten sich Falten. »Nein. Ich habe diese Frauen nicht umgebracht. Ich habe sie nicht einmal gekannt.«

»Im Moment interessiert mich nur der Fall, wegen dem man Sie anklagen wird. Sie sind also unschuldig?«

»Ja, das bin ich. Und das habe ich in den letzten zweieinhalb Wochen ungefähr tausendmal beteuert, aber es interessiert niemanden.«

»Mich schon. Zweite Frage: Sind Sie das auf diesem Video?«

Dostert schüttelte mehrmals den Kopf. »Nein! Ich weiß, es sieht so aus, aber ich bin es nicht. Ich kann es nicht sein, weil ich dieses Wohnzimmer erst betreten habe, als es schon verwüstet und Jana Gehlen verschwunden war.«

»Sie waren also dort?«

»Ja, nachdem …«

Göbel unterbrach ihn, indem er eine Hand hob. »Nein, warten Sie, das besprechen wir später.«

Göbel sah Dostert in die Augen, suchte darin nach einem Anzeichen dafür, ob er ehrlich war oder nicht. Fünf Sekunden, zehn … Schließlich nickte er und tippte mit dem Zeigefinger auf das Blatt. »Unterschreiben Sie.«

Nachdem Dostert unterzeichnet hatte, sah Göbel ihn aufmunternd an. »Gut. Dann schießen Sie mal los.«

Dostert dachte kurz nach, dann begann er mit dem Moment, als er mit seiner Frau beim Frühstück saß und Lomberg und Hensch an der Haustür klingelten. Während er redete, machte Göbel sich Notizen, beobachtete sein Gegenüber dann wieder genau. Hier und da stellte er Zwischenfragen und notierte sich Dosterts Antworten.

Knapp eine halbe Stunde später verabschiedete sich Göbel von Dostert und verließ die Justizvollzugsanstalt. Er hatte es im Laufe der Jahre schon mit eiskalten Killern zu tun gehabt und mit Menschen, die Verzweiflungstaten begangen hatten, mit gewieften Schwerverbrechern und mit Unschuldigen, die das Pech hatten, zur falschen Zeit am falschen Ort gewesen zu sein. In all den Jahren hatte er sich eine recht gute Menschenkenntnis angeeignet, und die sagte ihm, dass der Mann, den er gerade besucht hatte, kein Mörder war. Er war sehr gespannt darauf, das belastende Video aus der Wohnung der ermordeten Frau zu sehen.

Auf dem Weg zurück zur Kanzlei in Erfurt rief er seine Assistentin an und ließ sie bei der Staatsanwaltschaft Akteneinsicht beantragen, was mittlerweile komplett auf elektronischem Wege geschah und somit recht schnell ging, zumal, wenn der Beschuldigte in U-Haft saß.

Anschließend telefonierte er mit Gabriel Bohn und bestellte ihn für elf Uhr zu sich ins Büro.

Bohn war Ende dreißig und hatte in seinem Leben schon einiges versucht, bevor er Privatermittler wurde. Sie hatten sich vier Jahre zuvor bei einem anderen Fall kennen- und schätzen gelernt. Seitdem arbeitete Göbel mit Bohn zusammen, wenn er jemanden für gezielte Nachforschungen brauchte.

Um zwanzig nach zehn saß Göbel wieder in seinem Büro, erledigte ein paar Anrufe und verschob zwei Termine, die er an diesem Vormittag noch gehabt hätte.

Um fünf vor elf erschien Gabriel Bohn.

Bohn war in vielerlei Hinsicht das Gegenteil von Göbel. Wo der Anwalt Wert auf stilvolle Kleidung und ein gepflegtes Äußeres legte, bevorzugte Gabriel Bohn verwaschene Jeans, Shirts, Sneakers und seine geliebte schwarze Lederjacke, der man die Jahre der intensiven Nutzung deutlich ansah. Selbst im Sommer verzichtete Bohn nicht auf sie.

Die blonden Haare trug der Privatermittler mittellang, einen Friseur hatten sie schon lange nicht mehr gesehen, vermutete Göbel. Im Kontrast dazu stand die Tatsache, dass Bohn stets glatt rasiert war. Die tägliche Rasur war für ihn unabdingbar, wie er Göbel einmal bei einem Bier erklärt hatte. Er hasste Stoppeln im Gesicht.

»Guten Morgen, Gabriel«, begrüßte Göbel den Privatermittler, stand auf und deutete auf die lederne Sitzgruppe vor dem Fenster seines Büros. »Kaffee?«

Als Bohn das Gesicht verzog, hob Göbel lächelnd die Hand. »Schon gut, ich weiß. Schwarzer Tee, ohne Milch und Zucker.«

Er öffnete die Tür und bat seine Assistentin, ihnen einen Kaffee und einen Tee zu bringen, dann setzte er sich Bohn gegenüber.

»Du hast von den Morden an den beiden Frauen in Weimar gelesen?«

»Sicher. Die Zeitungen und das Internet sind seit zwei Wochen voll davon. Scheint eine klare Kiste für die Staatsanwaltschaft zu sein. Jetzt sag mir bitte nicht, dass du den Fall übernimmst.«

»Ich denke, doch. Ich schaue mir erst noch die Akten an, aber ich war heute Morgen bei dem Beschuldigten in der JVA. Er sagt, er war es nicht und dass ihm jemand was anhängen möchte. Ich glaube ihm.«

»Was ist mit dem Video? Es soll ihn zeigen, wie er eines der Opfer kurz vor dem Mord in deren eigener Wohnung misshandelt. Laut dem, was ich gelesen habe, gibt er auch zu, vor Ort gewesen zu sein.«

Die Tür öffnete sich, und Göbels Assistentin Pia brachte die Getränke. Als sie den Raum wieder verlassen hatte, griff Göbel nach seiner Tasse. »Dostert sagt, das Video ist gefälscht.«

»Die Polizei sagt, das ist es nicht.«

Göbel nickte. »Ich weiß. Aber wie es aussieht, hat sich bisher noch kein unabhängiger Gutachter das Ding genauer angeschaut. Ich werde mir ein eigenes Bild davon machen, sobald ich Akteneinsicht habe.«

»Zweifelst du die Fähigkeiten der Polizeitechniker an?«

»Sagen wir es mal so: Wenn dieses Video tatsächlich echt ist, hat Herr Dostert mich schon angelogen, bevor ich den Fall überhaupt offiziell übernommen habe. Das glaube ich aber nicht.«

»Hm …« Bohn rieb sich über das glatte Kinn. »Was, wenn ein unabhängiger Gutachter ebenfalls feststellt, dass das Video echt ist?«

»Dann müsste ich darüber nachdenken, wie es sein kann, dass mein Mandant auf einem Video zu sehen ist, auf dem er nach seiner eigenen Aussage nicht zu sehen sein kann.«

»Lässt du es dann?«

Als Göbel nicht gleich antwortete, verzog sich Bohns Mund zu einem Grinsen. »Es ist immer das Gleiche. Du schaust dir jemanden an und bildest dir deine Meinung. Und dann beißt du dich fest und tust alles, um zu beweisen, dass alle anderen sich getäuscht haben und du richtig lagst.«

»Bisher bin ich damit gut gefahren.«

»Ja, aber ich kann mich nicht erinnern, dass ein Fall jemals so klar war wie dieser.«

Göbel grinste. »Einfach kann jeder.«

Nachdem Bohn gegangen war, beschäftigte sich Göbel vier Stunden lang mit den elektronischen Ermittlungsakten und las sich durch die Niederschriften aller Verhöre und Gespräche mit Dostert. Er sah sich die beiden Videos mehrfach an, vergrößerte sie, achtete auf jedes Detail und fand doch nicht den kleinsten Anhaltspunkt dafür, dass sie gefälscht waren.

Danach las er die internen polizeilichen Gutachten und beschäftigte sich mit Dosterts Vergangenheit, soweit sie von den Ermittlern recherchiert worden war. Immer wieder notierte er sich dabei Stichwörter auf ein Blatt Papier, das er in zwei Spalten unterteilt hatte, die sich nach und nach mit Argumenten für und gegen Dosterts Schuld füllten.

Am Ende hatte er einerseits einen aus Sicht der Staatsanwältin wasserdichten Fall mit einem ganz klaren Beweis und einigen zusätzlichen Indizien dafür, dass Dostert schuldig war.

Dem gegenüber stand das Bild eines unauffälligen Normalos, der noch nie polizeilich erfasst worden war und der nicht nur wegen seines bisherigen Lebenslaufs, sondern auch wegen seines Verhaltens vor und während der polizeilichen Ermittlungen von dem, was gerade mit ihm geschah, vollkommen überrascht worden war. Zumindest nach dem, was in den Ermittlungsakten zu finden war.

Sehr dünn für eine Verteidigung.

Letztendlich gab es für Göbel nur zwei Möglichkeiten: Entweder jemand hatte es so clever angestellt, Dostert als Mörder dastehen zu lassen, dass man das als einen Geniestreich bezeichnen konnte, oder aber Dostert war weitaus gerissener, als Göbel sich das vorstellen konnte.

Seine Erfahrung und sein Gefühl sagten ihm aber, dass Ersteres der Fall war, was bedeutete, er würde sich mit einem extrem intelligenten Gegner messen müssen, wenn er Dosterts Unschuld beweisen wollte. Und damit war das ein Fall genau nach seinem Geschmack, der nicht nur seinem Renommee als Anwalt, sondern auch dem der ganzen Kanzlei förderlich sein würde.

Mit diesen Argumenten berief Göbel ein kurzfristiges Treffen der Seniorpartner ein und überzeugte sie davon, dem Mandanten Patrick Dostert einen Sonderrabatt einzuräumen. Aufgrund seiner finanziellen Situation würde Dostert keine Prozesskostenhilfe in Anspruch nehmen können, andererseits würde für ihn aber Göbels übliches Honorar sogar bei einem Freispruch kaum zu stemmen sein, da der Staat auch dann nur Anwaltskosten in Höhe der gesetzlichen Gebühren erstattete. Die aber machten lediglich einen Bruchteil dessen aus, was Göbel für die Verteidigung in einem Mordprozess verlangte.

Die Partner stimmten zu, weil sie ebenso wie Göbel das enorme öffentliche Interesse an dem Fall und den Vorteil für die Kanzlei im Falle eines Freispruchs sahen.

Nachdem die Dringlichkeitssitzung beendet war, hielt Dr. Karl Brunner, der geschäftsführende Partner der Kanzlei, Göbel zurück, bis die anderen den Raum verlassen hatten.

»Glaubst du wirklich, dass du den Fall gewinnen kannst?«

Göbel grinste. »Karl, wie lange kennen wir uns jetzt?«

Für einen Moment sah es so aus, als würde Brunner tatsächlich in Gedanken nachrechnen, doch dann nickte er lächelnd. »Schon gut. Entschuldige die Frage.«

Zurück in seinem Büro rief Göbel Bohn an und brachte ihn auf den aktuellen Stand. »Also, legen wir los. Ich habe dir die Protokolle der Gespräche mit Dosterts Freunden und Bekannten und den Vernehmungen gerade gemailt. Ich schlage vor, du beginnst mit seiner Frau und seinen Freunden.«

28

Als Bohn sein Auto am Straßenrand vor dem Haus abstellte und ausstieg, öffnete sich gerade die Haustür, und ein dunkelhaariger Mann kam heraus, drehte sich noch einmal um und sprach ein paar Worte mit der blonden Frau, die in der Tür stand. Dann machte er einen Schritt auf sie zu, umarmte sie und wandte sich ab.

Mit einem misstrauischen Blick zu Bohn lief er zu seinem Auto, das in der Einfahrt stand, stieg ein und fuhr gleich darauf los.

Bohn setzte sich in Bewegung und ging auf die Frau zu, die ihm ernst entgegenblickte. Als er näher kam, bemerkte er, dass sie blass und müde aussah.

»Frau Dostert?«, begann er, als er sie fast erreicht hatte. »Mein Name ist Gabriel Bohn, ich arbeite für Rechtsanwalt Dr. Göbel, der Ihren Mann vertritt. Ich würde mich gern mit Ihnen unterhalten.«

Sie sah ihn einen Moment lang an, als hätte sie seine Worte nicht verstanden, doch dann nickte sie und ließ ihn eintreten.

Das große, zur Küche hin offene Wohnzimmer, in das sie ihn führte, war hell und freundlich eingerichtet, die schräg durch ein großes Fensterelement einfallenden Sonnenstrahlen verliehen dem Raum eine Atmosphäre der Unbeschwertheit, was in krassem Gegensatz zu dem stand, was Julia Dostert ausstrahlte.

»Bitte, setzen Sie sich doch.« Ihre Stimme klang dünn. »Kann ich Ihnen etwas anbieten?«

Bohn betrachtete die beiden Kaffeetassen, die auf dem Esstisch standen, zog sich einen Stuhl zurück und setzte sich. »Nein, danke. Ich möchte Sie auch nicht lange aufhalten.«

Sie nickte wortlos und ließ sich ihm gegenüber nieder.

»Der Mann, der gerade Ihr Haus verlassen hat, war Peter Helmstätt?«

»Ja, er ist ein Freund, aber das wissen Sie ja sicher.«

»Verstehe. Muss er nicht arbeiten?«

»Er hat sich heute freigenommen, weil ich einige Dinge erledigen musste und er mich dabei begleitet hat. In den letzten zwei Wochen hat er schon einige Urlaubstage geopfert, um mich zu unterstützen.«

»Schön, wenn man gute Freunde hat. Frau Dostert, ich habe fürs Erste nur ein paar allgemeine Fragen.«

Sie nickte. »Bitte.«

»Ich habe in den Berichten gelesen, dass Sie sowohl für den Abend, an dem Ihr Mann mit dem chinesischen Geschäftsmann zum Essen verabredet war, als auch für die Zeit, zu der Jana Gehlen in ihrer Wohnung zusammengeschlagen und anschließend verschleppt und ermordet worden ist, die Angaben Ihres Mannes nicht bestätigen können.«

»Das ist richtig.«

»Wie oft kommt es vor, dass Sie allein ausgehen?«

»Was? Ich … ich weiß nicht, hier und da schon mal. Warum?«

»Nur so. Sie waren an dem Abend mit einer Freundin unterwegs, richtig?«

»Ja.«

»Würden Sie mir ihren Namen sagen?«

»Ja, sicher. Conny Baumann.«

»Haben Sie auch eine Telefonnummer für mich?«

»Wozu?«

»Falls ich mich kurz mit ihr unterhalten möchte.«

»Aber warum? Glauben Sie mir etwa nicht, dass ich mit ihr zusammen war?«

»Frau Dostert, ich gehe allem nach, was irgendwie mit diesem Fall zu tun hat, das gehört einfach zu meinem Job. Das hat nichts damit zu tun, dass ich Ihnen nicht glaube.«

»Mir wäre es aber lieb, wenn Conny da nicht auch noch mit hineingezogen wird. Es müssen schon genug Menschen unter dieser Sache leiden.«

»Ihr Mann, zum Beispiel«, konnte Bohn sich nicht verkneifen zu sagen. »Und ihm versuche ich zu helfen.«

»Also gut, Moment.«

Sie griff nach ihrem Smartphone, das neben einer der Kaffeetassen auf dem Tisch lag, und tippte darauf herum, dann las sie ihm die Mobilnummer ihrer Freundin vor.

»Okay«, sagte Bohn, nachdem er die Nummer und den Namen auf einen kleinen Spiralblock geschrieben hatte.

»Und wie oft kommt es vor, dass Sie sich am frühen Abend, fast noch am Nachmittag, ins Bett legen und durchschlafen bis zum nächsten Morgen?«

»So gut wie nie. Aber ich war bisher auch noch nie in der Situation, dass mein Mann verdächtigt wird, eine Frau ermordet zu haben. Warum fragen Sie das?«

»Nun, ich denke darüber nach, ob es Zufall gewesen sein kann, dass ausgerechnet dann, wenn Sie Ihrem Mann kein Alibi geben können, etwas geschieht, bei dem er dringend auf ein solches Alibi angewiesen wäre, um seine Unschuld zu beweisen.«

Sie sah ihn fragend an. »Worauf wollen Sie hinaus?«

»Für den Fall, dass jemand Ihrem Mann diesen Mord anhängen will, und davon gehen wir ja aus, könnte es doch sein, dass derjenige es so eingefädelt hat, dass Ihr Mann an dem Abend, als Yvonne Voigt entführt wurde, mit einem potenziellen Geschäftspartner zum Essen verabredet war. Dieser Geschäftspartner aber gar nicht der war, der er zu sein vorgab, und so Ihr Mann ohne Alibi dastand. Und es könnte sogar sein, dass es sich an dem Abend, als Frau Gehlen misshandelt und getötet wurde, genauso verhielt. Sprich: Diese Person konnte davon ausgehen, dass Sie sich hingelegt hatten und so müde waren, dass Sie durchschlafen würden.«

»Was den chinesischen Geschäftspartner betrifft … das wäre vielleicht möglich, aber wie, bitte schön, sollte jemand davon ausgehen können, dass ich mich früh schlafen lege und bis zum nächsten Morgen nicht mehr aufwache?«

»Das weiß ich noch nicht, das sind im Moment nur erste Überlegungen. Was haben Sie gemacht, bevor Sie sich ins Bett gelegt haben?«

»Ich habe mich mit Patrick unterhalten. Es ging um dieses Stalking-Video.«

»Und davor?«

»Da war ich noch kurz drüben bei unseren Nachbarn, Marveen und Stephan, während Patrick versucht hat, etwas über diese beiden Frauen im Internet zu finden.«

»Und als Sie von Ihren Nachbarn zurückkamen, waren Sie müde und haben sich ins Bett gelegt.«

»Ja.«

»Hm …«, murmelte Bohn und kritzelte erneut ein paar Wörter auf den Block.

Als er wieder aufsah, rannen Julia Dostert Tränen über die Wangen.

»Es tut mir leid, ich kann mir denken, wie Ihnen zumute ist, aber ich muss Ihnen diese Fragen stellen.«

Sie wischte sich die feuchten Spuren mit einem Papiertaschentuch ab. »Schon gut.«

»Wie würden Sie Ihren Mann beschreiben?«

Sie zuckte mit den Schultern. »Er ist mir gegenüber sehr aufmerksam. Er bringt mir am Wochenende Kaffee ans Bett, vergisst keinen Hochzeitstag und liest mir jeden Wunsch von den Lippen ab. Wir streiten uns fast nie. Und wenn es doch mal Meinungsverschiedenheiten gibt, dann lenkt er recht schnell ein. Er hat mich noch nie angeschrien und achtet darauf, dass wir respektvoll miteinander umgehen.«

»Das klingt nach einer perfekten Ehe.«

Erneut zuckte sie mit den Schultern. »Anderen gegenüber ist er höflich und rücksichtsvoll, und soweit ich weiß, gibt es niemanden, der einen Grund hätte, ihm so etwas anzutun.«

»Manchmal ist es schwer einzuschätzen, wie sehr wir jemanden verletzt haben. Es muss für Ihren Mann und Sie keine große Sache gewesen sein, die dazu geführt hat. Für denjenigen aber schon.«

»Ja, das kann sein. Aber wir haben beide sehr lange darüber nachgedacht, und es ist uns einfach niemand eingefallen.«

Sie senkte den Kopf und redete deutlich leiser weiter. »Was Sie da gerade sagten ... dass jemand gewusst haben könnte, dass ich geschlafen habe ...« Nun sah sie Bohn wieder an. »Und wenn es viel einfacher ist, als Sie denken?«

»Was meinen Sie damit?«

»Was, wenn nicht ein ausgeklügelter Plan von einem geheimnisvollen Dritten dahintersteckt, der Patrick etwas anhängen möchte?«, konkretisierte sie.

»Sondern?«

»Was, wenn mein Mann das wirklich getan hat?«

»Das halten Sie für möglich?«, fragte Bohn überrascht.

»Ich möchte es nicht für möglich halten. Ich kann und möchte nicht glauben, dass mein Mann so etwas tun könnte, aber ... ich habe diese Videos gesehen, und die Polizei ist absolut sicher, dass sie echt sind.«

»Und Sie glauben ihm nicht, wenn er sagt, dass sie Fälschungen sein müssen?«

Wieder senkte sie den Kopf, und Bohn ließ ihr die Zeit, die sie brauchte. »Ich möchte ihm so gern glauben«, fuhr Julia Dostert schließlich fort. »Und das habe ich auch lange getan, obwohl alles gegen ihn gesprochen hat. Aber dieses Video aus der Wohnung der Frau ... Haben Sie es sich angesehen?«

»Ja.«

»Ich habe in diesem Video gesehen, wie mein Mann auf grausame Weise eine Frau misshandelt hat, die kurz danach tot aufgefunden wurde.«

»Ja, aber …«, setzte Bohn an, doch Julia Dostert redete unbeirrt weiter.

»Ich habe gesehen, wie er ihr seine Faust ins Gesicht geschlagen und ihr in den Bauch getreten hat, als sie auf dem Boden lag. Ich habe dabei sein Gesicht gesehen, dieses Gesicht, das ich in all seinen Facetten kenne, und alles in mir hat sich dagegen gewehrt, aber ich habe in dem Moment gespürt, dass es keine Fälschung ist.«

»Sie glauben also, dass Ihr Mann diese Frau ermordet hat?«

»Ich glaube, dass auf diesem Video mein Mann zu sehen ist«, antwortete Julia Dostert, und Bohn begann zu ahnen, dass der Fall noch viel aussichtsloser war, als er bisher gedacht hatte.

29

»Wir haben ein Problem«, begann Bohn das Telefonat mit Göbel.

Er saß in seinem Auto, das noch am Straßenrand vor dem Haus der Dosterts geparkt war.

»Nur eins?«, lautete prompt die Antwort des Anwalts.

»Julia Dostert glaubt, dass das Video echt ist.«

»Shit!«

»Kann man so sagen.«

»Vor Gericht wird sie nicht gegen ihn aussagen müssen, aber …«

»Aber wenn schon seine eigene Frau nicht an seine Unschuld glaubt …«, setzte Bohn den Satz fort.

»Und warum glaubt sie ihm nicht?«

»Sie sagt, sie hat sein Gesicht auf dem Video gesehen und ist sicher, dass das nicht gefälscht sein kann.«

»Wie sieht es in der Ehe der beiden aus?«

»Sie beschreibt ihn als einen aufmerksamen Mann, der ihr jeden Wunsch von den Lippen abliest. Sie streiten sich nicht, und wenn, dann lenkt er ein.«

»Und trotzdem traut sie ihm zu, eine Frau zusammenzuschlagen und umzubringen?«

»Offenbar.«

»Was machst du als Nächstes?«

»Ich gehe zu den Nachbarn, Marveen und Stephan Puhl.«

»Okay, halt mich auf dem Laufenden.«

»Ach, als ich eben am Haus der Dosterts ankam, hat Peter Helmstätt das Haus gerade verlassen. Julia Dostert sagt, er hat sich Urlaub genommen, um sie bei einigen Erledigungen zu begleiten.«

»Das nenne ich einen Freund.«

»Ja, allerdings.«

Bohn beendete das Gespräch, stieg aus und klingelte kurz darauf an der Tür der Familie Puhl.

Das Haus war deutlich kleiner und älter als das von Patrick und Julia Dostert.

Als Bohn hinter Marveen Puhl das Wohnzimmer betrat, blickte ihm ein etwa zehnjähriges Mädchen im Schlafanzug neugierig entgegen. Sie saß auf einer kleinen Decke vor dem Fernseher auf dem Boden. Alles war recht beengt.

Auf der schwarzen Ledercouch links an der Wand saß ein Mann, der Stephan Puhl sein musste. An dieser Wand waren im oberen Bereich mehrere dunkle Flecken zu sehen.

»Das ist Herr Bohn, ein Mitarbeiter von Dr. Göbel«, sagte Marveen Puhl und deutete auf einen Sessel gegenüber der Couch. »Setzen Sie sich doch. Ich gehe mit unserer Tochter nach oben, sie ist leider erkältet und konnte heute nicht in die Schule.«

Bohn wartete, bis Marveen Puhl mit dem Mädchen den Raum verlassen hatte, dann wandte er sich an ihren Mann.

»Müssen Sie nicht arbeiten?«

»Doch, aber ich muss erst in einer Stunde los. Ich habe Spätdienst.«

»Verstehe. Wo arbeiten Sie?«

»Ich bin Elektrikermeister in der Erfurter Teigwarenfabrik.«

»Sie waren bei Dr. Göbel und haben ihn gebeten, Ihren Freund zu vertreten, richtig?«, fragte Bohn, woraufhin Puhl nickte. »Ja. Ich hatte von einem Bekannten gehört, dass Dr. Göbel der beste Anwalt im Großraum Erfurt für so was ist.«

»Das ist er«, stimmte Bohn zu. »Wie lange kennen Sie und Herr Dostert sich schon?«

»Seit Julia und er hierhergezogen sind. Das war vor etwa drei Jahren.«

»Wie würden Sie Herrn Dostert beschreiben?«

»Als jemanden, der auf keinen Fall Frauen umbringt.«

»Und etwas präziser?«

»Solche Fragen habe ich doch der Polizei schon beantwortet. Dr. Göbel hat sicher Zugriff auf die Unterlagen dort, oder?«

»Ja, natürlich, aber ich möchte trotzdem noch mal mit Ihnen darüber sprechen. Vielleicht stelle ich die eine oder andere Frage ein bisschen anders, als die Polizei das getan hat, und das könnte dazu führen, dass Sie etwas erwähnen, woran Sie bei der Unterhaltung mit den Beamten nicht gedacht haben.«

»Und Sie glauben wirklich, es bringt was, wenn wir das alles noch mal durchkauen?«

»Ihr Freund sitzt in Untersuchungshaft, und so, wie es sich im Moment darstellt, spricht alles gegen ihn. Da würde ich gern jede Möglichkeit ausschöpfen, etwas zu entdecken, das ihn entlasten könnte. Und ich bin überzeugt, Ihnen als seinem Freund ist daran ebenso gelegen, oder täusche ich mich?«

»Natürlich möchte ich das. Also gut. Zuerst haben unsere Frauen sich kennengelernt. Sie wissen ja, wie das ist. Sie haben sich auf der Straße getroffen und gleich mal eine Stunde lang nur gequatscht. Dann haben Patrick und Julia uns zu sich eingeladen, um sich als unsere neuen Nachbarn vorzustellen, und wir haben uns gleich super verstanden. Es ist jetzt nicht so, dass wir jeden Tag zusammenhocken, aber hier und da trinken wir ein, zwei Gläser miteinander, oder einer hilft dem anderen, wenn man jemanden braucht.«

»Gab es schon mal Meinungsverschiedenheiten zwischen Herrn Dostert und Ihnen?«

»Wie kommen Sie denn darauf?«

»Es ist nur eine Frage.«

»Nein, nicht, dass ich wüsste.«

»Am Nachmittag des Tages, an dem Frau Gehlen getötet wurde, war Julia Dostert hier bei Ihnen, richtig?«

»Ja.«

»Worüber haben Sie geredet?«

»Über dieses angebliche Stalking-Video.«

»Hat Frau Dostert ihrem Mann geglaubt, dass es eine Fälschung ist?«

»Ja, natürlich.«

»Und als sie gegangen ist, hat sie da Ihnen gegenüber erwähnt, dass sie müde ist?«

»Hm … ich glaube nicht, aber das war auch nicht nötig, das hat man ihr angesehen. Und das war ja auch kein Wunder.«

»Wie würden Sie die Ehe der beiden beschreiben?«

Puhl überlegte einen Moment, dann sagte er: »Ich erlaube mir normalerweise kein Urteil über die Ehen von anderen, aber ich habe noch nie mitbekommen, dass Julia und Patrick sich ernsthaft gestritten hätten. Sie gehen immer sehr nett miteinander um.«

»Nett?«

»Ja. Aufmerksam.«

»Als ich eben gekommen bin, verließ Herr Helmstätt gerade das Haus der Dosterts. Sie kennen ihn auch?«

»Ja, wir sind mittlerweile auch mit Peter recht gut befreundet.«

»Wie denkt er darüber, dass es dieses Video aus Frau Gehlens Wohnzimmer gibt, auf dem Herr Dostert zu sehen ist?«

Puhl zuckte mit den Schultern. »Was soll er darüber denken? Er hat es nicht gesehen, genauso wenig wie ich. Ich habe nur darüber gelesen.«

»Ja, aber Sie haben doch trotzdem eine Meinung dazu, ob Sie Ihrem Freund so etwas zutrauen, oder?«

»Natürlich traue ich Patrick das nicht zu. Wäre ich sonst zu Ihrem Chef gegangen, um ihn zu bitten, Patricks Verteidigung zu übernehmen?«

»Das meinte ich. Hat Herr Helmstätt sich irgendwie dazu geäußert?«

»Nein, ich habe ihn seit Patricks Verhaftung nicht mehr gesprochen.«

»Das sind jetzt zwei Wochen. Ich dachte, Sie sind befreundet?«

»Das sind wir, aber im Moment konzentriert er sich wohl völlig auf Julia, was ja auch okay ist.«

»Verstehe. Das bedeutet, Herr Helmstätt ist oft bei Frau Dostert.«

»Ja, jeden Tag, und das ist auch gut so. Er ist eben ein Freund.«

Zehn Minuten später erhob sich Bohn und deutete auf die Flecken an der Wand. »Feuchtigkeit?«

Puhl warf einen Blick hinter sich und nickte. »Ja, und nicht nur hier. Das gesamte Mauerwerk ist nass. Der Vorbesitzer hat beim Bau einiges selbst gemacht und war wohl ständig besoffen. Er hat ziemlich viel vermurkst.«

»Ein Bekannter von mir kennt sich mit so was aus. Ich weiß ja, wie schwierig es ist, einen Handwerker zu bekommen. Wenn Sie möchten …«

Puhl winkte ab. »Ich hatte schon mehrere Fachleute hier. Das kostet Unsummen, wenn man es nicht selbst machen kann. Wir suchen schon ewig nach einem anderen Haus, weil das ja auch für unsere beiden Kinder ungesund ist. Aber was offiziell angeboten wird, ist total überteuert, die bezahlbaren Häuser gehen unter der Hand weg. Da muss man schon enormes Glück haben. So wie Patrick.«

»Er hatte Glück mit seinem Haus?«

»Ja, er hat es sehr günstig bekommen.«

»Dann drücke ich Ihnen die Daumen, dass Sie auch bald dieses Glück haben. Es kann sein, dass ich noch mal mit Fragen zu Ihnen komme.«

Puhl zuckte mit den Schultern. »Kein Problem.«

Kurz darauf verließ Bohn das Haus.

Dass er Marveen Puhl nach der Begrüßung nicht mehr gesehen hatte, konnte damit zusammenhängen, dass sie bei ihrer kranken Tochter bleiben wollte. Allerdings musste diese wohl nicht mehr jede Minute beaufsichtigt werden, selbst wenn sie erkältet war.

Bohn dachte darüber nach, ob es einen anderen Grund für die Abwesenheit von Frau Puhl geben konnte. Und da war noch etwas, das Bohn beschäftigte.

An dieser Stelle komme ich zu dem Punkt, der zu den furchtbarsten Momenten gehört, die diese schrecklichen Ereignisse bisher mit sich gebracht haben.

Ich muss gestehen, es fällt mir immer noch sehr schwer, davon zu erzählen. Weil ich es nicht für möglich gehalten habe, weil ich mich noch immer dagegen wehre, weil es einfach so unbegreiflich unfair ist, weil …

Vermutlich aus all diesen Gründen.

Julia hat mich in den ersten Tagen, die ich hier eingesperrt war, nicht besucht. Stephan hat es versucht, wie ich später von ihm erfahren hatte, aber man hat es ihm in der ersten Woche nicht gestattet. Ob mein Freund Peter es auch versucht hat, kann ich nicht sagen, denn als er dann kam, habe ich ihn nicht danach gefragt. Die Neuigkeiten, die er mitgebracht hat, haben mich vergessen lassen, mich nach solch trivialen Dingen zu erkundigen.

Er hat mir diese Neuigkeiten in Form eines Briefes ohne Absender gegeben, und das Gesicht, das er dabei gemacht hat, hat mich ahnen lassen, von wem dieser Brief kam und welcher Art sein Inhalt war. Und ich sollte recht behalten. Es war ein Schreiben meines Chefs. Ein Kündigungsschreiben.

Von Vertrauensverlust war darin zu lesen und von Werten, für die das Unternehmen stand und die ich als kaufmännischer Leiter nicht mehr repräsentierte.

Eine Kündigung im Beruf ist normalerweise ein sehr einschneidendes Ereignis, das das Leben nicht selten in ganz andere Bahnen lenkt. Es kann ein Neuanfang sein, bei dem man mit neuen Herausforderungen konfrontiert wird. Ebenso kann man aber auch plötzlich vor dem absoluten Nichts stehen.

Für mich war diese Kündigung weder das eine noch das andere, sondern lediglich ein weiterer Nackenschlag, der mich noch ein Stück mehr in die Knie zwang.

Aber kehren wir zurück zu Julia. Sie hätte mich auch in den ersten Tagen schon besuchen dürfen. Aber das tat sie nicht.

Ich bin in meiner Zelle auf und ab gewandert und habe mir den Kopf zermartert, was los war, was sie davon abhalten konnte, in dieser schlimmen Zeit zu mir zu kommen und mit mir zu reden. Ich habe versucht, sie anzurufen, bin aber immer wieder auf ihrer Mailbox gelandet. Wahrscheinlich ist sie in diesen ersten Tagen grundsätzlich nicht ans Telefon gegangen.

Schließlich bin ich zu dem Schluss gelangt, dass es nur zwei Möglichkeiten gab: Entweder sie konnte den Gedanken einfach nicht ertragen, mich unschuldig im Gefängnis zu wissen, oder aber dieses Video hatte ihr so zugesetzt, dass sie nicht mehr sicher war, ob ich die Wahrheit sagte.

Ich habe auf die erste Möglichkeit gehofft, musste aber mit der zweiten rechnen. So oder so war klar, dass sie irgendwann doch kommen würde. Das tat sie zum ersten Mal nach fünf Tagen.

Als ich hinter dem Beamten her zum Besucherzimmer gegangen bin, raste mein Herz, so sehr habe ich mich danach gesehnt, sie endlich sehen zu können. Und ich habe mir in diesem Moment geschworen, kein Wort darüber zu verlieren, dass schon fünf Tage vergangen waren. Nein, ich würde ihr keine Vorwürfe machen. Hauptsache, sie war da.

Dann saß ich ihr gegenüber und habe sie angeschaut, und ich hatte das Gefühl, mein Herz würde jeden Moment aufhören zu schlagen.

Ihre Augen waren auf mich gerichtet, aber ich spürte, dass sie durch mich hindurchblickte.

»Julia!«, sagte ich vorsichtig. »Danke, dass du gekommen bist.«

»Ja«, antwortete sie mit einer Stimme, die mir fremd vorkam. Sonst nichts.

»Wie geht es dir?«

Nun fand ihr Blick mich doch, und ich sah die Trauer darin. »Es geht mir nicht gut, Patrick.«

»Ich weiß, das ist alles furchtbar, und es tut mir so unendlich leid, dass du das durchmachen musst, aber die Wahrheit wird ans Licht kommen, und dann wird alles wieder gut.«

Sie hat darauf nicht geantwortet, sondern mich weiterhin nur angeschaut.

Und dann habe ich ihr diese Frage gestellt, die ich mir in den vorangegangenen Tagen immer wieder selbst vorgesagt habe und vor der ich mehr Angst hatte als vor jedem anderen Häftling hier drin.

»Ich muss dich das fragen, weil es mich verrückt macht«, habe ich gesagt und ihren Augen angesehen, dass sie wusste, was kommen würde. »Seit ich hier eingesperrt bin, denke ich an nichts anderes mehr, und ich bitte dich, ehrlich zu mir zu sein.«

Ich weiß noch, dass ich eine Pause machen musste, weil meine Kehle plötzlich so trocken war, dass ich nicht mehr reden konnte. Ich hätte dringend ein Glas Wasser gebraucht, aber diesen Service bietet die JVA nicht.

»Julia … glaubst du mir, wenn ich dir sage, dass ich dieser

Frau nichts angetan habe und dass diese Person, die auf dem Video zu sehen ist, nicht ich bin?«

Sie hat mich angeschaut, als hätte sie die Frage nicht verstanden, und in diesem Moment so ausgesehen, als würde sie anfangen zu weinen, doch ihre Augen blieben trocken.

»Julia, bitte, ich muss das wissen.«

Sie hat mich noch eine Weile wortlos angeschaut, dann ist sie aufgestanden und hat gesagt: »Ich muss gehen.«

Ich wollte sagen, nein, bitte nicht, ich wollte sie anflehen, dass sie bleiben und mit mir reden sollte, dass sie mir bitte, bitte glauben solle, aber ich bekam keinen Ton heraus. Stattdessen habe ich dagesessen und ihr nachgeblickt, wie sie den Raum verlassen hat.

Als sie durch die Tür gegangen ist, habe ich mich gefragt, ob sie wiederkommen würde.

Das tat sie am sechzehnten Tag meines Eingesperrtseins, und dieses Mal lief alles von Anfang an völlig anders ab. Schon als ich das Besucherzimmer betrat, erkannte ich, dass Julia viel gefasster war als bei ihrem ersten Besuch. Sie sah mir entgegen, und aus ihrem Gesicht war die Trauer verschwunden. Das machte mir im ersten Moment Hoffnung. Ich habe tatsächlich geglaubt, sie habe sich so weit von dem Schock meiner Verhaftung erholt, dass sie gemeinsam mit mir dafür kämpfen konnte, meine Unschuld zu beweisen.

Und sie hatte sich wirklich von dem Schock erholt. So sehr, dass sie mir ohne lange Vorrede und mit klarer und fester Stimme erklärte, dass sie sich von mir trennen würde.

30

Bohn fuhr in seine Wohnung nach Marbach, in der er in einem kleinen Raum sein Büro eingerichtet hatte.

Nachdem er sich einen Tee gekocht hatte, setzte er sich an den Computer. Davon ausgehend, dass Patrick Dostert unschuldig war, gab es zwei Fragen, auf die Antworten gefunden werden mussten: Was hatte es mit diesem Video auf sich, und wer konnte ein Interesse daran haben, Patrick Dostert zu schaden? So sehr, dass er vielleicht lebenslang ins Gefängnis wanderte.

Um das Video wollte Göbel sich selbst kümmern. Bohn liebte es, zu recherchieren und dabei genau die Kleinigkeiten aufzuspüren, die von anderen – zum Beispiel der Polizei – übersehen oder für unwichtig befunden worden waren, die aber manchmal wegweisend für den Fall sein konnten.

Es gab einige Kleinigkeiten, die er sich während der Gespräche mit Julia Dostert und Stephan Puhl notiert hatte und die er sich nun näher anschauen wollte.

Nach einem Schluck Tee klappte er seinen Block auf und legte los.

Zwei Stunden später hatte er sich aufgrund dessen, was er *nicht* im Netz gefunden hatte, eine To-do-Liste erstellt, mit der er das Haus verließ und sich wieder auf den Weg machte.

Nach einem erneuten Besuch bei Julia Dostert, der nur wenige Minuten dauerte, führte er von seinem Auto aus ein paar Telefonate und rief dann Göbel an, um ihm einen kurzen Zwischenbericht zu geben. Das hatte er sich im Laufe der Zusammenarbeit mit dem Anwalt angewöhnt, da Göbel immer auf dem neuesten Stand sein wollte, um von keiner Seite eine unliebsame Überraschung zu erleben.

»Ich habe da eine ganz interessante Sache herausgefunden«, erklärte er Göbel.

»Ich bin ganz Ohr.«

»Es geht um Dosterts Nachbarn, die Familie Puhl. Ihr Haus ist eine ziemliche Katastrophe. Das Mauerwerk ist komplett feucht. Die Reparatur ist aber wohl recht teuer, und Puhl versucht seit längerem, etwas anderes zu finden und seine Bude an einen Handwerker zu verkaufen, der die Schäden selbst reparieren kann.«

»Und?«

»Puhl erwähnte, dass Patrick Dostert sehr günstig an sein Haus gekommen ist. Ich habe mir die Adresse des Vorbesitzers besorgt und ihn angerufen. Der musste damals dringend verkaufen, weil er seinen Job verloren hat. Puhl hat das mitbekommen und ihm ein Angebot gemacht, das er mündlich akzeptiert hat. Als es dann um den Vertrag ging, hat der Verkäufer einen Rückzieher gemacht, weil jemand anderes deutlich mehr geboten hat.«

»Komm bitte zum Punkt.«

»Der Job, den der Vorbesitzer verloren hat, war in der Firma, in der Patrick Dostert arbeitet. Und derjenige, der Puhl überboten und das Haus bekommen hat …«

»War Patrick Dostert.«

»Ganz genau. So viel also zum Thema, es gibt niemanden, der einen Grund hätte, auf Patrick Dostert sauer zu sein.«

»Na ja«, sagte Göbel, »dass das ein Grund ist, einen oder sogar zwei Morde zu begehen und Dostert in die Schuhe zu schieben, wage ich zu bezweifeln.«

»Das vielleicht nicht, aber es könnte einer von mehreren Gründen sein. Ich bleibe dran. Wie weit bist du mit dem Video?«

»Ich habe es zwei Gutachtern gegeben, die es sich ansehen, und warte noch auf die Ergebnisse. Was hast du als Nächstes vor?«

»Ich unterhalte mich mit Dosterts Freund Peter Helmstätt.«

»Gut. Viel Erfolg.«

31

Göbel legte das Telefon zur Seite und beschäftigte sich wieder mit dem Bericht der Polizei über die beiden Frauenleichen.

Nach allem, was die Rechtsmediziner herausgefunden hatten, lag der Schluss nahe, dass sie von demselben Täter ermordet worden waren. Beiden Frauen waren vor ihrem Tod massive Verletzungen durch Schläge und Tritte zugefügt worden, bis der Mörder sie schließlich erwürgte.

Es galt also herauszufinden, wer beide Frauen kannte oder zumindest von ihrer Existenz wissen konnte.

Göbel dachte an das Telefonat, das er gerade geführt hatte, und wusste, in welche Richtung er jetzt recherchieren würde.

Eine knappe halbe Stunde später bekam er einen Anruf aus der JVA von seinem Mandanten Patrick Dostert.

»Meine Frau war hier«, begann der Mann hörbar niedergeschlagen. »Sie hat mir gesagt, dass sie sich von mir trennen möchte.«

»Das tut mir leid zu hören.« Göbels Verstand begann sofort zu arbeiten. Er erinnerte sich, was Bohn ihm von seinem Gespräch mit Julia Dostert erzählt hatte. »Wann war das?«

»Heute Morgen, kurz nachdem Sie gegangen sind.«

»Warum rufen Sie mich jetzt erst an?«

Es dauerte eine Weile, bis die Antwort kam. »Weil ich erst jetzt dazu in der Lage bin. Ich habe mit so etwas nicht gerechnet. Ich weiß nicht, was ich tun soll.«

»Ich dachte, Sie führen eine harmonische Ehe. Was hat Ihre Frau als Grund für die Trennung angegeben?«

»Es geht um das Video. Sie glaubt mir nicht mehr, dass ich das nicht bin. Sie …«

Göbel hörte, dass Dostert mehrmals schlucken musste, bevor er weiterreden konnte. »Sie denkt, ich hätte diese Frau tatsächlich misshandelt. Und wahrscheinlich glaubt sie auch, ich hätte sie ermordet. Was soll ich nur tun?«

»Das kommt alles sehr plötzlich. Mein Mitarbeiter war zwar schon bei ihr, aber ich werde mich auch persönlich noch mit Ihrer Frau unterhalten. Vielleicht erfahre ich dabei ein bisschen mehr.«

»Ich befürchte, da gibt es nichts mehr zu erfahren. Meine Frau möchte sich von mir trennen, weil sie mich für einen Mörder hält.«

»Wie gesagt, ich hatte sowieso vor, mich mit ihr zu unterhalten. Zudem lasse ich das Video gerade von zwei unabhängigen Gutachtern prüfen. Vielleicht finden die Anzeichen für eine Fälschung.«

»Und dann?« Patrick Dostert klang vollkommen resigniert.

»Dann können wir nachweisen, dass jemand Beweise manipuliert hat, um Sie verdächtig erscheinen zu lassen. Sie werden aus der U-Haft entlassen, und Ihre Frau sieht, dass Sie wirklich nichts mit der Tat zu tun haben.«

»Und was glauben Sie, wie es dann weitergehen soll?

Julia und ich haben eine wundervolle Ehe geführt, bis das passiert ist. Alles war perfekt. Und dann kommen wir zum ersten Mal in unserem gemeinsamen Leben in eine Situation, in der meine Frau mir zu einhundert Prozent vertrauen muss, auch wenn alles gegen mich spricht. Ist es nicht genau das, was eine Ehe ausmachen sollte? Absolutes und bedingungsloses Vertrauen? Ich hoffe inständig, dass Sie beweisen können, dass das Video eine Fälschung ist. Denn davon hängt höchstwahrscheinlich ab, ob ich unschuldig für viele Jahre eingesperrt werde oder wieder wie ein normaler Mensch weiterleben kann. Aber meine Ehe wird das trotzdem nicht retten können. Weil meine Frau mir nicht vertraut hat und nicht da war, als ich sie am nötigsten brauchte. Und das macht mich im Moment mehr fertig als alles andere. Können Sie das verstehen?«

Göbel dachte an die beiden Ehen, die hinter ihm lagen.

»Das verstehe ich«, sagte er, und das war die Wahrheit.

32

Bohn mochte es, unangekündigt bei den Leuten aufzutauchen, mit denen er sich unterhalten wollte. Das hatte den Vorteil, dass sie nicht lange darüber nachdenken konnten, was er sie fragen würde, und dementsprechend auch keine Zeit hatten, sich Antworten zurechtzulegen.

Er hoffte, dass er Peter Helmstätt zu Hause erreichte, als er sich auf den Weg zu ihm machte.

Bohn war fast angekommen, als Göbel ihn anrief und ihm von seinem Gespräch mit Patrick Dostert berichtete.

»Sie war heute Morgen bei ihm …«, murmelte Bohn, nachdem der Anwalt geendet hatte. »Das also hat sie damit gemeint, dass sie einiges zu erledigen hätte.«

»Was?«

»Wenn sie heute Morgen bei ihrem Mann war, um ihm das zu sagen, dann hat Helmstätt sie vermutlich gefahren.«

»Du hattest doch eh vor, dich mit ihm zu unterhalten.«

»Ja, ich bin auf dem Weg zu ihm. Seltsam, dass sie das nicht erwähnt hat, als ich bei ihr war.«

»Dass sie was nicht erwähnt hat? Dass sie ihrem Mann eröffnet hat, sich von ihm zu trennen? Ich bitte dich. Du bist ein Fremder für sie. Warum sollte sie dir etwas so Intimes sagen?«

»Weil ich so vertrauenswürdig aussehe.«

»Vertrauenswürdig? Wann hast du das letzte Mal in den Spiegel geschaut?«

»Ich melde mich«, sagte Bohn grinsend und beendete das Gespräch.

Er hatte Glück, Peter Helmstätt war zu Hause.

»Ich kenne Sie«, sagte Helmstätt, nachdem Bohn sich vorgestellt hatte. »Ich habe Sie heute vor Julias Haus gesehen.«

»Ja, genau«, bestätigte Bohn.

Helmstätt deutete ins Innere der Wohnung. »Bitte, kommen Sie rein.«

Er lotste Bohn durch einen langen Flur in die geräumige Küche, wo an einer an die Kochinsel angebrachten Theke drei Barhocker standen. »Bitte«, sagte Helmstätt und deutete auf die Hocker. »Ich wollte mir gerade einen Kaffee machen. Möchten Sie auch einen?«

»Danke, nein, ich trinke keinen Kaffee.«

»Tee?«

»Danke, aber ich möchte nichts.«

»Okay. Wie kann ich helfen?«

»Indem Sie mir ein paar Fragen beantworten.«

Während Bohn sich auf einen der Barhocker setzte, startete Helmstätt den Kaffeevollautomaten mit einem Knopfdruck. Bohn wartete, bis das laute Geräusch des Mahlwerks abgeklungen war.

»Beginnen wir mit Ihrer Freundschaft zu Herrn Dostert. Wann und wie haben Sie sich kennengelernt?«

»Als Patrick in der Firma angefangen hat. Wir haben uns recht schnell gut verstanden und uns bald auch privat getroffen.«

»Ich habe gelesen, Herr Dostert ist kaufmännischer Leiter, ich nehme an, das ist eine Art Geschäftsführer. Welche Position haben Sie in der Firma?«

»Ich bin Disponent und kümmere mich um Ablauforganisation und Koordination.«

»Seit wann?«

Helmstätt dachte kurz nach. »Seit acht Jahren.«

»Arbeiten Sie dabei eng mit Herrn Dostert zusammen?«

»Ja, natürlich.«

»Könnte man sagen, er ist Ihr Vorgesetzter?«

»Nein. Also nicht im klassischen Sinn. Er ist der kaufmännische Leiter und hat für manche Dinge die Verantwortung und damit auch das letzte Wort.«

»Also doch?«

»So, wie ich es gerade sagte.«

Bohn kritzelte ein paar Notizen auf seinen Block und achtete dabei darauf, dass Helmstätt nicht sehen konnte, was er schrieb.

»Wie würden Sie Herrn Dostert beschreiben?«

»In der Firma? Patrick macht einen guten Job. Er ist gewissenhaft und verantwortungsbewusst.«

»Und privat?«

Helmstätt zuckte mit den Schultern. »Wir sind befreundet, das sagt doch eigentlich alles.«

»Sie sind auch mit Frau Dostert befreundet?«

»Natürlich.«

Bohn nickte. »So sehr, dass Sie sich jetzt um sie kümmern, während Herr Dostert in Untersuchungshaft sitzt.«

»Selbstverständlich. Dazu sind Freunde doch da, nicht wahr?« Helmstätts Ton hatte sich leicht verändert, Bohn konnte einen Hauch von Trotz mitschwingen hören.

»Sie sind unverheiratet. Haben Sie eine Beziehung?«

»Was? Was tut das denn zur Sache?«

»Ich wüsste es einfach gern.«

»Ich denke zwar, dass Sie das nichts angeht, aber nein, ich habe keine Beziehung.«

»Okay. Herr Dostert hat angegeben, dass er am Abend, an dem das Video entstanden ist, also als Jana Gehlen misshandelt und getötet wurde, erst bei Ihnen war, bevor er dann später zu Gehlens Wohnung gefahren ist. Sie haben ihm aber nicht geöffnet, und Ihre Wohnung war dunkel, soweit er es von außen sehen konnte.«

»Ja, das hat er mir auch gesagt. Ich war aber zu Hause. Ich hatte den Fernseher an und habe offenbar nicht gehört, dass er geklingelt hat.«

»Er hat versucht, Sie telefonisch zu erreichen.«

»Ich habe mein Handy abends so gut wie immer ausgeschaltet, weil ich meine Ruhe haben möchte.«

»Und wie sieht es mit dem Montag davor aus, an dem Yvonne Voigt verschwunden ist? Da war Herr Dostert mit einem chinesischen Geschäftsmann in einem Restaurant. Was haben Sie an diesem Abend gemacht?«

»Das weiß ich genau, weil die Polizei mich das auch schon gefragt hat und ich deshalb in meinem Kalender nachgeschaut habe. Da war nichts Außergewöhnliches, das bedeutet, ich war auch an diesem Abend zu Hause.«

»Gibt es dafür Zeugen?«

»Nein, ich lebe allein.«

Nachdem Bohn sich einige Notizen gemacht hatte, klappte er den Block zu und steckte ihn weg. Dann sah er Helmstätt in die Augen.

»Sie haben Frau Dostert heute Morgen zur JVA Tonna gefahren, nehme ich an. Wussten Sie, was sie ihrem Mann dort sagen würde?«

Helmstätts Blick senkte sich kurz, doch gleich darauf sah er sein Gegenüber wieder an. Bohn glaubte zu erkennen, dass es ihn Überwindung kostete.

»Ja, das wusste ich.«

»Seit wann?«

»Julia hat mir vor ein paar Tagen gesagt, dass sie nicht mehr mit Patrick zusammen sein kann.«

»Und was denken Sie darüber? Patrick Dostert ist Ihr Freund.«

»Und Julia ist meine Freundin. Ich habe versucht, mit ihr zu reden, aber sie hat abgeblockt.«

»Glauben Sie, dass das Video echt ist?«

»Die Polizei ist davon überzeugt.«

»Und was denken Sie?«

Helmstätt schien mit sich zu ringen, bis er schließlich sagte: »Ich weiß es nicht.«

33

Als Bohn Peter Helmstätts Wohnung verließ, warf er einen Blick auf die Notizen, die er sich während des Gesprächs gemacht hatte. Dann sah er auf seine Armbanduhr – kurz vor vier, das passte.

Zwanzig Minuten später betrat er das Gebäude des Unternehmens, für das Patrick Dostert bis vor kurzem als kaufmännischer Leiter gearbeitet hatte.

Als Bohn hinter der Assistentin das Büro des Inhabers betrat, war Jürgen Schürmann deutlich anzusehen, was er von dem Besuch hielt. »Was möchten Sie hier?«, blaffte er auch gleich los, bevor Bohn etwas sagen konnte.

»Ich hätte gern zehn Minuten Ihrer Zeit.«

»Ich habe der Polizei schon alles gesagt, was es zu sagen gibt. Schlimm genug, dass die mehrmals hier herumgelaufen sind und für Gerede unter meinen Mitarbeitern gesorgt haben.«

»Ich gehöre zu der anderen Seite, zu denen, die beweisen wollen, dass Ihr Mitarbeiter keinen Mord begangen hat.«

»Ehemaliger Mitarbeiter! Ich habe Herrn Dostert von dem Moment an freigestellt, als dieses unsägliche Video von ihm im Internet aufgetaucht ist. Vor ein paar Tagen habe ich ihn entlassen, weil er für mein Unternehmen nicht mehr tragbar ist. Ich hatte seit seiner Verhaftung keinen Kontakt mit ihm, kann Ihnen also nicht weiterhelfen.«

»Das weiß ich alles«, antwortete Bohn und blieb vor dem Schreibtisch des Endfünfzigers stehen. »Mir geht es um die Zeit *vor* diesen Anschuldigungen. Ich habe nur ein paar Fragen.«

Schürmann atmete theatralisch geräuschvoll aus. »Fünf Minuten. Beeilen Sie sich.«

Da Schürmann ihn nicht aufgefordert hatte, sich zu setzen, blieb Bohn stehen und stützte die Hände auf die Rückenlehne des Stuhls vor sich. »Haben Sie Patrick Dostert von Beginn an als Geschäftsführer eingestellt?«

»Was hat das denn mit den Morden zu tun?«

»Wenn Sie meine Fragen mit Gegenfragen beantworten, werden wir mit den fünf Minuten nicht hinkommen.«

Schürmann gab ein verächtliches Geräusch von sich. »Also gut. Ja, ich habe Dostert als kaufmännischen Leiter eingestellt.«

»Hatten Sie die vakante Stelle vorher intern ausgeschrieben?«

»Nein.«

»Warum nicht?«

»Weil ich mich dagegen entschieden habe.«

»Gab es denn niemanden in Ihrem Unternehmen, der die Stelle gern gehabt hätte? Jemanden, der die internen Abläufe schon kannte?«

»Genau genommen waren es zwei meiner Angestellten, die die Stelle gern gehabt hätten, ein Mann und eine Frau. Ich hielt beide nicht für geeignet.«

»War der Mann Peter Helmstätt?«

»Ich frage mich zwar immer noch, was das mit diesen Morden zu tun hat, aber ja, das war er.«

»Wie war das Verhältnis zwischen Herrn Helmstätt und Herrn Dostert?«

»Soweit ich das beurteilen kann, gut. Sie sind auch privat befreundet. So gut, dass Frau Dostert vor zwei Wochen hier sogar stundenlang heulend in Helmstätts Büro gesessen und ihn von der Arbeit abgehalten hat.«

»War sie schon öfter hier?«

»Nein, das war das erste und einzige Mal.«

»Vielen Dank, das war's auch schon. Ist es okay, wenn ich mich noch kurz mit Herrn Portmann unterhalte?«

»Portmann? Was wollen Sie denn ausgerechnet von dem? Er und Dostert hatten kaum Berührungspunkte.«

»Nur ein paar allgemeine Fragen. Wo finde ich sein Büro?«

»Also gut. Das ist zwei Zimmer weiter, und danach hoffe ich, Sie hier nie wieder zu sehen. Sie nicht und auch sonst niemanden, der Fragen über Dostert stellen möchte. Es wird Zeit, dass wir in der Firma wieder zur Ruhe kommen und zum Tagesgeschäft zurückkehren.«

»Was mich betrifft, kann ich Ihnen versichern, dass ich nicht vorhabe, ein weiteres Gespräch mit Ihnen zu führen. Vielen Dank für Ihre Hilfe.«

Bohn wandte sich ab und verließ Schürmanns Büro.

Portmann war so, wie Bohn ihn sich nach der Durchsicht von Patrick Dosterts Vernehmungsprotokollen vorgestellt hatte. Dostert hatte Portmann als einen derjenigen benannt, die an seine Unschuld glaubten, und ihn recht gut beschrieben.

Der schmächtige Leiter der Personalabteilung wirkte mit seinem schütteren, dunklen Haar wahrscheinlich älter, als er war. Bohn schätzte ihn auf Anfang fünfzig.

»Mein Name ist Gabriel Bohn«, stellte er sich vor, nachdem er das Büro betreten hatte, in dem neben Portmann noch eine etwa vierzigjährige Frau mit dunkelroten, kurzen Haaren an einem Schreibtisch saß. »Ich arbeite mit dem Rechtsanwalt zusammen, der Patrick Dostert vertritt.«

»Oh, ja«, sagte Portmann und schob die Computertastatur ein Stück weit zurück. »Bitte, was kann ich für Sie tun?«

Die Rothaarige warf erst Portmann und dann Bohn einen Blick zu, dann stand sie auf und verließ wortlos das Büro.

»Sie … ähm … ist nicht gut auf Patrick zu sprechen, seit … Sie wissen schon.«

Bohn nickte. »Ja, ich weiß. Aber das spielt keine Rolle, ich wollte mich sowieso nur mit Ihnen unterhalten.«

»Das dachte ich mir«, erklärte Portmann mit zufriedenem Gesichtsausdruck. »Die Polizei war in der letzten Woche auch schon hier und hat mir Fragen gestellt, weil ich ein Freund von Patrick bin.«

Bohn warf einen Blick durch die offenstehende Bürotür nach draußen. »Es scheint mir, dass mehrere Ihrer Kolleginnen und Kollegen der gleichen Meinung sind wie die Dame, die gerade den Raum verlassen hat.«

»Ja, es wird ziemlich viel über Patrick geredet, und meist ist es nichts Gutes.«

Bohn nickte. »Sie haben sicher alle dieses angebliche Stalker-Video gesehen …«

»Von dem die Polizei fälschlicherweise immer noch behauptet, es sei echt«, fiel Portmann ihm mit grimmiger Miene ins Wort.

»Genau. Da kann man es ihnen doch nicht verübeln, dass sie das glauben, was die Polizei sagt.«

»Ich habe das Video auch gesehen und weiß, dass die Polizei es für echt hält, und glaube trotzdem nicht, dass Patrick zu so etwas fähig ist. Menschenkenntnis, verstehen Sie?«

»Warum eigentlich nicht?«

»Warum ich nicht glaube, dass Patrick so etwas getan haben könnte? Das fragen *Sie* mich? Als jemand, der genau das beweisen möchte?«

»Ja. Wie ich schon sagte, kann ich es Ihren Kolleginnen und Kollegen nicht verübeln, dass sie glauben, was sie auf dem Video hören und sehen. Warum Sie nicht? Wenn ich recht informiert bin, ist Ihr Verhältnis zu Herrn Dostert ja nicht wirklich eng.«

»Was doch deutlich zeigt, dass er sowohl hier im Betrieb als auch im Privaten aufs falsche Pferd gesetzt hat.«

»Wen meinen Sie mit dem *falschen Pferd*? Herrn Helmstätt?«

Portmann beugte sich ein Stück weit über den Schreibtisch und sagte verschwörerisch leise: »Ich werde keinen Namen nennen, aber es hat seinen Grund, dass ich Patrick gewarnt habe, er soll nicht alles glauben, was vermeintliche Freunde ihm sagen, und vielleicht mal in Betracht ziehen, dass manche Dinge anders sind, als sie scheinen.«

»Hm … das hilft mir nur leider nicht weiter. Da müssen Sie schon etwas konkreter werden.«

Portmann verzog das Gesicht zum Zeichen, wie sehr er mit sich rang, bis er schließlich den Kopf schüttelte: »Mehr sage ich nicht dazu.«

34

Als Bohn wieder in seinem Auto saß, zog er seinen Block hervor und blätterte zu der Seite mit den Notizen, die er sich bei seinem ersten Besuch bei Julia Dostert gemacht hatte.

Als er gefunden hatte, was er suchte, rief er Conny Baumann, die Freundin von Julia, an.

»Hier spricht Gabriel Bohn«, sagte er, als sie das Gespräch angenommen hatte. »Ich arbeite für den Verteidiger von Patrick Dostert und hätte ein, zwei Fragen.«

»Ja, bitte?«

Born arbeitete schon eine Weile mit Göbel zusammen und hatte im Laufe der Zeit ein Gespür für menschliche Reaktionen entwickelt. Dieses *ja, bitte* kam viel zu schnell und zu selbstverständlich.

»Ich gehe davon aus, die Polizei hat Sie auch schon kontaktiert.«

»Ähm … nein. Warum sollte sie das tun?«

»Weil Frau Dostert angegeben hat, dass sie vor drei Wochen am Montagabend mit Ihnen zusammen war.«

»Ja, das stimmt. Wir waren erst zum Essen in einer Pizzeria und danach noch etwas trinken. Um kurz vor eins war ich wieder zu Hause.«

»Würden Sie mir bitte die Namen der Pizzeria und der Bar nennen, in der sie waren?«

»Ja, sicher.« Sie nannte ihm die Namen, ohne darüber nachdenken zu müssen.

»Vielen Dank, das war's auch schon. Ach, eine Frage noch: Sind Sie verheiratet?«

»Nein, aber ich habe einen Lebensgefährten, warum?«

»Ach, nur so, vielen Dank.«

Bohns nächster Anruf galt wieder Göbel, den er über den aktuellen Stand seiner Ermittlungen in Kenntnis setzte.

»Diese Andeutungen von Portmann könnten auf Peter Helmstätt abzielen«, resümierte der Anwalt, nachdem Bohn seinen Bericht abgeschlossen hatte.

»So hat es auch für mich geklungen.«

»Es könnte sich aber auch auf den Chef der Firma beziehen. Der hat Dostert schließlich schon fallenlassen wie eine heiße Kartoffel, als das angebliche Stalker-Video aufgetaucht ist.«

»Ein Gefühl sagt mir, dass Portmann nicht seinen Chef meinte.«

»Da fällt mir ein, mit welchen Worten Julia Dostert dir gegenüber die Beziehung zu ihrem Mann beschrieben hat. Sagte sie nicht, er sei ihr gegenüber sehr aufmerksam, würde ihr am Wochenende Kaffee ans Bett bringen, keinen Hochzeitstag vergessen und ihr jeden Wunsch von den Lippen ablesen? Und dass er bei Meinungsverschiedenheiten recht schnell einlenkt, er sie noch nie angeschrien hat und Wert darauf legt, dass sie respektvoll miteinander umgehen.«

»Stimmt genau, und dabei fällt mir wieder einmal auf, wie bizarr ich dieses Gedächtnisding von dir finde.«

»Was sie da gesagt hat, klingt alles ganz toll.« Göbel

ignorierte die Anspielung auf sein außergewöhnliches Gedächtnis, wie er es meistens tat. »Aber da fehlt etwas. Nämlich Liebe und Leidenschaft.«

»Okay, jetzt wo du es sagst … Das stimmt zwar, aber in Anbetracht der Tatsache, dass sie sich von ihm trennen möchte, ist es dann doch nicht so verwunderlich.«

»Genau das meine ich, Gabriel. So, wie es bisher für mich geklungen hat, ist der Grund für ihren Trennungswunsch dieses Video und damit einhergehend der Gedanke, ihr Mann könne tatsächlich der Täter sein. Die Beschreibung ihrer Beziehung deutet aber darauf hin, dass sie wohl schon vorher etwas in ihrer Ehe vermisst hat.«

»Liebe und Leidenschaft«, sagte Bohn.

»Eben. Übrigens hatte ich gerade einen Anruf von Dr. Biermann, das ist einer der beiden Spezialisten, denen ich das Video zur Analyse gegeben habe. Er sagte, er würde eine Fälschung zwar nicht kategorisch ausschließen, konnte aber keinen Hinweis dafür finden.«

»Shit!«

»Ja, aber noch steht das zweite Gutachten aus, und davon erhoffe ich mir ein differenziertes und vor allem sicheres Ergebnis, warten wir also ab.«

»Wo hast du das zweite in Auftrag gegeben?«

»Bei Professor Paul Görthing vom strategischen Forschungsfeld Künstliche Intelligenz im Fraunhofer Institut.«

»Hoppla … gleich Fraunhofer. Ich stelle wieder einmal fest, dass du über hervorragende Kontakte verfügst.«

»Das Leben ist ein Geben und Nehmen.«

»Wohl wahr. Und was ist, wenn dieser Professor zu dem gleichen Ergebnis kommt?«

»Dann haben wir ein Problem.«

»Ein Problem?« Bohn stieß ein kurzes Lachen aus. »Findest du nicht, das Wort *Katastrophe* würde es besser beschreiben?«

»Nein, ich bleibe bei *Problem*. Was hast du als Nächstes vor?«

»Ich folge einem Gefühl.«

»Das da wäre?«

»Das kann ich dir bald sagen, aber zuerst brauche ich noch eine Adresse von dir.«

Nachdem Göbel die gewünschte Adresse herausgesucht hatte, bedankte Bohn sich und versprach, sich bald wieder zu melden, dann legte er auf und fuhr los.

Als er vor dem Zweifamilienhaus ankam, war es kurz vor halb sechs. Bohn stieg aus und klingelte im Erdgeschoss, woraufhin ihm ein Mann Mitte dreißig öffnete und ihn fragend ansah.

»Mein Name ist Gabriel Bohn, ich arbeite mit dem Verteidiger von Patrick Dostert zusammen. Ich gehe davon aus, der Name sagt Ihnen etwas?«

»Ja, klar«, entgegnete der Mann. »Und was wollen Sie hier?«

»Sie sind der Lebensgefährte von Frau Baumann?«

»Richtig. Und?«

»Dürfte ich Ihren Namen erfahren?«

»Ich heiße Nicolas Winter, warum?«

»Ist Frau Baumann zu Hause?«

»Was wollen Sie von ihr?«

»Es geht um den Montag vor drei Wochen«, erklärte Bohn bereitwillig. Dass der Mann ihn fragte, kam ihm sehr entgegen, und er beobachtete sein Gesicht genau, als er sagte: »An diesem Montag war Ihre Lebensgefährtin mit Frau Dostert bis spät in die Nacht zusammen, und ich habe noch ein paar Fragen an sie, weil sie vielleicht bei einer Gerichtsverhandlung als Zeugin geladen wird, wo sie unter Eid aussagen muss.«

Der Mann zeigte prompt die Reaktion, auf die Bohn gehofft hatte: Überraschung.

»Moment, ich verstehe nicht … Gericht? Eine Aussage unter Eid? Wovon, zum Teufel, reden Sie?«

»Von einem Mordprozess, aber vielleicht besprechen wir das gemeinsam mit Frau Baumann?«

»Würden Sie sich bitte zuerst mal ausweisen? Schließlich kann jeder behaupten, für einen Rechtsanwalt zu arbeiten.«

»Da haben Sie recht.« Bohn zog seinen Personalausweis hervor und hielt ihn Winter entgegen.

»Der Verteidiger von Herrn Dostert ist Dr. Johannes Göbel von der Kanzlei Dr. Brunner, Dr. Keipel und Partner. Rufen Sie dort an und erkundigen Sie sich nach mir, wenn Sie möchten.«

Winter warf einen eingehenden Blick auf den Ausweis, dann nickte er. »Schon gut. Kommen Sie rein.«

Als Bohn hinter Nicolas Winter durch die Wohnzimmertür auf die kleine Terrasse trat, stellte seine Lebensgefährtin gerade ein Glas Weißwein auf dem Tisch ab und sah den beiden überrascht entgegen.

»Conny, das ist Herr …«, begann Winter, drehte sich dann aber fragend zu Bohn um.

»Gabriel Bohn. Wir haben telefoniert.«

»Was wollen Sie hier?«, entgegnete Conny Baumann ein wenig erschrocken. »Ich habe Ihnen alles gesagt, lassen Sie mich bitte in Ruhe.«

»Er sagt, du musst in einem Mordprozess aussagen. Unter Eid. Klärst du mich vielleicht mal auf? Worum geht es?«

»Ich …«, setzte Baumann an und sprang nervös aus dem gepolsterten Gartenstuhl auf. »Es … geht um Julias Mann. Ich habe Herrn Bohn schon alles gesagt, was ich über ihn weiß.« Damit wandte sie sich wieder an Bohn. »Gehen Sie jetzt bitte.«

Winter hob die Hand und wandte sich an Bohn. »Moment mal. Sie sagten etwas von einem Montag vor drei Wochen.«

Bohn nickte. »Genau. Das war der Abend, an dem Frau Baumann gemeinsam mit Frau Dostert zum Essen und dann bis ein Uhr nachts in einer Bar war.«

Winters Blick richtete sich irritiert auf seine Freundin. »Wovon spricht er? Wann warst du bis um eins unterwegs?«

»Ich … ich«, stammelte sie, dann schossen ihr Tränen in die Augen, und sie senkte den Kopf. »Ach verdammt, ich kann das nicht. So war das nicht gedacht.«

»Was war so nicht gedacht?«, hakte Winter nach, während Bohn den Dialog wortlos verfolgte.

»Julia hat mich darum gebeten, zu sagen, dass ich mit ihr an diesem Montag zum Essen verabredet war. Es tut mir leid. Diese furchtbare Sache mit ihrem Mann kam doch erst später. Das konnte ich nicht ahnen, sonst hätte ich mich nie darauf eingelassen.«

»Aber …« Winter schüttelte den Kopf. »Ich verstehe das

nicht. Julia wollte, dass du für sie lügst? Warum? Und vor allem – warum hast du das getan?«

»Es war nur ein Gefallen, mehr nicht. Sie sagte, sie hat etwas anderes vor, und wollte nicht, dass ihr Mann davon erfährt. Ich konnte doch nicht ahnen, dass so etwas daraus wird. Sie ist meine Freundin.«

»Und da hast du …«, begann Winter, brach aber erneut kopfschüttelnd ab.

»Und Sie haben nicht nachgefragt, warum Sie für Frau Dostert lügen sollten?«, wollte Bohn wissen.

Baumann wischte sich mit dem Unterarm die nassen Spuren aus dem Gesicht und zog die Nase hoch. »Natürlich habe ich gefragt. Julia sagte, es wäre nichts Schlimmes, aber sie wolle mich damit nicht belasten und ich solle nicht weiter nachfragen.«

»Und damit haben Sie sich zufriedengegeben?«

»Ja. So was nennt man Freundschaft.«

»Da kann man unterschiedlicher Auffassung sein«, entgegnete Bohn grimmig. »Ein Mann sitzt unter Mordverdacht in Untersuchungshaft, und die Staatsanwaltschaft ist fest entschlossen, ihn einzusperren. Und Sie geben seiner Frau ein falsches Alibi für einen Schlüsselzeitraum in diesem Fall und wissen nicht, was sie vertuschen will?«

»Ich wusste doch nicht, dass …« Wieder brach sie in Tränen aus, woraufhin Winter einen Schritt auf sie zu machte und sie in den Arm nahm. An Bohn gewandt sagte er dann: »Ich denke, es ist besser, wenn Sie jetzt gehen.«

Bohn nickte. »Das tue ich, aber stellen Sie sich darauf ein, dass die Polizei hier auftauchen wird, wenn die Ermittler erfahren, dass Frau Baumann gelogen hat.«

35

»Ich komme mit«, entschied Göbel, nachdem Bohn ihm von seinem erneuten Gespräch berichtet und ihm mitgeteilt hatte, dass er sich als Nächstes mit Julia Dostert über besagten Montagabend unterhalten würde.

»Soll ich dich abholen?«

»Nein, ich fahre selbst. Wir treffen uns dort in zwanzig Minuten. Falls ich noch nicht da sein sollte, warte bitte auf mich.«

Als Julia Dostert ihnen die Tür öffnete, stieß sie einen verzweifelten Seufzer aus. »Was wollen Sie denn schon wieder?« Und mit einem Blick auf Göbel, der in seinem dunklen Anzug mit weißem Hemd, Weste und Krawatte einen deutlichen Kontrast zu Bohn bildete: »Und wer sind Sie?«

»Göbel ist mein Name. Ich bin der Verteidiger Ihres Mannes.«

»Und warum kommen Sie jetzt noch mal zu zweit, nachdem ich Herrn Bohn schon alles erzählt habe, was er wissen wollte?«

»Weil Sie mich belogen haben«, stellte Bohn ruhig fest und fügte hinzu: »Und nicht nur mich.«

»Was meinen Sie damit?«

»Herr Bohn kommt gerade von Ihrer Freundin, Conny

Baumann, und hat sich mit ihr über den Montagabend unterhalten, an dem Sie nach Ihrer Aussage mit ihr in einem Restaurant und einer Bar waren«, erklärte Göbel. »Wollen wir das hier draußen klären, oder dürfen wir reinkommen?«

Sichtlich blasser trat Julia Dostert zur Seite und ließ die beiden ins Haus.

»Wo waren Sie wirklich an diesem Montagabend?«, begann Göbel ohne Umschweife, sobald sie im Wohnzimmer angekommen waren. »Und mit wem?«

»Wieso? Das wissen Sie doch.«

Göbel sah sie streng an. »Es gibt zwei Möglichkeiten, Frau Dostert. Entweder Sie sagen *uns* die Wahrheit oder aber der Polizei, die wir gleich zu Ihnen schicken. Allerspätestens aber vor Gericht werde ich Sie als Zeugin aufrufen und unter Eid stellen lassen. Und dann …«

»Ja, ist ja schon gut«, fuhr Julia Dostert auf. »Ich habe verstanden.« Dann, nach einigen Sekunden der Stille, sprach sie wieder ruhiger weiter. »Jetzt spielt es sowieso keine Rolle mehr. Ich konnte doch nicht ahnen, dass ausgerechnet dieser Abend … Ich habe mich mit jemandem getroffen, von dem Patrick nichts wissen sollte.«

»Mit wem?«, hakte Göbel sofort nach.

Als sie nicht antwortete, sagte er: »Peter Helmstätt?«

Noch bevor Julia Dostert zu einer Antwort ansetzen konnte, war für Bohn und Göbel klar, dass sie ins Schwarze getroffen hatten.

»Frau Dostert?«

»Ich … ja, es war Peter.«

»Haben Sie und Herr Helmstätt ein Verhältnis?«, fragte

Göbel wenig überrascht, woraufhin sie ihn erschrocken ansah.

»Wie kommen Sie denn darauf? Peter ist ein Freund, der sich die ganze Zeit sehr rührend um mich kümmert. Wir haben uns einfach nur getroffen.«

»Haben Sie?«

Schließlich nickte sie stumm.

»Seit wann?«

»Noch nicht lange. Einen Monat.«

»Helfen Sie mir kurz«, forderte Göbel sie auf und verschränkte die Hände hinter dem Rücken. »Sie beschreiben Ihren Mann als absolut aufmerksam und zuvorkommend, als jemanden, der großen Wert auf Harmonie legt und Ihnen im Grunde jeden Wunsch von den Augen abliest. Gleichzeitig haben Sie ein Verhältnis mit seinem besten Freund und trennen sich ausgerechnet in dem Moment von Ihrem Mann, in dem er Sie mehr bräuchte als jemals zuvor.« Göbel legte die Stirn in Falten. »Ich versteh's nicht, erklären Sie es mir.«

Julia Dostert ließ sich auf einen Stuhl neben dem Esstisch sinken und sagte mit leiser Stimme: »Das, was ich über Patrick gesagt habe, stimmt. Er ist genau so, wie ich ihn charakterisiert habe. Und das ist ja das Problem. Er ist so … Ich weiß gar nicht, wie ich es beschreiben soll. Es gibt bei ihm keine spontanen Gefühlsausbrüche. Genauso wenig, wie er sich über etwas aufregt, wenn wir eine Meinungsverschiedenheit haben, zeigt er leidenschaftliche Gefühlsregungen in die andere Richtung. Er umarmt mich oft, wenn er nach Hause kommt, und sagt mir etwas Nettes. Aber mich spontan an sich gezogen und leidenschaftlich geküsst, das hat er noch nie. Er würde nie einfach so etwas Verrücktes tun. Er sagt mir, dass er mich liebt, aber er sagt es so, als erzählte er mir, dass er im Baumarkt ein Schnäppchen entdeckt hat.«

Sie machte eine Pause, in der weder Bohn noch Göbel etwas erwiderten. »Mir hat in der Ehe mit Patrick die Leidenschaft gefehlt, verstehen Sie das? In jeder Hinsicht. Erst dachte ich, ich käme damit klar, immerhin hatte ich einen Mann, der sich mir gegenüber immer korrekt verhielt und mich auf andere Art verwöhnte, aber ... aber dann kam Peter, und er hat ...«

»Gut«, unterbrach Göbel sie, »das reicht mir schon zum Verständnis. Aber es ändert nichts daran, dass Sie alle belogen haben, als es um einen Abend ging, an dem Ihr Mann kein Alibi hat.«

»Aber was ändert es denn, ob ich an dem Abend mit Conny oder mit Peter zusammen war? So oder so könnte ich nicht bezeugen, wann Patrick nach Hause gekommen ist.«

Göbel warf Bohn einen Blick zu, woraufhin der erklärte: »Das Problem ist, dass Sie nicht die Wahrheit gesagt haben. Woher sollen wir oder die Polizei wissen, dass Sie uns nur in diesem Punkt belogen haben?«

Als sie kurz darauf das Haus verlassen hatten, rief Göbel Kriminalhauptkommissar Lomberg von der Kripo Weimar an. Die Nummer hatte er sich bereits bei der Durchsicht der Ermittlungsakten auf dem Smartphone gespeichert.

»Göbel hier«, meldete er sich knapp. »Ich vertrete Herrn Dostert und habe eine Frage an Sie.«

»Ich weiß, wer Sie sind. Was wollen Sie?«

»Wissen Sie, wer Conny Baumann ist?«

»Nein, warum?«

»Das dachte ich mir. Das erklärt nämlich, warum Sie sich bei Ihren Ermittlungen nicht mit ihr unterhalten haben. Frau Baumann ist die Freundin von Frau Dostert, mit der sie angeblich an dem Montag zusammen war, an dem ihr Mann mit dem Chinesen Essen ging.«

»Ich erinnere mich an den Namen. Und?«

»Hätten Sie sich mit Frau Baumann unterhalten, dann wüssten Sie mittlerweile vielleicht, dass Frau Dostert gelogen hat.«

»Gelogen? Inwiefern?«

»Eigentlich sollte ich Sie das selbst herausfinden lassen, aber da ich sowieso schon einen Teil Ihrer Arbeit gemacht habe, kann ich es Ihnen auch sagen. Frau Dostert war an diesem Abend nicht mit ihrer Freundin Conny Baumann zusammen, sondern mit Peter Helmstätt, mit dem sie seit einiger Zeit ein Verhältnis hat.«

Es vergingen einige Sekunden, bis Lomberg sagte: »Und? Was ändert das?«

Göbels Gesicht verzog sich zu einem Grinsen. Lomberg wusste genau, was das bedeutete, aber es machte Göbel Spaß, es ihm zu erklären.

»Das bedeutet erstens, dass Frau Dostert die Polizei in dieser Sache angelogen hat und dass man nicht ausschließen kann, dass sie das auch an anderer Stelle getan hat. Zweitens heißt es, dass ein Liebesverhältnis ein klassisches Motiv ist, entweder, um selbst eine Tat zu begehen, oder, um sie jemand anderem in die Schuhe zu schieben. Und drittens sagt uns das, dass Sie als leitender Ermittler Ihre

Hausaufgaben nicht gemacht und offensichtlich nur in eine Richtung ermittelt haben, um meinem Mandanten einer Tat beschuldigen zu können, die er nicht begangen hat. Eine Tatsache, die auch für die Staatsanwaltschaft von Interesse sein dürfte.«

»Sie vergessen das Video, Herr Anwalt.«

»Nein, das tue ich nicht. Ich fange ja gerade erst an zu ermitteln und bin in wenigen Stunden schon weiter, als Sie es nach fast drei Wochen sind. Ich wünsche Ihnen noch einen angenehmen Abend, während ich Ihre Arbeit erledige.«

Göbel steckte das Handy in die Innentasche seines Sakkos und öffnete die Tür seines Autos.

»Und jetzt fahren wir gemeinsam zu Helmstätt?«, erkundigte sich Bohn.

»Nein. Fahr nach Hause und genieß deinen Feierabend. Überlassen wir es Kriminalhauptkommissar Lomberg, sich mit dem besten Freund von Patrick Dostert zu unterhalten. Ich denke, das hat einen größeren Effekt für alle Beteiligten. Komm mich morgen früh um Viertel nach sieben abholen, dann besuchen wir Herrn Dostert.

Ich fahre jetzt auch nach Hause und lasse mit einem schönen Whiskey den Tag ausklingen. Ich hoffe, morgen erfahren wir mehr über das Video.«

Ich erinnere mich noch sehr gut an den Morgen, als Dr. Göbel schon um acht Uhr im Besucherzimmer des Gefängnisses auf mich wartete.

Als ich den Raum betrat, war ich überrascht, weil er nicht allein war. Der Mann neben ihm sah mit seinen mittellangen Haaren, der ausgebleichten Jeans und der schwarzen Lederjacke nicht so aus, als könnte er in irgendeiner Beziehung zu dem stets elegant gekleideten und korrekt frisierten Rechtsanwalt stehen.

Nachdem Göbel mir erklärt hatte, wer Gabriel Bohn war und was er tat, legte sich ein Schatten über das Gesicht des Anwalts, der mich nichts Gutes ahnen ließ. Göbel wartete, bis ich Platz genommen hatte, dann erklärte er mir, dass Bohn etwas herausgefunden hatte, das mir nicht gefallen würde.

Und dann hat er es mir gesagt.

Ich habe grundsätzlich verstanden, was die Worte bedeuteten, aber da war etwas in mir, das sich partout weigerte anzuerkennen, dass es bei dem, was ich gerade gehört hatte, um Julia und mich ging.

Sicher, die Situation war nicht so ungewöhnlich, man hörte immer wieder davon, dass Beziehungen auseinandergingen, weil einer der beiden ein Verhältnis hatte, das irgendwann aufflog. Aber doch nicht Julia. Mit Peter. Meine Frau mit meinem besten Freund.

Ich weiß noch, dass ich in diesem Moment alle Energie aufbringen musste, um aufrecht sitzen zu bleiben und nicht heulend zusammenzuklappen. Alles in mir wollte, dass ich meinem Schmerz Luft machte.

Bei alldem, was passiert ist, war das der mit Abstand schlimmste Moment für mich. Mein absoluter Tiefpunkt.

Sicher hätte die Erkenntnis, dass Julia ein Verhältnis mit Peter hatte, mir zu jeder Zeit den Boden unter den Füßen weggezogen, aber in diesem Moment konnte es nicht mehr schlimmer werden.

Ich wurde zu Unrecht des Mordes an einer Frau beschuldigt und eingesperrt, hatte daraufhin erst meinen Job und danach meine Frau verloren, um dann zu erfahren, dass ich schon in der Zeit, als ich dachte, rundum glücklich und zufrieden zu sein, in einer Scheinwelt gelebt hatte, weil ich Julia in Wahrheit bereits verloren hatte, bevor dieser ganze Wahnsinn losgegangen ist.

Und das ausgerechnet an den Mann, der vorgab, mein Freund zu sein. Das konnte, das durfte doch nicht sein.

In meiner absoluten Verzweiflung habe ich Dr. Göbel angeschaut und ihm gesagt, dass er sich geirrt haben musste. Nein, ich habe ihn angefleht einzuräumen, dass er irrte, aber er hat nur mit einem mitleidigen Blick den Kopf geschüttelt.

Ich habe die Augen geschlossen, um die Tränen zurückzuhalten, und plötzlich war dieses Bild da, wie die beiden nackt auf dem Bett lagen und Peter den Körper meiner Frau streichelte und küsste und ihr etwas ins Ohr flüsterte …

Ich weiß noch, dass Dr. Göbel mir irgendwelche Fragen gestellt hat, deren Sinn mich nicht interessierte, und dass ich irgendwann einfach aufgestanden bin, eine Entschuldigung in Göbels Rich-

tung gemurmelt habe und mich zurück in meine Zelle bringen ließ.

Kurz darauf habe ich auf meiner Pritsche gelegen und beschlossen, dass es nun ganz egal war, ob ich verurteilt wurde oder nicht. Alles war jetzt egal.

36

Auf dem Weg zurück in die Kanzlei erhielt Göbel einen Anruf von Professor Görthing vom Fraunhofer Institut, der ihn darüber informierte, dass er bei der Analyse des Videos eine Entdeckung gemacht hatte.

»Was genau ist Ihnen aufgefallen?«, hakte Göbel nach, woraufhin der Professor ihn um ein Zoom-Video-Meeting in einer Stunde bat, damit er es ihm zeigen konnte. Göbel bestätigte den Termin und beendete das Gespräch.

»Warum sagt er nicht einfach, was er entdeckt hat?«, fragte Bohn, nachdem Göbel aufgelegt hatte und ihn darüber informierte, was der Professor ihm gerade mitgeteilt hatte.

Göbel grinste. »Weil es Görthing ist. Er ist ein brillanter Kopf, aber er braucht auch die Showbühne. Es wundert mich, dass er nicht noch andere Wissenschaftler und seine Studenten zu dem Zoom-Meeting eingeladen hat, damit sie sehen können, was er wieder geleistet hat.«

»Weißt du's?«, warf Bohn schmunzelnd ein.

»Nein. Ich bin gespannt.«

Nachdem sie eine Weile schweigend weitergefahren waren, sagte Bohn: »Für Dostert kommt es ja gerade knüppeldick. Er kann einem wirklich leidtun.«

»Einerseits – ja. Andererseits hat die Situation für ihn zumindest eine positive Seite: Die Blase um ihn herum platzt gerade, und er erkennt, wie die Menschen in seinem Leben tatsächlich zu ihm stehen.«

Bohn warf Göbel einen kritischen Blick zu. »Und das soll positiv sein?«

»Ja. Wenn es uns gelingt zu beweisen, dass er unschuldig ist, kann er einen dicken Strich unter alles ziehen und noch mal von vorn anfangen.«

»Dazu sollte er aber von hier wegziehen. Du weißt, wie die Leute sind. Selbst wenn wir seine Unschuld beweisen können, wird dieses Stalker-Video weiter im Netz kursieren. Da bleibt immer was haften.«

»Ja, ich weiß. Dennoch finde ich es grundsätzlich besser zu wissen, wo man steht. Auch, wenn das manchmal schmerzhaft ist.«

Bohn konnte sich denken, dass Göbel aus eigener Erfahrung sprach, gerade, was die Ehe betraf. Sie hatten nie darüber geredet, und Bohn würde einen Teufel tun, Göbel danach zu fragen.

»Setz mich bitte zu Hause ab«, unterbrach der Anwalt Bohns Gedanken. »Und dann könntest du dich noch mal mit der Familie Puhl unterhalten. Diese Geschichte mit dem Haus solltest du genauer überprüfen.«

»Klar, mache ich, aber wie du schon sagtest, kann das kein Grund für einen Mord sein.«

»Das nicht, aber je mehr Unsicherheit wir hinsichtlich Dosterts Schuld erzeugen können, umso besser ist es. Vor allem, wenn wir – falls es zu einer Verhandlung kommt – dem Richter zeigen können, dass der gute Herr Kriminalhauptkommissar bei seiner Ermittlungsarbeit offensichtlich immer dann blind war, wenn es um andere Motive ging. Ich wette, von dieser Hausgeschichte weiß er auch nichts. Unterhalte dich einfach noch mal mit den Leuten, vielleicht ergeben sich aus dem Gespräch ja doch noch neue Aspekte, die Herr Lomberg ebenfalls nicht beachtet hat.«

Göbels Telefon klingelte. Es war seine Assistentin, die ihm mitteilte, dass sie eine Frau in der Leitung habe, die ihn unbedingt sprechen wolle. »Sie sagt, es geht um Patrick Dostert und ist wichtig. Ihren Namen wollte sie mir nicht verraten, und sie möchte auch nur mit Ihnen persönlich reden. Soll ich sie durchstellen?«

»Ja, bitte.«

»Göbel«, meldete er sich, nachdem ein Klicken darauf hindeutete, dass er mit der Frau verbunden war. »Mit wem spreche ich?«

»Mein Name ist nicht wichtig«, sagte eine Frau, deren Stimme Göbel nicht kannte. »Es geht um Patrick Dostert. Sie dürfen ihn nicht verteidigen.«

»Ich darf nicht? Und warum darf ich das nicht?«

»Weil er schuldig ist.«

»Woher wissen Sie das?«

»Glauben Sie mir, ich weiß, wovon ich rede. Er ist ein Psychopath, der sich sehr gut verstellen kann. Wenn Sie dafür sorgen, dass er freigesprochen wird, dann sind Sie schuld daran, dass er weiterhin Frauen misshandeln oder sogar umbringen kann.«

»Nun, wenn ich das, was Sie sagen, ernst nehmen soll, müssen Sie sich schon zu erkennen geben.«

»Nein.«

»Dann tut es mir leid, aber auf Anschuldigungen von jemandem, die nicht einmal bereit ist, mir ihren Namen zu sagen, kann ich leider nichts geben.«

»Nein, Ihnen wird es leidtun, wenn Sie ihn wirklich freibekommen. Er ist ein Monster, das müssen Sie mir glauben. Ich bitte Sie inständig, verteidigen Sie ihn nicht.«

»Wie schon gesagt, kann ich …«

Es klickte in der Leitung, und das Gespräch war beendet.

»Was war das denn?«, wollte Bohn wissen.

»Jemand, die versucht hat, mich davon zu überzeugen, dass Dostert schuldig ist und ich ihn nicht vertreten soll.«

»Hm … was ist mit der Stimme?«

»Noch nie gehört.«

Göbel drückte eine Kurzwahltaste und hatte gleich darauf seine Assistentin am Apparat.

»Dieses Telefonat gerade … War die Nummer unterdrückt?«

»Ja.«

»Dachte ich mir. Danke.«

Göbel legte auf und steckte sein Smartphone wieder ein.

»Anonym.«

»Und? Was hältst du davon?«

»Nicht viel. Sie hat behauptet, Dostert sei ein Psychopath und sie wisse, wovon sie rede. Ihren Namen wollte sie mir aber nicht sagen.«

»Ich habe gerade spontan ein Bild vor Augen.«

»Eine Frau mit schwarzer Perücke und riesiger Sonnenbrille?«

Bohn nickte. »Wir sind ein gutes Team.«

Eine Dreiviertelstunde später klingelte Bohn an der Haustür von Dosterts Nachbarn. Während der Fahrt hatte er über den Anruf nachgedacht, den Göbel erhalten hatte. Wenn diese Frau tatsächlich mitverantwortlich dafür war, dass Dostert beschuldigt wurde, wirkte diese Warnung recht plump im Vergleich zu den Inszenierungen, die bisher stattgefunden hatten.

Bohn wusste, dass Göbel jetzt in seinem Büro saß und sich ganz ähnliche Gedanken machte. Vielleicht hatte er ja eine Idee, was es mit dem Anruf auf sich haben konnte.

Marveen Puhl sah Bohn skeptisch an, als sie öffnete.

»Mein Mann ist bei der Arbeit«, erklärte sie, bevor Bohn etwas sagen konnte.

»Ach, das trifft sich ganz gut, bei meinem Besuch gestern hatten wir beide ja keine Gelegenheit, uns zu unterhalten. Haben Sie einen Moment für mich?«

Es war offensichtlich, dass sie gern *nein* gesagt hätte, aber vermutlich fiel ihr kein passender Grund dafür ein, also nickte sie und ließ ihn eintreten.

»Ich möchte Sie gar nicht lange aufhalten«, begann Bohn ohne Umschweife. »Es geht um Ihr Haus.«

»Um unser Haus?«

»Ja, besser gesagt, um das Haus der Familie Dostert.«

Bohn sah ihr an, dass sie genau wusste, worauf er hinauswollte.

»Was ist mit dem Haus?«

»Frau Puhl, können wir die Spielchen bitte sein lassen? Ich bin nicht von der Polizei und auch niemand, den Ihre privaten Dinge interessieren, aber ich arbeite daran, herauszufinden, ob Patrick Dostert tatsächlich ein Mörder ist oder ob er unschuldig im Gefängnis sitzt. Und deshalb wäre ich Ihnen sehr dankbar, wenn wir offen miteinander reden könnten.«

»Okay.« Sie deutete auf einen Sessel und setzte sich auf die Couch.

»Sie wollten das Haus kaufen, aber Patrick Dostert hat es Ihnen vor der Nase weggeschnappt, richtig?«

Sie zuckte mit den Schultern. »Ja, und? Er hat den Vorbesitzer gekannt und hat ihm mehr geboten. So ist das eben.«

»Das war ärgerlich für Sie, oder?«

»Ja, war es«, bestätigte sie trotzig. »Unsere finanziellen Mittel sind beschränkt, und das wäre eine Möglichkeit gewesen, mit unseren Kindern aus dieser feuchten Bude herauszukommen. Das hat Patrick mit seinem Deal durch die Hintertür verhindert.«

»Und trotzdem sind Sie mit Patrick und Julia Dostert gut befreundet.«

Für einen Moment schien sie zu überlegen, was sie darauf antworten sollte. Schließlich sagte sie: »Julia ist meine Freundin.«

»Aber Ihr Mann und Patrick Dostert …«

»Sie geben keine Ruhe, oder? Sie wollen unbedingt alles bis ins kleinste Detail wissen?«

Bohn nickte. »Ja, das ist mein Job. Es geht dabei nicht darum, dass ich neugierig bin, sondern darum, einen unschuldigen Mann davor zu bewahren, viele Jahre seines Lebens hinter Gittern zu verbringen. Und das ist genau der Punkt, den Sie bitte auch nicht vergessen sollten, egal, wie Sie zu Patrick Dostert stehen.«

»Also gut, was soll's. Stephan ist eher mit Julia befreundet als mit ihrem Mann. Mittlerweile kommt er zwar auch mit Patrick einigermaßen klar, aber wirkliche Freunde werden die beiden sicherlich nie. Diese Sache steht immer zwischen ihnen.«

»Weiß Herr Dostert das?«

»Was?«

»Wie Ihr Mann in Wahrheit zu ihm steht?«

»Nein, ich denke nicht. Warum auch?«

»Das heißt, diese Sache wurde nie zwischen Ihnen besprochen?«

»Was würde das bringen, außer dass das Verhältnis zwischen uns schlechter wird und darunter vielleicht sogar meine Freundschaft zu Julia leidet? Ändern können wir es eh nicht mehr.«

»Na gut, das ist ja auch Ihre Sache. Aber etwas anderes würde mich noch interessieren: Wie Sie wissen, arbeite ich mit Dr. Göbel zusammen, den Ihr Mann aufgesucht und gebeten hat, Patrick Dostert zu verteidigen, weil Johannes Göbels Ruf als Strafverteidiger lupenrein ist.«

»Ja, und?«

»Warum hat er das getan, wenn er eigentlich gar nicht so gut auf Herrn Dostert zu sprechen ist? Könnte es ihm nicht egal sein, was mit Dostert geschieht?«

»Er denkt wohl, dass Patrick unschuldig ist. Egal, wie sie zueinander stehen, man schaut doch nicht tatenlos zu, wie jemand, den man kennt, womöglich unschuldig ins Gefängnis muss.«

Bohn nickte. »Ja, das sehe ich ein. Wie steht es mit Ihnen?«

»Was meinen Sie?«, fragte Marveen Puhl, obwohl sie das zweifellos wusste.

»Denken Sie, dass Patrick Dostert unschuldig ist?«

»Julia sagte, sie hat sein Gesicht in dem Video aus der Wohnung der ermordeten Frau gesehen. Sie denkt, dass es echt ist.«

»Gut, nachdem ich jetzt also weiß, was Julia Dostert denkt … Was denken Sie?«

»Ich denke, wenn etwas wie eine Banane aussieht und wie eine Banane schmeckt, dann ist es meist auch eine Banane.«

Bohn sah ein, dass er von der Frau keine eindeutigere Aussage bekommen würde. »Wie würden Sie das Verhältnis zwischen Julia Dostert und Peter Helmstätt beschreiben?«

Er hatte die Frage bewusst ohne Einleitung gestellt und dabei Marveen Puhls Reaktion genau beobachtet. Darum entging ihm weder das kurze Zucken in ihrem Gesicht noch die plötzliche Unsicherheit in ihrer Stimme, als sie sagte: »Verhältnis? Was meinen Sie damit?«

Sie weiß es, schoss es Bohn durch den Kopf.

»Ich meine, wie gut kennen sich die beiden? Treffen sie sich Ihres Wissens nach auch mal allein?«

»Was? Was sollen diese Fragen über Julia und Peter? Ich dachte, es geht um Patrick.«

»Nun ja, wenn ich frage, ob seine Frau sich auch allein mit Ihrem gemeinsamen Freund trifft, dann hat das schon mit Herrn Dostert zu tun, finden Sie nicht?«

»Nein. Ich meine … keine Ahnung. Das ist nichts, was mich interessiert.«

»Frau Puhl, wenn es zur Verhandlung kommt, könnte

Dr. Göbel Sie in den Zeugenstand rufen und Ihnen unter Eid die gleiche Frage stellen.«

»Na und?«, entgegnete Marveen Puhl trotzig. »Ich werde dort das Gleiche sagen. Und jetzt entschuldigen Sie mich bitte, ich habe noch einiges zu tun.«

Bohn dachte kurz darüber nach, ob er ihr verraten sollte, dass Julia Dostert das Verhältnis mit Helmstätt zugegeben hatte, entschied sich aber dagegen. Für den nicht sehr wahrscheinlichen Fall, dass Marveen Puhl tatsächlich nichts davon wusste, stand es ihm nicht zu, mit ihr darüber zu reden.

Nachdem Bohn während der Fahrt das Gespräch mit Marveen Puhl wieder und wieder Revue passieren ließ, kam ihm ein Gedanke, der vielleicht ein wenig weit hergeholt war, den er Göbel aber dennoch sofort mitteilen musste.

»Hast du noch einen Moment vor deinem Video-Meeting mit dem Professor?«

»Zehn Minuten.«

»Okay, Folgendes …«

Bohn erzählte dem Anwalt so detailliert wie möglich von seinem Gespräch mit Marveen Puhl und schloss mit der Frage: »Was denkst du, warum Stephan Puhl sich die Mühe gemacht hat, zu dir zu kommen und dich zu bitten, Dosterts Verteidigung zu übernehmen, obwohl er ihn nicht sonderlich mag?«

»Hm … Vielleicht widerstrebt ihm einfach der Gedanke, jemand könne unschuldig verurteilt werden? Geht mir übrigens ganz genauso.«

»Und wenn er nicht glaubt, dass Dostert unschuldig ist?«

»Ich verstehe nicht, worauf du hinausmöchtest«, gestand Göbel, was Bohn mit einer gewissen Genugtuung registrierte.

»Okay. Dann erkläre mir doch bitte, was geschieht, wenn du den Fall verlierst?«

»Das ist nichts, worüber ich nachdenke.«

»Tu es, bitte.«

»Dostert müsste für lange Zeit ins Gefängnis.«

»Und was ist mit deinem Honorar?«

»Das müsste dann komplett von ihm und seiner Frau bezahlt werden.«

»Denkst du, sie können sich das leisten?«

»Kaum. Du kennst meine Tarife.«

»Was würde dann zwangsläufig passieren?«

»Nun, ich denke … Moment mal … Julia Dostert müsste wahrscheinlich das Haus verkaufen.«

»Und wem würde sie es sicher zu einem annehmbaren Preis überlassen?«

»Ihrer Freundin. Marveen Puhl.«

37

Als Bohn seinen Wagen auf dem Firmengelände von Patrick Dosterts ehemaligem Arbeitgeber parkte, war es kurz vor elf.

Beim Betreten des Gebäudes stellte er sich darauf ein, bald von jemandem aufgefordert zu werden, das Firmengelände zu verlassen, doch er gelangte ungehindert bis zur Assistentin des Firmeninhabers, die ihm mitteilte, dass Schürmann nicht im Haus war.

»Würden Sie mir bitte sagen, wo ich Herrn Helmstätt finde?«

Die Mittdreißigerin zog die Stirn kraus. »Wenn mich nicht alles täuscht, hat er Urlaub.«

»Ich dachte, er hätte sich nur gestern freigenommen?«

»Moment, ich schaue mal …« Ihre langen, dunkel lackierten Fingernägel huschten über die Tastatur, dann blickte sie angestrengt auf den Monitor und nickte schließlich. »Ich hatte recht. Er hat noch den Rest der Woche frei.«

Bohn lächelte sie an und sagte: »Vielen Dank für Ihre Hilfe«, woraufhin sie sein Lächeln erwiderte und sich dann wieder ihrem Monitor zuwandte.

Als Bohn das Gebäude verlassen hatte, wollte er Helmstätt anrufen, doch bevor er dazu kam, erhielt er einen Anruf. Die Nummer war unterdrückt. Er blieb stehen und nahm das Gespräch an.

»Ich habe Ihre Telefonnummer von Ihrer Website«, sagte eine Frau, und Bohn ahnte schon, wer da sprach. »Ihr Freund, der Rechtsanwalt, wollte mir nicht zuhören, aber vielleicht haben Sie als Detektiv ja ein besseres Gespür für Menschen als er.«

»In einem Punkt bin ich der gleichen Meinung wie Dr. Göbel. Wenn Sie für das, was Sie behaupten, nicht mit Ihrem Namen einstehen können, fällt es mir sehr schwer, Sie ernst zu nehmen.«

»Ich sage Ihnen, warum ich meinen Namen nicht nenne. Weil ich weiß, wozu Patrick Dostert fähig ist. Wenn meine Identität bekannt wird, und Ihr Freund erreicht mit irgendwelchen juristischen Winkelzügen einen Freispruch, wird dieser Irre sich dafür an mir rächen, dass ich mich bei Ihnen gemeldet habe. Ich verstecke mich seit langem erfolgreich vor ihm und werde auf gar keinen Fall irgendetwas tun, das ihn auf meine Spur bringt.«

»Das klingt für mich plausibel«, erklärte Bohn, der versuchen wollte, der Frau irgendetwas zu entlocken, das ihm half, sie zu identifizieren.

»Was sollen wir denn Ihrer Meinung nach auf Ihren anonymen Anruf hin tun?«

»Das sagte ich Ihrem Anwaltsfreund bereits. Ich habe über Dr. Göbel einiges gelesen und weiß, dass er schon die aussichtslosesten Fälle gewonnen hat. Aber hier ist es anders. Dieses Monster ist nicht unschuldig. Er *darf* diesen Fall nicht gewinnen. Sie ahnen ja nicht, mit wem Sie es da zu tun haben.«

»Ja, vielleicht. Das Problem ist aber, dass ich auch nicht weiß, mit wem ich es jetzt gerade zu tun habe, solange Sie anonym bleiben. Ich habe noch eine Frage: Warum wenden Sie sich mit Ihrem Appell an uns und nicht an die Polizei? Dr. Göbel ist Herrn Dosterts Verteidiger. Wäre es für Sie nicht sinnvoller, bei der Polizei anzurufen statt bei uns?«

»Das habe ich längst getan«, entgegnete die Frau, dann legte sie auf.

Bohn überlegte, ob er Göbel noch mal anrufen sollte, aber der steckte wahrscheinlich gerade in der Videokonferenz mit dem Professor vom Fraunhofer Institut.

Also wählte er die Nummer von Helmstätt.

»Ja, bitte?«, meldete Helmstätt sich.

»Bohn hier. Ich würde mich gern noch mal mit Ihnen unterhalten. Wo sind Sie gerade?«

»Wir brauchen uns nicht zu unterhalten. Julia hat mich schon darüber informiert, dass Sie dem Anwalt und Ihnen von uns erzählt hat.«

»Trotzdem würde ich gern mit Ihnen reden.«

»Sie haben mich am Telefon, legen Sie los.«

»Ich schaue den Menschen lieber in die Augen, wenn ich mit ihnen spreche.«

»Darauf werden Sie verzichten müssen. Also, entweder Sie sagen mir jetzt, was Sie von mir wollen, oder wir beenden das Gespräch.«

»Also gut. Ich fasse mal kurz meinen Wissensstand zusammen. Sie fangen mit der Frau Ihres Freundes ein Verhältnis an und treffen sich heimlich mit ihr, weshalb sie ihren Mann naturgemäß anlügen muss. Sie selbst sind immer wieder mit dem betrogenen Ehemann zusammen, reden und lachen mit ihm. Sie schauen ihm also quasi in die Augen und versichern ihm Ihre Freundschaft, während Sie unter dem Tisch mit seiner Frau Händchen halten. Was mich interessieren würde – wie fühlt man sich dabei?«

»Wenn Sie mir eine Moralpredigt halten wollen, können wir gleich aufhören. Ich werde mit Ihnen sicher nicht darüber diskutieren.«

»Gut, dann habe ich eine Frage an Sie: Lieben sie Julia Dostert?«

»Ja.«

»So sehr, dass sie gern mit ihr zusammen wären, ohne zu lügen und zu betrügen? Also in einer richtigen Beziehung?«

»Ja.«

»Wie weit würden Sie gehen, um das zu bekommen?«

Es vergingen einige Sekunden, bis Helmstätt antwortete: »Das Gespräch ist beendet.«

Der Moment, von dem ich jetzt berichte, ist der wahrscheinlich wichtigste in meinem ganzen Leben.

Selbst jetzt, wo ich davon erzähle, bin ich wieder so aufgeregt, dass ich kaum meine Gedanken zusammenhalten kann.

Als ich an jenem Tag von einem der Beamten in den Besucherraum geführt wurde, hatte Dr. Göbel ein aufgeklapptes Notebook vor sich auf dem Tisch. Gleich hinter ihm stand, die Arme vor der Brust verschränkt, einer der Aufseher und blickte unentwegt auf das Display. Als Dr. Göbel meinen irritierten Blick bemerkte, nickte er mir zu. »Setzen Sie sich bitte, Herr Dostert. Ich möchte Ihnen etwas auf dem Notebook zeigen, dazu musste ich allerdings einwilligen, dass der Herr hinter mir sieht, was wir uns gemeinsam anschauen. Das ist aber kein Problem.«

Als ich saß, wandte Göbel sich direkt an den Justizvollzugsbeamten. »Ich muss das Notebook jetzt ein Stück drehen, damit Herr Dostert etwas sehen kann. Wenn Sie sich also vielleicht an die Seite des Tisches stellen, können wir alle das Geschehen auf dem Monitor verfolgen.«

Nachdem Göbel den Computer gedreht hatte, sah ich ein Bild des ehemaligen Präsidenten Barack Obama, was mich noch mehr irritierte. Am unteren Rand entdeckte ich einen kleinen weißen Pfeil, ein Hinweis, dass es sich nicht um ein Foto, sondern um ein Video handelte.

»Ich möchte Ihnen etwas zeigen, Herr Dostert. Sehen Sie sich dieses kleine Video genau an und sagen Sie mir bitte anschließend, was Sie gesehen haben.«

Ich nickte, und Dr. Göbel startete das Video.

Obama saß vor einer amerikanischen Flagge und dem Banner des US-Präsidenten, sein Blick war entschlossen in die Kamera gerichtet, wie ich es schon von früheren Ansprachen von ihm kannte. Dann begann er zu reden.

Er sprach davon, dass ein Zeitalter anbreche, in dem unsere Feinde den Anschein erwecken können, dass ein beliebiger Mensch beliebige Worte sagt – auch wenn er Derartiges in Wahrheit niemals tun würde. Zum Beispiel etwas wie: Präsident Trump ist ein totaler und absoluter Vollidiot.

Völlig perplex warf ich einen kurzen Blick auf Göbel, doch der deutete mit einer Kopfbewegung zum Monitor.

»Natürlich würde ich so etwas nie sagen«, erklärte Obama weiter, »zumindest nicht öffentlich. Aber jemand anderes würde das tun. Zum Beispiel Jordan Peele.«

In diesem Moment wurde der Bildschirm geteilt, und auf der rechten Hälfte war ein bärtiger Mann zu sehen, der dieselben Worte, jedoch mit einer ganz anderen Stimme sagte.

Dann stoppte das Video.

»Was war das?«, wollte ich von Dr. Göbel wissen. »Ich verstehe nicht, was das ...«

»Dieses Video stammt vom April 2018«, erklärte Dr. Göbel. »Der Mann auf der rechten Seite ist der US-Schauspieler und Regisseur Jordan Peele, der dieses Video gemeinsam mit dem amerikanischen Online-Portal Buzzfeed hergestellt hat. Nichts davon, was gerade zu hören war, hat Barack Obama je gesagt.«

Langsam dämmerte mir, worauf das Ganze hinauslief, und mein Herz begann bei dem Gedanken wild zu pochen.

»Haben Sie schon mal etwas von Deepfakes gehört?«, fragte Dr. Göbel.

»Kann sein, aber ich weiß nicht mehr, in welchem Zusammenhang«, antwortete ich.

»Deepfakes sind manipulierte Bild-, Audio- oder auch Videoaufnahmen, die mit Hilfe von künstlicher Intelligenz erzeugt werden. Vereinfacht können Sie sich das Ganze so vorstellen: Sie haben ein Video auf der einen Seite und – sagen wir – zehn, fünfzehn verschiedene Fotos einer Person auf der anderen Seite. Mit beidem füttern Sie eine künstliche Intelligenz. Die zerlegt die Konturen der Person in ihre Einzelteile, berechnet ein paar Tage lang alle denkbaren Bewegungen und jede mögliche Mimik und spuckt anschließend so etwas aus, wie Sie gerade gesehen haben. Die gleiche Prozedur wiederholen Sie dann noch mit der Audiospur, und fertig ist ein Deepfake«, erklärte Dr. Göbel.

»Das Überwachungsvideo aus dem Wohnzimmer … So ist es also entstanden?«, sagte ich völlig entgeistert. »Aber die Polizei hat es doch geprüft und festgestellt, dass es angeblich keine Fälschung ist.«

Dr. Göbel grinste. »Schauen Sie sich das Obama-Video an. Es wirkt doch absolut echt, oder?«

Ich blickte noch mal auf den Monitor.

»Ja, aber die Qualität ist auch ziemlich schlecht, und wir schauen es uns nur mit dem bloßen Auge an«, erwiderte ich.

»Das stimmt. Aber dieses Video ist auch vom April 2018. Wissen Sie, wie sehr sich die Technik seitdem weiterentwickelt hat? Gegen das, was heute möglich ist, ist die Qualität des Obama-Videos nicht mal amateurhaft«, sagte Dr. Göbel.

Erneut starrte ich das Standbild an, und obwohl es genau das war, was ich die ganze Zeit über gehofft hatte, erschien es mir fast zu schön, um wahr zu sein, dass vielleicht endlich bewiesen werden konnte, dass ich unschuldig war und die ganze Zeit über die Wahrheit gesagt hatte.

»Aber … können Sie denn beweisen, dass dieses Überwachungsvideo so ein Deepfake ist?«, fragte ich.

»Das Problem ist, dass die Qualität dieser Videos von Billig-Überwachungskameras naturgemäß sowieso nicht gut ist, was die Sache enorm erschwert. Aber ein Professor des Fraunhofer Institutes ist an der Sache dran, und wir hoffen, dass er einen Beweis dafür findet, dass es sich um eine Fälschung handelt. Erste Anzeichen hat er bereits entdeckt, weshalb er mich auf diese Möglichkeit aufmerksam gemacht hat. Aber es fehlt noch ein hieb- und stichfester Beweis. Ich bin jedoch zuversichtlich. Professor Görthing ist einer der führenden Köpfe auf dem Gebiet der Video-Forensik. Wenn es jemand schaffen kann, dann er«, antwortete Dr. Göbel.

Erneut starrte ich das Standbild von Barack Obama und dem bärtigen Mann an. Sollte meine Unschuld tatsächlich bewiesen werden? Einem plötzlichen Impuls folgend, griff ich trotz der Handschellen über den Tisch und legte Dr. Göbel eine Hand auf den Unterarm, woraufhin der Beamte sofort einen Schritt auf mich zu machte.

»Danke!«, stieß ich aus, und ich weiß, dass ich dieses Wort noch nie in meinem Leben so ernst gemeint habe wie in diesem Moment. »Ich danke Ihnen von ganzem Herzen.«

»Danken Sie mir nicht zu früh. Noch können wir es nicht juristisch wasserdicht beweisen.«

38

Als Bohn um die Mittagszeit in die Kanzlei kam, stand Göbel mit seiner Assistentin vor seinem Büro.

»Ah, du kommst genau richtig«, sagte Göbel grinsend. »Ich denke, wir haben was zu feiern.«

Bohn trat zu ihnen. »Okay, und was genau?«

»Professor Görthing hat mir gerade mitgeteilt, dass es ihm gelungen ist, unter Einsatz neuester forensischer Methoden ohne jeden Zweifel zu beweisen, dass das Überwachungsvideo dahingehend gefälscht wurde, dass Dostert nachträglich eingefügt worden ist.«

»Was? Und das ist wasserdicht?«

»Görthing sagt, zu einhundert Prozent.«

»Und kann er auch feststellen, wer ursprünglich auf dem Video zu sehen war?«

»Das leider nicht. Die Methode, die Görthing eingesetzt hat – übrigens auch mit Hilfe einer künstlichen Intelligenz –, hat minimalste Unstimmigkeiten an den Konturen und den Farbwerten festgestellt, die aber ganz klar belegen, dass Dosterts Gesicht über das ursprüngliche gelegt worden ist. Zurücknehmen kann man diese Änderung allerdings nicht.«

»Aber warum hat die Polizei das nicht herausgefunden, sondern behauptet, das Video sei echt?«

»Wir reden hier von Details, die sich im Bereich von hundertstel Millimetern bewegen und sich wie gesagt nur mit der allerneuesten Technik nachweisen lassen. Die Polizei verfügt schlicht nicht über diese Technik. Zu neu, zu teuer.«

»Wow!« Bohn lehnte sich gegen den Rahmen von Göbels Bürotür. »Man darf gar nicht darüber nachdenken, was mit diesen manipulierten Videos alles möglich ist.«

»Und auch bereits gemacht wird«, ergänzte Göbel. »Aber das ist jetzt nicht unser Thema, sondern die sofortige Freilassung von Patrick Dostert aus der Untersuchungshaft. Ich werde gleich zur Staatsanwältin fahren und dafür sorgen.«

»Weiß Dostert schon davon?«

»Nein, der Professor hat gerade erst angerufen, nachdem wir eine halbe Stunde zuvor unser Video-Meeting beendet hatten. Er hatte wohl selbst nicht damit gerechnet, so schnell ein eindeutiges Ergebnis zu bekommen.«

»Und wo wird Dostert vom Gefängnis aus hinfahren? Nach Hause?«

»Ich habe keine Ahnung, allerdings – so leid es mir für ihn tut – ist das sein privates Problem, bei dem ich ihm nicht helfen kann.«

»Na denn …«

Göbel sah Bohn skeptisch an. »Ist noch was?«

»Na ja, wir wissen jetzt, dass das Video manipuliert wurde und Patrick Dostert folglich die Frau auch nicht misshandelt und umgebracht hat. Aber wir haben keinen blassen Schimmer, wer es wirklich getan hat.«

»Ach herrje!«, stieß Göbel aus. »Geht das jetzt wieder

los? Ich verstehe dich ja und bin absolut deiner Meinung, dass der Täter schnellstens gefasst werden muss, aber das ist letztendlich nicht unser Job. Du kennst die Verteilung der Aufgaben. Die Polizei jagt die Täter, und wir versuchen, es zu beweisen, wenn sie sich vertan haben. So läuft das. Wir haben unseren Job gerade erledigt, jetzt ist der Staat wieder dran.«

»Du hast ja recht. Ich werde mich trotzdem noch ein wenig umsehen.«

»Tu, was du nicht lassen kannst. Ich sorge jetzt dafür, dass mein Mandant auf schnellstem Weg freikommt.«

Sichtlich gut gelaunt verschwand Göbel in seinem Büro und tauchte gleich darauf mit seinem Sakko in der Hand wieder auf.

»So, ich gehe dann mal jemanden aus dem Gefängnis befreien.«

Mir fällt sofort auf, dass der Beamte, der meine Zelle öffnet, sich anders benimmt als sonst. Die meisten Aufseher haben sich während der ganzen Zeit meiner U-Haft korrekt, aber stets mit einer deutlichen Distanz mir gegenüber verhalten. Es gab weder ein Lächeln noch irgendwelche persönlichen Worte: Treten Sie heraus, folgen Sie mir, Sie müssen zur Untersuchung, Sie haben Besuch …

Pöhn – so heißt der Aufseher, der jetzt vor meiner geöffneten Zellentür steht – lächelt.

»Was ist los?«, frage ich vorsichtig, aber ohne Argwohn.

»Sie haben Besuch, Dostert«, sagt Pöhn und deutet mit dem Kopf zur Seite. »Nun kommen Sie schon, ich bin sicher, dieser Besuch wird Ihnen gefallen.«

Ich verlasse die Zelle und bleibe neben Pöhn stehen, bis der mir zunickt und dann auffallend locker neben mir hergeht. Er hat mir keine Handschellen angelegt. Zum ersten Mal werde ich ohne diese metallenen Dinger in den Besucherraum geführt. Was ist hier los?

Der Besuch wird mir gefallen … hat Pöhn gesagt. Meint er. Hat meine Frau sich etwa doch dazu entschlossen, mir noch mal einen Besuch abzustatten? Und Pöhn denkt, das würde mich freuen?

Ansonsten fällt mir gerade niemand ein, der sich für mich und mein Schicksal interessiert, über den ich mich besonders freuen würde. Einfach aus dem Grund, weil es niemanden mehr gibt.

Nein, darüber werde ich jetzt nicht nachdenken!

Wir erreichen eine Schleusentür, Pöhn blickt in die Kamera über der Tür, und wir warten, bis sie geöffnet wird. Dann warten wir in dem kleinen Zwischenraum, bis die nächste Tür von jemand anderem in einem anderen Raum geöffnet wird (eine Sicherheitsmaßnahme).

Schließlich sind wir auf der Zielgeraden, einem langen, hell getünchten Flur, von dem im hinteren Bereich die Glastür in den Besucherraum führt.

Wir erreichen die Tür, Pöhn öffnet sie, wir treten ein. Ich sehe Dr. Göbel, sein Gesicht, sein Lächeln, und eine jäh aufwallende Hoffnung löst etwas in mir aus, das ich nicht wage zuzulassen, aus Angst, enttäuscht zu werden.

Als ich auf den Anwalt zugehe, erhebt er sich von seinem Stuhl und nickt mir noch immer lächelnd zu.

Ich vermisse die Hand auf meiner Schulter, die mich zu dem Stuhl gegenüber lenkt. Ich sehe mich kurz um, Pöhn ist neben der Tür stehen geblieben. Sein Gesichtsausdruck lässt sich schwer in Worte fassen. Zufrieden vielleicht?

»Herr Dostert, ich komme mit sehr guten Nachrichten zu Ihnen«, eröffnet Dr. Göbel mir, und meine Knie werden weich. Ich stütze mich auf dem Tisch ab und sinke auf den Stuhl. Den Anwalt lasse ich dabei nicht aus den Augen.

»Gute Nachrichten?«, frage ich und höre selbst, wie dünn meine Stimme klingt. Nein, nicht dünn. Zaghaft hoffnungsvoll.

Auch Göbel setzt sich wieder und sagt: »Sind Sie bereit?«

»Ich weiß es nicht«, antworte ich wahrheitsgemäß. »Ich glaube schon.«

»Gut. Ich habe eben die Bestätigung bekommen, dass das Video aus dem Wohnzimmer von Jana Gehlen definitiv gefälscht ist«, erklärt Dr. Göbel.

»Das ist … das ist …«, stammle ich und habe vor Glück Schwierigkeiten, die richtigen Worte zu finden. Und dann verlässt mich plötzlich alle Kraft, und ich merke selbst, wie ich in mir zusammensinke. Es ist einfach zu viel. Das, worauf ich so sehr gehofft habe, raubt mir fast die Besinnung, als es tatsächlich eintritt: der Beweis, dass ich unschuldig bin.

»Ich habe es gesagt«, höre ich mich flüstern und spüre gleichzeitig die Tränen, die mir über die Wangen laufen. Ich schäme mich nicht deswegen, ich beachte es nicht einmal.

»Ich habe es immer und immer wieder gesagt, und niemand hat mir geglaubt. Nicht einmal meine Frau. Aber ich habe es gesagt.«

»Ja, das haben Sie«, bestätigt Dr. Göbel. »Und ich habe Ihnen geglaubt und dafür gesorgt, dass Ihre Unschuld bewiesen wird.«

»Das ist so … Wahnsinn. Wie geht es jetzt weiter?«, erkundige ich mich.

»Nun, ich war schon bei der Staatsanwältin und habe ein bisschen Papierkram erledigt, dann hat der zuständige Richter den Haftbefehl aufgehoben, weil er eingesehen hat, dass es ohne dieses Video keinerlei Beweise dafür gibt, dass Sie irgendetwas mit diesen Morden zu tun haben. Interessant fand ich allerdings noch, dass man sich wohl hier und da Ihr Notebook ausgeliehen hat, während Sie im Besucherraum oder im Hof zum Freigang waren. Aus Sicherheitsgründen, sagte der Richter. Dabei haben wohl einige offizielle Stellen die Geschichte kopiert und später gelesen, die Sie darauf geschrieben haben. Die Staatsanwältin meinte, das

wäre die umfangreichste und wahrscheinlich aufrichtigste Aussage, die sie je zu Gesicht bekommen hätte«, sagt Dr. Göbel.

»Oh!«, stoße ich ungewollt aus. »Das … Dürfen die das?«

»Ja, das dürfen die. Wie schon gesagt, aus Sicherheitsgründen.«

»Also gut. Dort habe ich zwar ein paar intime Details und Gefühle beschrieben, aber nichts, weswegen ich mich schämen müsste. Also … Was bedeutet das nun alles?«

»Das bedeutet, dass Sie unverzüglich aus der Untersuchungshaft zu entlassen sind. Sie bekommen jetzt Ihre Sachen zurück, und dann verlassen wir gemeinsam die JVA.«

»Ich danke Ihnen«, sage ich. »Ich danke Ihnen so sehr.«

»Das ist mein Job«, tut Dr. Göbel die Sache ab. »Und Sie werden nicht wenig dafür zahlen müssen, auch wenn der Staat den Standardsatz übernimmt.«

»Das ist es mir wert«, versichere ich ihm. »Egal, wie viel es kostet.«

Etwa eine Dreiviertelstunde später verlasse ich gemeinsam mit Dr. Göbel die Justizvollzugsanstalt Tonna. Ich bleibe stehen und drehe mich noch einmal um, betrachte das flache, helle Gebäude, die daran angrenzende Mauer, die Häuser, die sich dahinter erheben. Ich bin frei!

Dr. Göbel wartet eine Weile, dann fragt er: »Gehen wir?«

Ich nicke und folge ihm zu seinem Auto.

»Wo soll ich Sie hinbringen?«

In einem ersten Impuls denke ich, dass das eine seltsame Frage ist, doch dann wird mir klar, warum sie das nicht ist.

»Ich muss auf jeden Fall erst einmal nach Hause«, sage ich. »Was ich dann mache, weiß ich noch nicht.«

Nachdem wir eingestiegen sind, frage ich: »Wie geht es jetzt in dem Fall weiter?«

»Was meinen Sie?«

»Dass ich unschuldig bin, weiß ich ja, und die Polizei weiß es jetzt endlich auch, und eigentlich könnte es mir egal sein, ob Lomberg den wahren Täter findet und wie lange er dafür braucht. Aber wer immer das war – er hat sich große Mühe gegeben, es so aussehen zu lassen, als wäre ich der Täter. Wer weiß, wie derjenige reagiert, wenn er erfährt, dass ich entlassen worden bin? Dass er ein gewissenloser und äußerst brutaler Mensch ist, hat er ja bei den Morden an den beiden Frauen bewiesen. Einer Frau hat er fast alle Zähne aus dem Mund geschlagen, bevor er sie umgebracht hat – wer bitte ist zu so etwas fähig? Das macht mir Angst, verstehen Sie das?«

Dr. Göbel nickt erst nach einer Weile. Offensichtlich hat er über das nachgedacht, was ich gerade gesagt habe.

»Das verstehe ich, aber das sollten Sie mit Kriminalhauptkommissar Lomberg besprechen. Ich kann Ihnen dabei nicht helfen.«

»Ich habe zwar keine große Lust, mich mit diesem Herrn zu unterhalten, aber letztendlich haben Sie wohl recht«, gebe ich zu.

»Ich weiß«, sagt Dr. Göbel. »Das ist meistens so.«

Nun sind wir an dem Punkt angelangt, an dem meine Geschichte zu Ende ist. Jedenfalls der offizielle Teil. Und wie man sieht, hat sie zumindest ein gewisses Happy End.

Ich muss das alles jetzt erst einmal sacken lassen, muss sehen, wie ich die Sache mit Julia und Peter regeln und verkraften kann.

III

BOHN

39

Gabriel Bohn gehörte nicht zu den Menschen, die sich mit einer Situation abfinden, solange sie den Hauch einer Chance sehen, etwas daran ändern zu können. Ja, Göbel hatte es geschafft zu beweisen, dass Patrick Dostert die Wahrheit gesagt hatte und das Video tatsächlich eine Fälschung war. Das entlastete Dostert, belastete aber niemand anderen. Und das bedeutete, ein Frauenschläger und Mörder lief immer noch frei herum, und niemand konnte wissen, was er als Nächstes tun würde.

Als Bohn vor dem Polizeipräsidium Weimar aus dem Auto stieg, war er sehr gespannt darauf, was ihn erwarten würde. Entgegen seiner Gewohnheit hatte er sich bei Kriminalhauptkommissar Lomberg telefonisch angemeldet, da er nicht vergeblich nach Weimar fahren wollte.

Er musste nur zwei, drei Minuten im Eingangsbereich warten, bis Lomberg ihn abholte.

»Danke, dass Sie sich Zeit für mich genommen haben«, sagte Bohn, nachdem sie einander begrüßt hatten.

»Wenn ich die Sache richtig einschätze, haben Sie zusammen mit Dr. Göbel in wenigen Tagen recht viel herausgefunden«, lobte Lomberg.

»Das mit dem Video hat Göbel allein angeleiert. Er hat die nötigen Kontakte zu den richtigen Leuten.«

»Das ist wahrscheinlich genau das, woran es bei uns immer wieder hapert«, gab Lomberg zu und betrat hinter Bohn den Aufzug.

Als sie im Büro des Ermittlers angekommen waren und sich hingesetzt hatten, stützte der Polizist die Ellbogen auf den Schreibtisch und sah Bohn auffordernd an. »Dann schießen Sie mal los, was kann ich für Sie tun?«

»Im Grunde genommen würde ich gern etwas für Sie tun oder, besser gesagt, mit Ihnen.«

»Und das heißt?«

»Das heißt, ich würde Sie gern bei der Suche nach dem wahren Täter als privater Ermittler unterstützen.«

»Dafür brauchen Sie nicht meine Erlaubnis, Herr Bohn. Ich kann Ihnen nicht verbieten, Ihre Tätigkeit als Detektiv auszuüben, solange Sie sich im gesetzlich festgelegten Rahmen bewegen. Aber warum wollen Sie das tun? Ich dachte, Sie arbeiten mit Dr. Göbel zusammen und beschäftigen sich hauptsächlich damit, die Unschuld seiner Mandanten zu beweisen.«

»Nicht nur. Mir liegt grundsätzlich daran, dass Täter gefasst werden und hinter Gitter kommen. Dass Sie mir eigene Ermittlungen nicht verbieten können, weiß ich, aber darum geht es nicht. Mit Zusammenarbeit meine ich, dass wir Informationen austauschen und uns gegenseitig auf dem Laufenden halten.«

Lomberg wiegte den Kopf hin und her. »Sie wissen sicher, dass mir diesbezüglich die Hände gebunden sind. Es gibt Informationen, die ich aus ermittlungstaktischen Gründen nicht weitergeben darf, selbst wenn ich es wollte.«

Bohn grinste. »Ja, das weiß ich, und dafür habe ich auch

vollstes Verständnis. Aber es existiert doch bestimmt ein, sagen wir, gewisser Ermessensspielraum, oder? Ich bin überzeugt davon, dass meine Hilfe für Sie von Vorteil sein kann, denn ich weiß, dass es Situationen gibt, in denen Menschen einem Privatmann gegenüber offener sind als in einem Gespräch mit einem Polizisten. Einfach, weil der Umgang mit Kriminalbeamten vielen Menschen Angst macht. Aber das ist Ihnen sicher bewusst.«

Eine Weile sah Lomberg ihn an, dann zeigte sich auch auf seinem Gesicht die Andeutung eines Grinsens.

»Dann lassen Sie uns mal sehen, wie wir das bewerkstelligen. Ich denke, wir fangen vielleicht am besten damit an, dass Sie mir erzählen, was Sie wissen und für wichtig erachten.«

»Damit bin ich einverstanden. Eine Frage habe ich aber vorab: Hat sich bei Ihnen eine Frau gemeldet und behauptet, Patrick Dostert sei ein gefährlicher Psychopath?«

»Allerdings. Sie hat mehrere Male angerufen und verlangt, dass wir ihn auf keinen Fall aus der U-Haft entlassen dürfen und dafür sorgen müssen, dass er für den Rest seines Lebens ins Gefängnis kommt.«

»Ja, genau, so war auch der Grundton Dr. Göbel und mir gegenüber. Herr Dostert hat Ihnen von der Frau mit der schwarzen Perücke und der großen Sonnenbrille erzählt.«

Lomberg nickte. »Die Frau, von der das Stalker-Video stammt.«

»Genau, und die er vor seinem Haus gesehen hat. Ich halte es für möglich, dass sie die Anruferin ist.«

»Das würde bedeuten, sie gehört eventuell zu denjenigen, die Herrn Dostert diese Morde angeblich anhängen wollen.«

Bohn stutzte. »Angeblich? Das klingt ja fast so, als zweifelten Sie immer noch an Dosterts Unschuld.«

»Sagen wir es so: Ich bin noch nicht restlos davon überzeugt, dass er nichts damit zu tun hat. Vielleicht war er es wirklich nicht selbst, aber aus irgendeinem Grund habe ich bei ihm ein ungutes Gefühl.«

Bohn dachte kurz über das nach, was Lomberg gerade gesagt hatte. »Wie ehrlich wollen wir miteinander sein?«

»Das ist eine seltsame Frage. Wenn Sie eine Art Zusammenarbeit anstreben, ist Ehrlichkeit doch wohl die Grundvoraussetzung.«

»Gut, dann möchte ich Ihnen eine ehrliche Frage stellen und bitte Sie um eine ebenso ehrliche Antwort. Kann es sein, dass Sie es als persönliche Schlappe auffassen, dass der Mann, auf den Sie sich von Anfang an konzentriert haben, erwiesenermaßen die Wahrheit gesagt hat?«

Ohne lange zu überlegen, nickte Lomberg. »Das kann nicht nur sein, sondern das ist definitiv so. Wie sollte es auch anders sein? Ich musste nach den vorliegenden Fakten so handeln, wie ich es getan habe, doch es wurmt mich natürlich, dass ich mich offensichtlich geirrt habe. Sie können mir aber glauben, dass das meinen neutralen Blick auf die Ermittlungen nicht trübt.«

Bohns Telefon in seiner Tasche vibrierte, er griff danach. Es war Göbel. »Entschuldigen Sie bitte«, sagte er, an Lomberg gerichtet, und nahm das Gespräch an.

»Hallo, Gabriel«, meldete sich Göbel, und Bohn konnte an seiner Stimme hören, dass ihn etwas beschäftigte. »Ich denke jetzt seit einer ganzen Weile auf etwas herum und brauche dich.«

»Ich bin gerade in Weimar auf dem Präsidium und sitze Kriminalhauptkommissar Lomberg gegenüber. Kann ich dich gleich zurückrufen?«

»Ja, sicher, aber beeile dich. Ich möchte deine Meinung zu etwas hören, und da ich davon ausgehe, dass sie sich mit meiner deckt, musst du danach etwas für mich recherchieren. Ach, und kannst du Lomberg bitte etwas fragen?«

»Okay.«

Kurz darauf legte Bohn auf und lächelte entschuldigend. »Dr. Göbel. Er hat noch eine Frage zu dem Fall.«

»Ist er weiterhin an der Sache dran?«

»Nein, es ist nur dieses eine Detail, das ihn noch interessiert.«

Das war die erste Lüge in unserer gerade beschlossenen, ehrlichen Zusammenarbeit, dachte Bohn.

Notlüge, korrigierte er sich gleich darauf selbst.

»Also gut, fragen Sie«, forderte Lomberg ihn auf.

Als Bohn kurz darauf das Polizeigebäude verlassen hatte, rief er Göbel sofort zurück. Das Gespräch dauerte etwa fünf Minuten, in denen Bohn am Rande des Parkplatzes vor dem Polizeipräsidium stehen blieb. Auch nachdem er schließlich aufgelegt hatte, verharrte er noch eine Weile nachdenklich an derselben Stelle.

Was Göbel ihm gerade gesagt hatte, konnte tatsächlich der Durchbruch in diesem Mordfall sein, wenn sich die Überlegungen des Anwalts als richtig herausstellten. Ein völlig unerwarteter und überraschender Durchbruch, der die Denkmaschinerie in Bohns Kopf wie mit einem Turbo startete. Die Gespräche der letzten Tage, die er mit den verschiedenen Leuten geführt, die Überlegungen, die er mit Göbel angestellt hatte … Gut möglich, dass er alles neu denken musste.

Wie in Trance setzte Bohn sich schließlich in Bewegung und stieg gleich darauf in sein Auto ein. Dann begann er zu telefonieren. Beim zweiten Anruf hatte er Glück, und kurz darauf verließ er den Parkplatz und machte sich auf den Weg zurück nach Erfurt. Er musste jemandem einen Besuch abstatten, und so sehr er auch auf Göbels Urteilsvermögen und dessen Kombinationsgabe vertraute, hoffte er doch insgeheim, dass der Anwalt sich dieses Mal geirrt hatte.

Als er etwa eineinhalb Stunden später das große Gebäude wieder verließ, war er fast sicher, dass Johannes Göbel wieder einmal den richtigen Riecher gehabt hatte. Allerdings fragte er erst sich selbst und kurz darauf in einem Telefonat auch Göbel, warum er dieses Gespräch nicht schon viel früher geführt hatte. Dabei wäre es so naheliegend gewesen.

»Das liegt wohl in der Natur des Menschen«, vermutete Göbel. »Manche Dinge sind so dicht vor unserer Nase, dass wir sie einfach nicht sehen, weil wir krampfhaft versuchen, alle Einzelheiten in der Ferne zu erkennen. Und jetzt mach dich auf den Weg, du hast einiges zu tun.«

IV

EPILOG

40

Sie klingelt an der Tür der Ferienwohnung und bemerkt, wie ihre Hand dabei zittert. Sie hat Angst, so sehr, dass sie das Gefühl hat, sich übergeben zu müssen.

Aber sie weiß, dass das, was sie tut, getan werden muss.

Und dass sie danach endlich ihren Frieden und ihre Ruhe finden wird. Wenn alles gut geht.

Sie hört Schritte hinter der Tür, und sie möchte sich umdrehen und weglaufen. Zu spät.

Die Tür schwingt auf, und er steht vor ihr und schaut sie an, als könnte er nicht glauben, was er sieht.

»Du?«, sagt er gedehnt, und dann verzieht sein Mund sich zu diesem Grinsen, das sie so lange nicht gesehen hat und das ihr trotzdem so sehr unter die Haut geht, als wäre das letzte Mal erst gestern gewesen.

»Ja, ich«, sagt sie und ärgert sich, dass ihre Stimme so dünn und heiser klingt. Sie weiß, dass er sofort merkt, wie groß ihre Angst ist. Er kennt ihre Angst, er hat sie oft genug erlebt.

»Das ist ja eine Überraschung«, sagt er, so, als wäre sie eine gute Freundin, die er lange nicht gesehen hat. Er macht einen Schritt zur Seite und sagt: »Komm doch rein.«

Sie betritt das Haus, und es ist, als bewegte sie sich bewusst auf einen schwarzen Abgrund zu, in den sie gleich fallen wird. Sie spürt die Aura von Gewalt, die ihn plötzlich umgibt, obwohl er lächelt.

Sie bleibt in dem kleinen Raum stehen, der als Wohnzimmer und Küche in einem dient. Die Hände hat sie tief in den Taschen ihrer Jacke vergraben. Sie schaut sich um.

Eine braune Couch, ein kleiner, verkratzter Holztisch, eine winzige Küchenzeile mit zwei Herdplatten und einer Spüle. Primitiv.

»Ich weiß, was du getan hast«, sagt sie, während er um sie herumgeht und sie dabei betrachtet wie ein Viehhändler eine Kuh.

»So, weißt du das. Und was ist das, was ich getan habe?«

»Du hast diese Frauen umgebracht.«

»Das traust du mir zu? Und du kommst hierher, um mir das zu sagen? Das ist nicht nett von dir. Aber es ist mutig.« Das Grinsen verzerrt seine Züge zu einer Fratze. »Ich kann deine Angst spüren. Mut ist, seine Angst zu überwinden.«

Er macht noch zwei Schritte und steht nun hinter ihr, so dass er den Weg zur Tür blockiert. »Du bist gekommen, weil du gemerkt hast, dass ich dir fehle, nicht wahr? Dir fehlt die Führung in deinem Leben, seit du dich in der Nacht klammheimlich aus dem Staub gemacht hast. Habe ich recht? Du spürst jetzt, dass es falsch war. Vielleicht bin ich sogar bereit, dir zu verzeihen, aber bestrafen muss ich dich dennoch.«

Sie wendet sich ihm zu. »Ich bin gekommen, um zu verhindern, dass du noch mehr Frauen etwas antust.«

»Ah, ich verstehe. Und – wenn du mir die Frage erlaubst – wie möchtest du das anstellen?«

Mit einem Ruck zieht sie die Hände aus den Jackentaschen, hebt die rechte und richtet die Pistole auf ihn. Sie enthält keine Patronen, aber das weiß er ja nicht. »Damit.«

Sie sieht, dass seine Augen sich weiten, nur für eine Sekunde, dann hat er sich wieder gefangen.

»Du glaubst, du kannst mich erschießen? Einfach so? Täusch dich nicht, es ist schwer, einen Menschen zu töten.«

»Nicht bei dir. Du ahnst ja nicht, wie lange ich auf diesen Moment gewartet habe. In jeder Nacht, in der ich schreiend aus Albträumen aufgewacht bin und es nicht gewagt habe, wieder einzuschlafen, habe ich es mir vorgestellt, wie es wohl sein wird, wenn ich dir eine Kugel in deine dämliche Visage jage. Wenn dein Hinterkopf aufplatzt und dein gestörtes Hirn sich im ganzen Raum verteilt. Nein, es wird mir nicht schwerfallen, dir dein armseliges Leben zu nehmen. Ich werde es genießen. Und ich werde der Welt damit einen großen Gefallen tun.«

Erneut grinst er. »So sehr hasst du mich?«

»Mehr, als du dir vorstellen kannst. Ich habe nicht vergessen, was du mir angetan hast.«

Er macht einen Schritt auf sie zu, langsam, vorsichtig.

»Bleib stehen!«, befiehlt sie, doch er schüttelt den Kopf. »Nein. Ich weiß, dass du mich nicht erschießen wirst. Dazu fehlt dir der Mumm.«

Bei seinem nächsten Schritt weicht sie nach hinten aus. »Bleib stehen!«, wiederholt sie scharf.

Als sie den Schatten wahrnimmt, ist es schon zu spät. Der Schlag gegen ihr Handgelenk ist so heftig, dass sie befürchtet, dass es gebrochen ist. Die Waffe fliegt zur Seite und landet irgendwo auf dem Boden. Im nächsten Moment trifft seine Faust sie im Gesicht, der Schlag raubt ihr fast die Besinnung. Sie torkelt nach hinten, stößt gegen etwas und fällt zu Boden. Noch während sie sich umdreht, ist er über ihr und schlägt erneut zu. Blitze schießen durch ihren Kopf, drohen, sie in die gnädige Dunkelheit einer Besinnungslosigkeit zu ziehen, doch sie schafft es, sich dagegen zu wehren. Sie richtet sich trotz der Schmerzen in eine sitzende Position auf.

»Bleib auf dem Boden«, sagt er neben ihr. »Ich will dich nicht totschlagen. Noch nicht.«

Sie dreht den Kopf nach links, nach rechts …

»Suchst du die?«, fragt er und zeigt ihr grinsend die Pistole.

»Warum hast du diese Frauen umgebracht?«, krächzt sie und schmeckt Blut im Mund. »Reicht es dir nicht mehr, sie zu misshandeln?«

»Ach«, sagt er im Plauderton und setzt sich auf die abgenutzte Couch. Die Pistole hat er noch in der Hand. »Es war ein Unfall. Also bei der ersten. Wir haben ein Spiel gespielt, das ein wenig aus dem Ruder gelaufen ist. So was ist einfach Pech. Die zweite hatte es verdient, aber das spielt keine Rolle. Wie du siehst – alles ist gut. Ich bin frei, und die Polizei wird einen Teufel tun, mich noch mal zu belästigen.« Sein Grinsen wird noch breiter. »Und dann tauchst du hier auf. Wie ein Geschenk. Weißt du, was ich gleich mit dir machen werde?«

»Ich hatte also recht, du hast sie beide umgebracht«, sagt sie und versucht, unbeeindruckt zu wirken.

»Ja, verdammt, das … Scheiße!« Er springt auf und ist mit einer schnellen Bewegung über ihr. Seine Hände krallen sich in die Jacke und reißen sie auf. Sie hört sein

Keuchen, während ihr sein säuerlicher Atem entgegenschlägt. Er zerreißt ihre Bluse, erstarrt für einen Moment, als er das winzige Mikrophon sieht, das mit einem Klebestreifen zwischen ihren Brüsten fixiert ist.

»Du verdammte Schlampe«, keucht er, dann landet seine Faust wieder in ihrem Gesicht.

Das Letzte, was sie registriert, sind laute Geräusche, Poltern, Geschrei, dann wird alles schwarz um sie.

41

Als sie wieder zu sich kommt, hievt man sie gerade auf eine Trage. Neben ihr steht der Polizist, Lomberg. Er hält ihre Hand und nickt ihr aufmunternd zu. »Es ist vorbei«, sagt er. »Dank Ihnen.«

»Was ist mit ihm?«, fragt sie mit schwacher Stimme.

»Er hat Handschellen an und wird in diesem Moment abtransportiert.«

»Er wollte mich töten.«

»Wir waren ja rechtzeitig da. Das war sehr, sehr mutig von Ihnen.«

»Das war es wert«, flüstert sie, dann dreht sich alles, und es wird wieder dunkel um sie. Als sie das nächste Mal die Augen aufschlägt, liegt sie in einem schaukelnden Krankenwagen. An ihrer Seite piept etwas, in ihrem rechten Arm steckt eine Nadel mit einem Schlauch daran. *Es ist vorbei!*

Sie schließt die Lider wieder, lässt die letzten beiden Tage noch einmal Revue passieren.

Als dieser Mann plötzlich vor ihrer Tür gestanden hat, Gabriel Bohn, und sagte, er wisse, dass sie die anonyme Anruferin sei. Erst hat sie es abgestritten, da hat er sie gefragt, ob sie trotzdem ein wenig Zeit habe, weil er ihr etwas erzählen wolle. Sie hat ihn in ihre Wohnung gelassen, was sie sonst nie bei Männern tat, die sie nicht kannte, seit sie vor *ihm* geflohen war.

Und dann hat Bohn ihr von seinem Besuch im Krankenhaus bei Patricks Mutter erzählt und dass sie ihm von ihrem Beinahe-Enkel vorgeschwärmt habe, der dann aber leider mitsamt seiner Mutter verschwunden sei. Dass seine Mutter wisse, dass Patrick gewisse Schwierigkeiten im Umgang mit Frauen hat, dass sie ihn deswegen aber nicht verurteilen würde, weil sie wisse, dass der arme Junge nichts dafür kann. Von Patricks Mutter hat Bohn ihren Namen und den ihres Sohnes erfahren. So hat er sie schließlich gefunden.

Er hat ihr von einer Frau mit einer schwarzen Perücke und einer dunklen Sonnenbrille erzählt, von dem Video und dass Patrick sie vor seinem Haus gesehen habe. Er wollte wissen, ob sie das gewesen sei.

»Nein«, hat sie wahrheitsgemäß gesagt, so etwas würde sie nie tun, weil sie viel zu viel Angst vor Patrick hatte.

Dann hat Bohn sie noch einmal gefragt, ob sie nicht vielleicht doch die Frau gewesen sei, die ihn und die anderen vor Patrick gewarnt hat. Da ist sie eingeknickt und hat zugegeben, dass sie bei Göbel, bei der Polizei und bei ihm, Bohn, angerufen habe.

Und dann hat Bohn ihr erzählt, wie Patrick die beiden Frauen zugerichtet hat. Dass auf dem Überwachungsvideo zu sehen war, mit welcher Brutalität er Jana Gehlen misshandelte. Bohn hat alles so plastisch beschrieben, dass sie ihn irgendwann weinend gebeten hat, damit aufzuhören.

Dann hat er sie gefragt, ob sie ihm und der Polizei helfen würde, Patrick hinter Gittern zu bringen. Sie hat nur kurz nachgedacht und dann zugestimmt. Es war ein großes Risiko, aber das war es ihr wert.

Irgendwann schläft sie ein. Als sie wieder zu sich kommt, liegt sie in einem Krankenzimmer, und es stehen einige Leute um ihr Bett herum. Sie erkennt Bohn und Lomberg, dann sind da noch ein elegant gekleideter Mann und eine blonde Frau.

»Schön, dass Sie wieder da sind«, sagt Lomberg.

Sie schaut von einem zum anderen und weiß nicht, was sie sagen soll.

»Das ist meine Kollegin Inka Hensch«, erklärt Lomberg und deutet auf die Frau, »und der Herr im dunklen Anzug ist Rechtsanwalt Dr. Göbel, dem wir letztendlich die Aufklärung der ganzen Sache verdanken.«

»Ja, nachdem ich einen Mörder aus der Untersuchungshaft geholt habe«, sagt der Gutgekleidete.

Sie lächelt den Leuten zu, schließt für einen Moment die Augen und sagt leise: »Wie sind Sie denn darauf gekommen, dass Patrick doch der Täter ist?«

»Täterwissen«, antwortet Göbel knapp.

Sie öffnet die Augen wieder. »Was heißt das?«

Göbel wirft einen kurzen Blick zu Lomberg, der ihm zunickt.

»Er hat mir erzählt, dass er nicht versteht, wie ein Mann so brutal sein kann, einer Frau fast alle Zähne auszuschlagen, bevor er sie tötet.« Göbel machte eine kurze Pause. »Das konnte er nicht wissen. Wäre er wirklich unschuldig gewesen, hätte er lediglich die Leiche von Yvonne Voigt gesehen, deren Zähne aber nicht ausgeschlagen waren. Das war nur bei Jana Gehlen der Fall, doch davon konnte Herr Dostert keine Kenntnis haben, denn es wurde nirgendwo erwähnt außer im Obduktionsbericht. Den hat er aber nie zu Gesicht bekommen.«

»Da hat er alles so clever ausgetüftelt und stolpert über einen derart dummen Fehler«, kommentierte Bohn.

»So clever, dass ich mich habe täuschen lassen wie noch nie zuvor«, gab Göbel zu.

Sie fühlte sich unendlich müde und spürte, dass ihr die Augen bald wieder zufallen würden.

»Das mit dem Video habe … habe ich noch nicht verstanden. Es hieß doch … es sei gefälscht.«

»Auch das muss Dr. Göbel Ihnen erklären«, sagte Lomberg, aber das hörte sie nur noch wie aus weiter Ferne, dann glitt sie in einen tiefen Schlaf.

Da bin ich also wieder. Erneut sitze ich in Untersuchungshaft, nur dass es dieses Mal etwas düsterer für mich aussieht.

Aber ich nutze trotzdem die Zeit, die ich hier habe, um nun auch den inoffiziellen Teil meiner Geschichte zu erzählen. Jetzt spielt es ja keine Rolle mehr, warum also auf das Beste verzichten – den Geniestreich, mit dem ich durchgekommen wäre, wenn diese rachsüchtige Schlampe nicht aufgetaucht wäre.

Ein Notebook händigt man mir leider nur noch halbstundenweise aus, was der Grund dafür ist, dass ich diesen Schlussteil per Hand in ein schönes Büchlein schreibe. Mein Anwalt hat es mir besorgt. Ein gewisser Rechtsanwalt Schnölling.

Dr. Göbel wollte mich nicht mehr verteidigen.

Früher, als Kind, hätte ich diesen Eintrag wohl mit den Worten begonnen: Liebes Tagebuch … Wenn ich es als Kind gewagt hätte, meine Erlebnisse wahrheitsgetreu in ein Tagebuch zu schreiben, was natürlich absolut undenkbar gewesen wäre. Hätte der Alte das gefunden und gelesen, wäre das mein Ende gewesen. Er hätte mich totgeprügelt. Und meine Mutter, dieses feige, intrigante Stück, hätte wie immer weggeschaut und eine plausible Erklärung dafür gefunden, warum der alte Dreckskerl das tun musste. Aber heben wir uns das für später auf.

Paperblank nennen sie diese in wunderschön gestaltete, farbige Cover gebundenen leeren Seiten. Meines hat eine rote, seidig schimmernde Oberfläche mit einer dunklen Struktur. Irgendwie passt es überhaupt nicht in diese Umgebung. Es ist wie ein Utensil aus einer anderen Welt.

Aber Schluss damit, es geht ja nicht um das Medium, sondern um den Inhalt, mit dem ich es gerade befülle.

Wo soll ich anfangen?

Witzig, die gleiche Frage habe ich mir am Anfang meiner Geschichte auch gestellt. Also der offiziellen Geschichte, die ihren Zweck ja allein schon dadurch erfüllt hat, dass man sie in der JVA heimlich gelesen hat.

Diese Idioten, wie berechenbar sie doch sind. Wie leicht sie sich manipulieren lassen, wenn man es intelligent genug anstellt.

Und ich bin überzeugt davon, jedem, der meine offizielle Geschichte liest, wird es genauso gehen. Ich habe vor, sie als Buch herauszubringen, und bin mir ganz sicher, es wird ein Knaller. Ein Bestseller. Und alle werden mir auf den Leim gehen. Zumindest bis zu diesem Teil.

Beginnen wir mit meinem ersten Mal. Und damit auch mit meiner Mutter. Und nein, ich meine nicht Sex.

Ich weiß noch, als es zum ersten Mal aus mir herausgebrochen ist. Achtzehn Jahre alt war ich damals und in der Ausbildung zum Speditionskaufmann. Steffi war nicht meine erste Freundin, aber sie war die erste, mit der ich länger als zwei, drei Wochen zusammen war.

Sie war wirklich hübsch, was aber nicht nur ich bemerkte. Es hat mich von Anfang an gestört, wie die anderen Typen sie angestarrt haben. Als ich sie eines Abends zu Hause abholte und sie zu mir ins Auto gestiegen ist, hatte sie ihre Bluse so weit aufgeknöpft, dass ich den Ansatz ihrer Titten sehen konnte. Ich habe sie gefragt, was sie damit bezweckt. Ob sie es darauf anlegt, dass alle ihr bis zum Bauchnabel schauen können. Ob sie die anderen aufgeilen will.

Sie hat mich frech angekuckt und gesagt, ich soll mich nicht so anstellen.

Ich weiß noch, wie es in mir gebrodelt hat, als ich losgefahren bin. Ich habe kein Wort mehr gesagt, war aber so wütend, dass es mir schwergefallen ist, ruhig hinter dem Lenkrad sitzen zu bleiben. Ich habe mich gefühlt wie ein Kessel, der unter Dampf steht und jeden Moment explodieren kann. Als wir aus dem Ort heraus waren, bin ich rechts rangefahren und habe ihr gesagt, sie soll sofort die Bluse zuknöpfen. Da hat sie gelacht und erwidert, ich hätte sie wohl nicht mehr alle.

Ich weiß noch, wie mir eine heiße Welle durch den Körper geschossen ist, und im nächsten Moment hing Steffi blutend und heulend neben mir auf dem Beifahrersitz.

Es hat so unglaublich gutgetan, diesen Druck herauszulassen. Ihr zu zeigen, was sie mit ihren frechen Widerworten erreichte.

Es war mindestens so befreiend und befriedigend wie bei meiner ersten Nummer mit ihr.

Ich habe ihr gesagt, wenn sie irgendjemandem erzählt, was geschehen ist, bringe ich sie um. Offensichtlich hat sie mir geglaubt, denn sie hat meines Wissens nie mit jemandem darüber gesprochen.

Als ich später nach Hause gekommen bin, habe ich lange auf meinem Bett gelegen und darüber nachgedacht, was passiert war. Es war nicht so, dass es mir leidgetan hat, dazu gab es keinen Grund. Nein, es war folgerichtig. Steffi war keinen Argumenten zugänglich und zudem aufmüpfig. Dumm, frech. Das musste bestraft werden.

Etwas später an diesem Abend ist meine Mutter ins Zimmer

gekommen, um die Wäsche zu holen. Ich habe auf dem Bett gelegen und ihr zugeschaut, wie sie den Korb ausgeräumt und dabei wieder ihr leidendes Gesicht aufgesetzt hatte, mit dem sie meist im Haus herumlief. Und plötzlich habe ich mich ganz genauso gefühlt wie kurz zuvor im Auto. Ich wollte aufspringen und meiner Mutter in ihr wehleidiges Gesicht schlagen, um wieder dieses befreiende Gefühl zu spüren. Und sie hätte es verdient gehabt, noch tausendmal mehr als Steffi.

Diese scheinheilige, falsche Kuh. Wenn der Alte mich mit seinem Ledergürtel durchs Haus geprügelt hat, dann hat sie das gleiche leidende Gesicht gemacht. Aber unternommen hat sie nichts. Nie. Sie hat niemandem etwas davon erzählt, und als ich als kleiner Junge noch so naiv war, sie anzuflehen, mir zu helfen, mich von dem alten Mistkerl wegzubringen, da hat sie mich resigniert angeschaut und gesagt, es gäbe Dinge im Leben, die müsse man einfach ertragen. Oh, wie sehr ich sie gehasst habe. Mit jedem Jahr, das ich älter wurde, ein bisschen mehr.

Mit sechzehn war ich dann kräftig genug, der Sache mit dem Alten ein Ende zu setzen. Er wollte mich wieder einmal verprügeln. Als er seinen Gürtel aus den Schlaufen gezogen hat und auf mich zugekommen ist, habe ich meine Faust geballt und sie ihm in seine Visage gehämmert.

Von dem Moment an hat er nie wieder versucht, mich anzufassen.

Wir haben nie darüber geredet, und irgendwann war er mir einfach nur noch egal. Bei meiner Mutter war das anders.

Der Alte war ein Arschloch, aber er konnte wahrscheinlich nichts dafür, dass er immer wieder ausrastete. Ihm war nicht klar, dass es falsch war, seinen kleinen Jungen so zusammenzuschlagen, dass er nicht am Sportunterricht teilnehmen konnte, weil er von Kopf bis Fuß grün und blau war. Aber meine Mutter wusste genau, was er mir antat. Sie wusste, dass ich aus Angst vor dem Drecksack ins Bett gepisst habe, sobald draußen nur eine Diele geknarrt hat. Sie wusste es, und alles, was sie gemacht hat, war ein leidendes Gesicht.

Wie auch immer, meine Beziehungen nach Steffi hielten nie lange, bis ich viele Jahre später Nicole kennenlernte. Sie hatte einen kleinen Jungen, noch fast ein Baby. Ich glaube, er war noch keine zwei Jahre alt, als wir uns trafen.

Nicole hatte ein paar unschöne Beziehungen hinter sich und war dankbar, dass ich mich um sie und ihren Sohn kümmerte.

Ja, ich musste auch sie hier und da ein wenig lenken und auf den rechten Weg bringen, aber sie hat das akzeptiert. Wohl weil sie gespürt hat, dass es gut für sie war.

Unsere Beziehung hielt etwa zwei Jahre. Dann hat mich das undankbare Stück sitzenlassen. Sie hat sich nach einer kleinen Meinungsverschiedenheit, bei der ich sie ein wenig maßregeln musste, mitten in der Nacht aus dem Staub gemacht mit ihrem Balg, den ich wie meinen eigenen Sohn angenommen hatte.

Es war das erste Mal, dass ich eine Trennung als schmerzlich empfunden habe. Dass ich neben der Wut über ihren Verrat auch etwas wie Wehmut in mir gespürt habe.

Ich habe sie gesucht. Wochenlang, monatelang habe ich jede Straße, jedes Geschäft, jede Kneipe der Stadt nach ihr abgesucht. Ohne Erfolg.

Ich habe daraus gelernt.

Als ich dann Julia kennenlernte, habe ich gleich gespürt, dass das mit uns etwas Ernstes ist. Zum ersten Mal habe ich mich von einer Frau nicht nur angezogen gefühlt, sondern auch erfahren, was Liebe bedeutet.

Wir waren schon ein halbes Jahr zusammen, als Julia mich zum ersten Mal in die Situation gebracht hat, aus der es bisher nur einen Ausweg gegeben hatte. Sie hat mir widersprochen und nicht nachgegeben. Ich habe instinktiv gespürt, dass ich dem Druck, der sich durch ihr Verhalten an jenem Tag in mir aufgebaut hat, nicht nachgeben durfte, weil ich sie sonst verloren hätte. Unter Aufbietung aller Willenskraft habe ich es geschafft, kein böses Wort zu sagen und nicht laut zu werden. Ich habe das Haus verlassen und bin durch die Nacht gelaufen, in der Hoffnung, dass der Druck sich von selbst abbauen würde.

An einem kleinen Park war dann plötzlich diese Frau vor mir. Ihre bloße Anwesenheit hat mich unglaublich wütend gemacht. Ich habe nicht nachgedacht, als ich meine Schritte beschleunigte, als ich sie erreichte, als ich sie von hinten an der Schulter packte und mit einem Ruck herumriss, als meine Faust in ihrem Gesicht landete …

Erst als ich mich ein gutes Stück von ihr entfernt hatte, sprangen meine Gedanken wieder an, und ich stellte fest, dass der Druck verflogen war.

Ich bin nach Hause gegangen und habe Julia gesagt, dass es mir leidtut, dass ich so starrsinnig auf meiner Meinung beharrt habe und aus dem Haus gegangen bin. Sie hat meine Entschuldigung akzeptiert, und wir haben einen wundervollen Abend miteinander verbracht.

Julia liebte mich, und ich liebte sie. So sehr, dass wir ein halbes Jahr später heirateten. Als ich dann noch einen Weg fand, mir meine Wünsche beim Sex zu erfüllen, ohne Julia damit behelligen zu müssen, war alles perfekt. Es ist so einfach, Frauen zu finden, die diese besondere Spielart schätzen …

Dann traf ich Yvonne.

Ich habe sie in einer Kneipe in Weimar entdeckt, und wir verstanden uns auf Anhieb. Wir sind in ein billiges Hotel gegangen, und sie hat es ebenso gemocht wie ich, was ich mit ihr in dieser heruntergekommenen Absteige gemacht habe. Zumindest am Anfang. Als ich das Hotelzimmer verlassen habe, ist sie noch geblieben. Sie brauchte eine Weile, um die Spuren zu kaschieren, die ich an ihr hinterlassen hatte.

Als ich sie ein paar Tage später in derselben Kneipe wiedergetroffen habe, hat sie mich als krankes Arschloch bezeichnet und wollte nichts mehr mit mir zu tun haben.

Das gehörte zu ihrem Spiel, deshalb habe ich es nicht akzeptiert und konnte sie schließlich überzeugen. Als ich dieses Mal mit ihr fertig war, musste sie für die restliche Nacht im Hotel bleiben.

Dann kam dieser Montagabend, an dem ich mir besonders viel Zeit für sie nehmen wollte. Für ein ganz spezielles Spiel. Für das ultimative Spiel. Ich hatte mir dieses Essen mit dem erfundenen Chinesen ausgedacht, um genügend Zeit zu haben. Sogar Visitenkarten mit einem chinesischen Phantasie-Firmennamen habe ich drucken lassen.

Dieses Zeug, das einen völlig willenlos macht, habe ich mir schicken lassen. Ganz einfach, wie eine Bestellung bei Amazon. The darknet is your friend.

Es war das erste Mal, dass ich zu ihr nach Hause gegangen bin. Als sie mir die Tür aufgemacht hat, habe ich ihr die Spritze in den Hals gedrückt. Sie ist mir aus dem Arm gerutscht und mit einem ziemlichen Poltern zu Boden gefallen. Aber dann ging es recht schnell. Sie hat sich aufgerappelt und ist mir wie eine Marionette ins Auto gefolgt. Ich bin mit ihr in ein Waldstück gefahren, und dort habe ich das Spiel mit ihr dann richtig zu Ende gespielt.

Ich weiß nicht, ob ich jemals zuvor ein derart umfassendes Gefühl der Befriedigung gespürt habe wie in dem Moment, als sie nach über einer Stunde ihr letztes Röcheln ausstieß.

Alles wäre perfekt gewesen, hätte diese Schlampe nicht ihrer Freundin Jana von mir erzählt und wäre die daraufhin nicht zur Polizei gegangen.

Den Rest kennen wir alle.

Gut, wie man jetzt feststellen kann, habe ich meine offizielle Geschichte hier und da ein bisschen zu meinen Gunsten geschönt, aber ich wusste ja, dass die im Knast heimlich mitlesen würden.

Natürlich hat zum Beispiel Jana Gehlen mich nicht angerufen, damit ich sie in ihrer Wohnung treffe. Und bei Peter habe ich an dem Abend auch nicht geklingelt. Ich weiß, dass er zu Hause war, ich war dort und habe es am Flimmern hinter den Fenstern seiner Wohnung gesehen. Ich brauchte einen Grund dafür, unterwegs zu sein, um mich um die Verräterin kümmern zu können. Meiner Frau hatte ich zuvor ein Schlafmittel in den Tee gekippt. Und meine Version hat sich doch gut gelesen, oder etwa nicht?

Wie schon gesagt, ich bin recht intelligent.

Auch als ich nach meinem nächtlichen Ausflug mit Jana Gehlen bemerkte, dass ich mein Handy in ihrer Wohnung verloren haben musste, und deswegen zurückfuhr, habe ich geistesgegenwärtig reagiert, als plötzlich im Treppenhaus diese Alte vor mir stand.

Mein Handy hatte ich ja eh in der Hand, also habe ich die Polizei gerufen.

Und dann dieser mysteriöse Anrufer, der mich zu der alten Klinik zitiert hat, um die Leiche zu finden – den hat es natürlich nie gegeben (sorry dafür), aber mir war klar, wenn das Video sich erst einmal als Fälschung herausstellt, wird sich die Tatsache, dass ich vom wirklichen Täter zu einer Leiche geführt wurde, zusätzlich gut machen. Das hat doch Klasse, oder?

Aber der absolut genialste Streich ist mir schon vorher eingefallen, als ich die Überwachungskamera in Gehlens Wohnzimmer entdeckt habe. Natürlich hätte ich die Speicherkarte mit dem Video ganz einfach verschwinden lassen können. Das hätten wahrscheinlich neunundneunzig Prozent aller anderen getan. Ich nicht.

Ich habe mir im Darknet einen Freak gesucht, der das entsprechende Knowhow und das Equipment besaß und gegen eine nicht ganz unerhebliche Summe erstklassige Deepfakes anfertigte, ohne Fragen zu stellen.

Und dann habe ich das Video, auf dem ich zu sehen war, mit meinen eigenen Fotos manipulieren lassen. Na? Auf die Idee muss man erst einmal kommen.

Dieses Deepfake war allerdings so gut gemacht, dass ich zwischendurch schon die Befürchtung hatte, die schnallen das nie. Deshalb war ich heilfroh, als Stephan mir bei seinem Besuch von diesem genialen, aber auch schweineteuren Anwalt erzählte. Klar habe ich verstanden, was die Hintergedanken des kleinen Scheißers waren, aber das war mir so was von egal.

Tja, fast hätte es funktioniert. Wenn nicht Göbel auch das andere Video seinem Fachmann gegeben und der nicht festgestellt hätte, dass das echt ist.

Diese dämliche Kuh mit ihrer schwarzen Perücke. In Wahrheit hat sie blonde Haare.

Ich hatte sie in einem Café entdeckt und sie angesprochen, aber sie meinte nur, ich solle sie in Ruhe lassen. Das hat mich natürlich nur noch mehr angespornt. Das ist mein Sportsgeist. Nie gleich aufgeben.

Ich bin ihr nachgegangen und habe gesehen, wo sie wohnt.

Kurz darauf habe ich morgens vor ihrem Haus gewartet und sie zur Arbeit begleitet. In einigem Abstand, versteht sich. Sie arbeitet in einer Drogerie in der Innenstadt. Tja, nachdem ich ihr ein paarmal nachgegangen bin, hat sie mich entdeckt und ein riesiges Fass aufgemacht. Von wegen ich sei ein Stalker und so. Und dann kam diese Sache mit dem Video. An dem Tag, an dem ich angeblich in die Bücherei wollte.

Das muss man sich mal vorstellen. Nur weil ich ihr ein paarmal hinterhergegangen bin und sie davon überzeugen wollte, wie geil meine Spiele sein können, verkleidet die sich mit einer Perücke, als sie das Haus verlässt. Ich habe sie natürlich trotzdem erkannt. Im Anger hat sie mich dann bemerkt. Vielleicht auch schon früher, wer weiß. Aber da hat sie dann die Nummer mit dem Video abgezogen. Blöde Schlampe.

Vor meinem Haus hat sie natürlich nicht gewartet und sich hinter einem Auto versteckt, als ich rausgekommen bin. Das zu erzählen war … meine künstlerische Freiheit. Es hat so gut zu der Geschichte von der geheimnisvollen Fremden gepasst, die mir etwas in die Schuhe schieben will.

Dass aber Göbel tatsächlich auch noch ihr dämliches Video überprüfen lässt, damit habe ich nicht gerechnet. Nicht nachdem sie schon herausgefunden hatten, dass das wirklich wichtige und belastende Video aus Jana Gehlens Wohnung ein Deepfake war.

Und zu guter Letzt hat Nicole mir dann noch dazwischengefunkt.

Die Rechnung dafür werde ich ihr noch präsentieren. Irgendwann komme ich wieder hier raus.

Und meine geliebte Ehefrau, die sich wie eine läufige Hündin von meinem feinen Freund hat besteigen lassen?

Wie schon gesagt, irgendwann komme ich wieder hier raus.

Dann werde ich den beiden einen Besuch abstatten. Und was ich dann mit ihnen machen werde, wird Fakt sein, kein Fake.

NACHWORT

Das in diesem Buch erwähnte Video vom April 2018, in dem man den ehemaligen amerikanischen Präsidenten Barack Obama Dinge sagen hört, die ihm in Wahrheit niemals über die Lippen kommen würden, ist keine Erfindung von mir, sondern existiert tatsächlich. Der amerikanische Regisseur und Schauspieler Jordan Peele übertrug seine eigene Mimik mit Hilfe der Deepfake-Technologie auf die Gesichtszüge von Obama.

Das war wie gesagt im April 2018. Dank enorm gesteigerter Rechenleistung, ausgeklügelten Algorithmen und künstlicher Intelligenz sind die Möglichkeiten heute noch um ein Vielfaches gewachsen, so sehr, dass es wiederum hochentwickelter Systeme bedarf, um Deepfakes überhaupt noch als solche entlarven zu können. Für den Laien ist es beinahe unmöglich, diese Fälschungen zu erkennen.

Wenn man sich die Konsequenzen dessen überlegt, kann einem schnell angst und bange werden, denn Fakt (und nicht Fake) ist mittlerweile: Alles kann gefälscht werden!

Das führt dazu, dass wir zukünftig im wahrsten Sinne des Wortes unseren Augen und unseren Ohren nicht mehr trauen können, wenn es um digitale Inhalte wie Sprachnachrichten oder Videos geht. Man stelle sich nur die Möglichkeiten und Auswirkungen vor, wenn Politikerinnen und

Politikern Worte in den Mund gelegt oder Handlungen angedichtet werden, von deren »Echtheit« wir uns mit eigenen Augen und Ohren im Internet überzeugen können. Menschen können mit Leichtigkeit diffamiert werden, indem man sie zu Darstellerinnen oder Darstellern in Pornofilmen macht, sie hetzerische Reden halten oder öffentlich zu Straftaten aufrufen lässt. Das Spielfeld für kriminelle Machenschaften ist schier unbegrenzt.

Die teilweise hier erwähnten Fake-Videos im Netz und weitere Links – zum Beispiel auch wie einfach man selbst als Anfänger Deepfakes herstellen kann – habe ich auf dieser Website zusammengetragen:

www.fake-fakten.de

Fest steht: Wir werden uns daran gewöhnen müssen, zukünftig auch Dinge zu hinterfragen, die wir mit eigenen Augen sehen und mit eigenen Ohren hören können, und dürfen dem, was wir mit unseren Sinnen wahrnehmen, nicht mehr vorbehaltlos vertrauen.

Nur auf eines können Sie sich nach wie vor verlassen: Dass schon bald mein nächstes Buch erscheint und es wieder sehr spannend wird. Und das ist kein Fake!

Ihr

HAT IHNEN »FAKE« GEFALLEN?

Dann lesen Sie gleich weiter –
hier die exklusive Leseprobe zu
»DER TRIP«,
dem neuen Psychothriller von Arno Strobel.

Ab **30.08.2023** überall da, wo es Bücher gibt.

I

PROLOG

Er hockt zusammengekauert vor der Bretterwand auf dem feuchten Boden. Die Beine hat er angezogen, die Arme um die Unterschenkel geschlungen, den Kopf gesenkt. Um seine Schultern hat er die stinkende, schwere Decke gelegt, mit der er sich nachts auch zudeckt. Er friert nicht, es ist Sommer, aber der Druck des harten Stoffs auf seinen Schultern gibt ihm zumindest die Ahnung einer Berührung, vor der er nicht weglaufen möchte.

Er wiegt sich leicht hin und her, als bewege er sich zu einer Musik, die nur er hören kann. Seine Augen sind geöffnet, doch er sieht nichts von dem Schmutz um ihn herum und den Essensresten, die hier und da auf der festgetretenen Erde liegen. Sein Blick ist nicht auf Dinge gerichtet, sondern in eine andere Zeit. Als er noch bei seiner Mama und seinem Papa sein durfte. Ohne die immer präsente Furcht. Glücklich.

Er weiß nicht mehr, wie es ist, keine Angst zu haben. Er weiß nicht, wie lange es her ist, dass er zum letzten Mal gelacht hat. Er hat keine Vorstellung davon, wie oft sie seitdem gekommen sind und ihn geholt haben.

Meist kommen sie zu zweit, Karl und Otto, manchmal auch nur einer von ihnen. Karl ist ein großer Kerl mit vielen Falten, der schlimm aus dem Mund stinkt. Otto ist kleiner und dick. Alles an Otto ist eklig weich und teigig. Alles. Er weiß das.

Als sie ihn das erste Mal aus der Grube gezogen und in das Wohnmobil gezerrt haben, da hat er noch gehofft, er darf wieder zurück zu Mama und Papa. Das war kurz, nachdem sie ihn auf dem Nachhauseweg von seinem Freund Kai in ihr Auto gezerrt hatten.

Aber sie haben ihn nicht gehen lassen.

Otto hat ihm ein Messer mit einer langen, blitzenden Klinge gezeigt und zu ihm gesagt: »Wenn du schreist oder nach Hilfe rufst, werde ich dir damit den Bauch aufschneiden. Und dann fahre ich zu euch nach Hause und schlitze deiner Mama und deinem Papa den Bauch auf. Hast du das verstanden?«

Er hatte es verstanden. Er hatte es geglaubt. Und er glaubt es bis heute.

Sie haben in diesem Wohnmobil Dinge mit ihm gemacht und ihn gezwungen, Dinge zu tun. Unaussprechliche Dinge.

Nach einer endlos langen Zeit haben sie ihn zurückgebracht in die Grube und die Falltür geschlossen. Dann hat er dagesessen und versucht, nicht an die pochenden Schmerzen zu denken. Und er hat sich geschämt. So sehr wie noch nie zuvor in seinem kurzen Leben.

In diesem kalten, feuchten Erdloch, das an den Wänden notdürftig mit groben Brettern ausgekleidet ist, hat er schnell das Gefühl für die Zeit verloren. Er hat viel geweint in den ersten Tagen. Lautlos. Nach innen. Trotz der Schmerzen und der Scham und der Angst.

Wann immer er es nicht unterdrücken konnte und ein Schluchzen über seine Lippen kam, hat er sich angstvoll zusammengekrümmt, sich verzweifelt in die zur Faust geballte Hand gebissen und gehofft, dass Karl und Otto es nicht gehört haben. Dass sie nicht kommen und ihm den Bauch aufschneiden würden. Oder, noch schlimmer, zu seiner Mama und seinem Papa nach Hause fuhren und ihnen den Bauch aufschnitten. Er war sicher, dass sie das tun würden.

Irgendwann ist die Falltür aufgegangen, und er hat etwas zu essen bekommen. Irgendwann später haben sie ihn wieder nach oben geholt und in das Wohnmobil gebracht. Und so ist es weitergegangen. Tag für Tag.

Dann ist zum ersten Mal ein Besucher gekommen. Karl und Otto hatten ihn wie immer zum Eingang des Wohnmobils geführt und dann hineingestoßen, doch dieses Mal waren sie selbst draußen geblieben.

Wie lange ist das her? Wochen? Monate?

Jetzt sitzt er wieder da und wartet. Darauf, dass sie kommen. Vielleicht sind sie allein, vielleicht ist ein Besucher da. Vielleicht mehrere Besucher.

Vielleicht sollte er einfach laut schreien. Dann wird Otto kommen und ihm den Bauch aufschneiden. Dann kann er für immer schlafen, und keiner der Besucher kann ihm mehr weh tun. Und Karl und Otto auch nicht.

Aber dann denkt er an Mama und Papa. Was Otto auch mit ihnen machen würde. Und er weiß, dass er nicht schreien wird.

Der Teller, auf dem die Brote gelegen haben, die er eben gierig in sich hineingeschlungen hat, steht vor ihm auf dem Boden. Die halb leere Flasche Cola liegt daneben.

Sie geben ihm die Cola zur Belohnung, haben sie gesagt. Weil er so ein braver Junge ist. Er greift danach, öffnet den Verschluss und trinkt einen Schluck.

Gerade, als er sie wieder schließt, hört er von oben Geräusche.

Erst Schritte, dann die klickenden und kratzenden Laute, mit denen das Schloss geöffnet wird. Sekunden später wird die Falltür aufgezogen, und Karl schaut auf ihn herab.

»Komm«, befiehlt er.

1

Es dauerte nur drei, vier Sekunden, als es passierte, und doch erlebte Fabian Jancke jedes Segment dieser Zeitspanne so glasklar, als würde sie in extremer Zeitlupe ablaufen. Der Aufprall geschah am Samstag, den vierten Juni, um neunzehn Uhr zweiundfünfzig auf der französischen A31, etwa fünfzehn Kilometer hinter Dijon.

Fabian registrierte den braunen Körper, als er hinter dem Brückenpfeiler auftauchte und auf die Straße sprang. Er sah den Blick aus den schwarzbraunen Augen, glaubte sogar, die Erkenntnis des Tieres darin zu sehen, dass sein Leben in der nächsten Sekunde vorüber sein würde, und die Erstarrung, die dieses Bewusstsein in dem Reh auslöste. Bei dem unausweichlichen dumpfen Knall übernahm Fabians Unterbewusstsein die Kontrolle und dirigierte seinen rechten Fuß auf das Bremspedal, während seine Hände das Lenkrad fest umklammerten, ohne es herumzureißen. Fünfzig Meter weiter kam das Wohnmobil auf dem Standstreifen der Autobahn zum Stehen.

Zwei, drei Sekunden herrschte absolute Ruhe in der Fahrerkabine, dann sah Fabian seine Frau an und sagte: »Scheiße!«

Erst in diesem Moment erwachte sie aus einer Art Schockstarre. »O mein Gott! Wie ... wie kommt das Reh auf die Autobahn?«, sprudelte sie aufgeregt heraus. Sie sah blass aus, und eine Strähne ihrer schulterlangen blonden Haare hing ihr wirr ins Gesicht. »Wie konnte das passieren? Ist es tot? Siehst du es?«

»Ich weiß es nicht«, entgegnete Fabian und löste seinen Sicherheitsgurt. Noch unter dem Eindruck des gerade Erlebten, blickte Fabian in den Rückspiegel an der Frontscheibe, der in einem Wohnmobil ein vollkommen unsinniges Utensil war, weil der Blick nach hinten durch die fensterlose Rückwand normalerweise nichts zeigte als den Innenraum. Fabian hatte den Spiegel irgendwann so gedreht, dass er sich selbst darin sehen konnte. Er stellte fest, dass er in diesem Moment nicht wie ein Achtundvierzigjähriger aussah, sondern eher wie ein Mann Mitte fünfzig. In einer instinktiven Geste fuhr er sich mit einer Hand erst über das Gesicht und dann über die kurzen braunen Haare, bevor ihm ein Blick in den Außenspiegel zeigte, dass das Reh mit unnatürlich verdrehtem Körper schräg hinter ihnen reglos auf der Überholspur der Autobahn lag. Es war tot, daran bestand nicht der geringste Zweifel.

Als er die Tür öffnete, schlug ihm eine Welle heißer Luft entgegen. Obwohl es schon Abend war, herrschten noch Temperaturen von über dreißig Grad.

Fabian stieg aus und überlegte, dass die Autobahn an diesem Abschnitt und um diese Uhrzeit zum Glück kaum befahren war. In dem Moment, als er die Tür zugeschlagen hatte, näherte sich ein einzelner silberner Peugeot, umfuhr mit verminderter Geschwindigkeit den Tierkadaver und gab dann wieder Gas. Kein Anhalten auf dem Standstreifen vor ihnen, kein Nachfragen, ob jemandem etwas passiert war.

Andererseits hätte Fabian sowieso kaum ein Wort verstanden und noch weniger erklären können. Seine rudimentären Französischkenntnisse beschränkten sich auf die Überbleibsel von ein paar Jahren Französischunterricht in der Schule, und das war rund fünfunddreißig Jahre her.

Fabian ging vor der Front des Wohnmobils in die Hocke, betrachtete den Schaden und wusste im gleichen Moment, dass sie nicht mehr weiterfahren konnten. Neben dem stark verbeulten Kotflügel, dem zersplitterten Glas des linken Scheinwerfers und abgerissenen Plastikteilen des Kühlergrills war es der Kühler selbst, der dies verhindern würde. Er war eingerissen und hatte schon fast alles Wasser verloren, wie die Lache auf der Straße darunter zeigte. Zudem lief noch eine andere, ölige Flüssigkeit von einer Stelle irgendwo hinter dem Kühler in einem dünnen Rinnsal aus.

»Und?«

Fabian richtete sich wieder auf und sah Isabel an, die mittlerweile ebenfalls ausgestiegen war und ihm einen fragenden Blick zuwarf.

»Das war's.« Er deutete auf die zerbeulte Front. »Der Kühler ist hin. Damit fahren wir keinen Meter mehr.«

»O nein! Und jetzt?«

»Zuallererst muss ich ein Warndreieck aufstellen«, erklärte Fabian und ging los zur Klappe des hinteren Stauraums, in dem er das Dreieck untergebracht hatte. »Zum Glück ist hier kaum Verkehr.«

Als wollten sie das dementieren, kamen gleich drei Autos nacheinander angefahren, bremsten ein wenig ab und beschleunigten wieder, nachdem sie das tote Tier umfahren hatten.

Kurz darauf entfernte sich Fabian mit dem Warndreieck in der Hand auf der Standspur vom Wohnmobil, hielt auf Höhe des toten Rehs an und betrachtete den Kadaver. Er war sehr tierlieb, und ein Tier zu überfahren – was ihm bis auf ein Kaninchen und ein paar Frösche bisher zum Glück erspart geblieben war – empfand er als sehr schlimm. Als sein Blick nun aber auf dem toten Reh ruhte, stellte er fest, dass sich sein Mitleid mit dem Tier dieses Mal sehr in Grenzen hielt. Zwei Wochen Urlaub in Spanien hatten sie geplant, auf einem wundervollen Campingplatz direkt am Meer. Seit Monaten schon hatten sie sich auf diese Zeit gefreut. Kein Stress, keine Termine, nur die Seele baumeln und sich treiben lassen. Und nun war wahrscheinlich alles vorbei.

Er wandte sich ab und ging weiter. Auf Autobahnen sollte das Warndreieck in zwei- bis dreihundert Metern Entfernung aufgestellt werden, erinnerte er sich.

Etwa zwanzig Meter weiter entdeckte er sein Nummernschild, das auf der rechten Spur der Straße lag. Die Autobahn war leer, also sprintete er auf die Fahrbahn und griff sich das verbeulte Kennzeichen.

Als er Minuten später wieder am Fahrzeug ankam, war sein T-Shirt durchgeschwitzt, und seine Stirn und der Nacken waren schweißnass. Die drückende Hitze, die zusätzlich noch vom Asphalt reflektiert wurde, war kaum zu ertragen. Hier und da fuhren Autos an ihm vorbei, manch neugieriger Blick wurde durch die geschlossenen Autoscheiben auf ihn und das Wohnmobil gerichtet, doch kein einziger Wagen hielt an.

Gemeinsam mit seiner Frau stieg Fabian ein, nahm sein Handy aus der Halterung am Armaturenbrett und setzte sich im Wohnbereich auf die gepolsterte Bank. »Ich versuche mal die Notrufnummer«, erklärte er. »Hoffentlich können die Englisch.«

Das konnte zumindest der Mann, der sich gleich darauf meldete, nicht.

»D'accord«, sagte Fabian enttäuscht und suchte in seinem kaum vorhandenen französischen Vokabular fieberhaft nach Worten. »J'ai un accident avec mon voiture. Sur l'autorute 31.« Er wusste das Wort für Reh nicht mehr. Aber was *Tier* hieß, daran erinnerte er sich. »Un animal.«

»Des personnes ont-elles été blessées?«

»Pardon?«

»Blesser. Quelqu'un est-il blessé?«

Blesser ... das hieß verletzt, glaubte Fabian, sich zu erinnern. Der Mann wollte wissen, ob jemand verletzt war.

»Non. Mais l'animal est mort. Sur la rue.«

Das schien der Mann zu verstehen, denn aus dem, was er anschließend erklärte, hörte Fabian – auch, weil er sich wieder daran erinnerte, dass das in Frankreich so geregelt war – heraus, dass die Polizei nur zu Unfällen mit Personenschäden kam.

Nachdem er mehrfach versuchte, zu fragen und zu verstehen, was er nun tun musste, gab Fabian entnervt auf und beendete das Gespräch.

»Und?«

»Ach, großer Mist! Ich hab kaum was verstanden. Es kann doch nicht wahr sein, dass an einer Notrufnummer in der Urlaubszeit jemand sitzt, der kein Englisch spricht. Verdammt. Jedenfalls kommt die Polizei nicht, wenn niemand verletzt ist.«

»Und was sollen wir jetzt tun?«

Fabian atmete tief durch und wischte sich mit dem Unterarm den Schweiß von der Stirn. »Ich werde beim ADAC anrufen. Die sollen sich darum kümmern. Dafür zahlen wir ja schließlich Beiträge.«

Nachdem er von seiner Mitgliedskarte die Nummer für Auslandsschadensfälle abgetippt hatte, wurde er durch eine aufgezeichnete Ansage begrüßt und darüber informiert, dass zurzeit alle Mitarbeiter im Gespräch waren und er sich bitte gedulden solle, der nächste freie Mitarbeiter sei für ihn da.

»Was denkst du, kann man das so weit reparieren, dass wir trotzdem weiterfahren können?«, wollte Isabel wissen, und ihre Stimme klang dabei so zaghaft, als hätte sie Angst vor der Antwort. »Ich bräuchte diesen Urlaub wirklich dringend.«

Fabian stellte auf Lautsprecher um und legte das Handy vor sich auf den Tisch. »Ich weiß es nicht. Der Kühler ist kaputt. Vielleicht können die einen neuen einsetzen, und wir können die Plastikteile notdürftig mit Klebeband fixieren, aber morgen ist Sonntag, da arbeitet niemand. Das heißt, vor Montagabend oder sogar Dienstag kommen wir hier auf keinen Fall weg.«

»So ein Mist.«

»Kann man so sagen«, bestätigte Fabian, dann starrten beide vor sich hin und hörten der nervtötenden Musik der Warteschleife aus dem Telefon zu.

Es waren etwa fünfzehn Minuten vergangen, in denen sie darüber spekulierten, wie es nun weitergehen würde, während die Musik der Warteschleife des ADAC vor sich hin dudelte, nur alle zwei, drei Minuten unterbrochen von der Ansage, dass sämtliche Mitarbeiter in Gesprächen seien, als es an die Tür des Wohnmobils klopfte.

Fabian wechselte einen Blick mit seiner Frau, dann erhob er sich und öffnete. Vor ihm stand ein Mann mit raspelkurzen schwarzen Haaren und lächelte ihn an. Er trug einen grauen Arbeitsanzug über einem blauen T-Shirt und ausgetretene Sneakers, die wahrscheinlich einmal weiß gewesen waren.

»Puis-je vous aider?«, fragte er und deutete auf das Wohnmobil. »J'appartiens au *Service Autoroute*, je peux la remorquer.«

Fabian zuckte hilflos die Schultern. *Service Autoroute* klang zwar grundsätzlich gut, aber vom Rest hatte er kein Wort verstanden. »Pardon? Ehm … je ne parle pas français. Do you speak English? Parlez-vous anglais?«

Der Mann schüttelte den Kopf und deutete Fabian an, er möge sich draußen etwas anschauen. Als Fabian der Aufforderung folgte, war er erleichtert. Hinter dem Wohnmobil stand ein Abschleppwagen auf dem Standstreifen.

Mit einem erlösten Lächeln nickte er dem Mann zu und hob den Daumen. »Oui, merci! Merci bien!«

»Schatz, er hat einen Abschleppwagen«, rief er ins Innere des Wohnmobils, woraufhin Isabel ebenfalls nach draußen kam und sagte: »Na, Gott sei Dank.«

Während der Mann in den Abschleppwagen stieg und ihn vor das Wohnmobil bugsierte, stellte Fabian fest, dass das tote Reh verschwunden war. Zurückgeblieben war ein dunkler Fleck sowie eine schmale, dunkle Schleifspur quer über die Autobahn bis hin zum Standstreifen. Wahrscheinlich hatte der Mann das Tier von der Straße gezogen und dann hinter der Leitplanke abgelegt.

Das Aufladen des großen Wohnmobils gestaltete sich schwierig, doch nach etwa zwanzig Minuten war es geschafft. Sie stiegen in die Fahrerkabine des Abschleppwagens ein und setzten sich auf die Rückbank. Im Inneren roch es nach Öl, und es herrschte ein heilloses Durcheinander an Werkzeugen, Dosen, Gurten und Ketten, doch das störte sie nicht. Sie kamen endlich von der Autobahn herunter und wurden in eine Werkstatt abgeschleppt. Alles andere würde sich dann zeigen.

Bevor der Fahrer einstieg, führte er draußen noch ein Telefonat, bei dem er mit ernster Miene ein paarmal nickte. Als sie kurz darauf schließlich losfuhren, witzelte Fabian darüber, dass sie ohne Aufpreis eine Abenteuerkomponente zu ihrem Urlaub dazubekommen hatten, woraufhin er und seine Frau erleichtert lachten. Dieser Anflug von Galgenhumor hielt allerdings nicht lange vor.

Sie verließen die Autobahn über die nächste Ausfahrt und fuhren an einer kleinen, schäbig aussehenden Ansiedlung vorbei, dann bog der Fahrer in eine schmale Straße ab, die durch ein Waldstück führte.

»Mein Gott, wo bringt der uns hin?«, sagte Fabian nach etwa zehn Minuten, in denen sie durch unwirtliches Gelände gefahren und dabei an keinem einzigen Haus vorbeigekommen waren. Mittlerweile hatte die Dämmerung eingesetzt, was die Felder und vereinzelten Wäldchen, an denen sie entlangfuhren, noch unfreundlicher erscheinen ließ.

»Keine Ahnung. Jedenfalls ist es hier ganz schön unheimlich.«

Weitere zehn Minuten später beugte Fabian sich nach vorn und versuchte, den Fahrer zu fragen, wohin sie fuhren, doch der schien ihn nicht zu verstehen und redete auf Französisch so schnell auf ihn ein, dass Fabian auch kein einziges Wort verstand.

»Vielleicht rufst du besser mal jemanden zu Hause an und sagst denen, was passiert ist und wo wir sind«, schlug Isabel vor. »Wer weiß …«

Fabian zog sein Handy aus der Tasche und tippte darauf, ließ es aber gleich wieder sinken. »Kein Netz.« Er warf erneut einen Blick nach draußen. »Hätte mich hier aber auch gewundert. Ich versuche es, wenn wir angekommen sind.«

Er sah seine Frau grinsend an. »Du hast aber jetzt nicht wirklich Angst, oder?«

»Nun tu das nicht so ab. Es ist unheimlich hier, oder etwa nicht?«

Fabians Grinsen wurde breiter. »Jetzt hör aber auf. Das ist ein Abschleppwagen, und der Mann bringt uns in eine Werkstatt. Ich weiß zwar noch nicht, wie wir das mit der Übernachtung machen, aber wenn wir angekommen sind, öffnen wir eine Flasche Wein und trinken ein Glas, dann sieht die Welt schon anders aus. Es kann ja nicht mehr lange dauern.«

Fabian blickte wieder durch die Seitenscheibe nach draußen und musste sich dabei eingestehen, dass diese ganze Fahrt wirklich sehr ungewöhnlich war und er die Bedenken seiner Frau durchaus nachvollziehen konnte.

Tatsächlich bog der Fahrer wenige Minuten später auf einen schmalen Weg ab, der ein paar hundert Meter weiter durch ein geöffnetes Tor führte. Es war in einen etwa zwei

Meter hohen Zaun eingelassen, der ein großes Grundstück einfasste.

»Na also«, sagte Fabian erleichtert, auch wenn diese Anlage nicht so aussah, wie er sich das erhofft hatte.

Vor einem Gebäude, das Fabian anhand der verwitterten Schilder mit Logos von bekannten französischen Automarken als Werkstatt identifizierte, standen etliche alte, verbeulte Autos und Lkws herum. Selbst das Skelett eines offenbar ausgebrannten Busses entdeckte er neben dem Zaun.

Der Platz vor der Werkstatt, auf dem der Abschleppwagen schließlich zum Stehen kam, war nicht betoniert, sondern bestand aus Schotter und festgestampfter Erde. Alles in allem machte diese Werkstatt – oder was immer es auch war – keinen sehr vertrauenserweckenden Eindruck.

Der Fahrer sagte etwas, das Fabian nicht verstand, und stieg dann aus. Fabian öffnete die Tür und machte Anstalten, ebenfalls auszusteigen, während Isabel nach vorn durch die Windschutzscheibe blickte und sagte: »Mein Gott, wo sind wir denn hier gelandet?«

Die Dämmerung war mittlerweile so weit fortgeschritten, dass es nicht mehr lange dauern würde, bis die Umrisse der Gegenstände in der Umgebung unkenntlich werden würden.

»Das werden wir herausfinden«, versicherte Fabian ihr und schwang sich aus dem Fahrzeug. Nachdem er einen Blick auf sein Handy geworfen und festgestellt hatte, dass es in dieser Gegend kein Netz gab, hielt er nach dem Fahrer Ausschau, entdeckte ihn jedoch nicht wie erwartet an der Ladefläche des Abschleppwagens, sondern am Tor, durch das sie gefahren waren und das er in diesem Moment zuzog. Anschließend legte er eine schwere Kette um die Holme der beiden Torhälften und verband sie mit einem Schloss, das er einrasten ließ.

Fabian fand das mehr als seltsam, schließlich würden sie ja gleich noch zu einem Hotel fahren müssen, wo sie übernachten konnten.

Er ging dem Fahrer entgegen, als der zurückkam, deutete auf das verschlossene Tor und hob dann die Schultern zum Zeichen, dass er nicht verstand, warum er es geschlossen hatte.

Der Mann ignorierte ihn und ging einfach weiter. Der finstere Ausdruck, der plötzlich auf seinem Gesicht lag, sorgte dafür, dass etwas nach Fabians Magen griff und begann, ihn langsam zuzudrücken.

»Hey!«, rief er dem Mann nach und ging ihm hinterher, doch schon nach wenigen Metern blieb er stehen und starrte auf die in das verrostete Tor des Werkstattgebäudes eingelassene Tür, die sich geöffnet hatte und durch die nun mehrere Männer ins Freie traten. Fabian zählte vier, fünf … nach dem sechsten war Schluss. Die Kerle waren etwa zwischen zwanzig und vierzig Jahre alt, einige von ihnen trugen abgewetzte Jeans, andere Arbeitsoverals. Zwei von ihnen standen mit nacktem Oberkörper da, ihr Schweiß glänzte im Licht, das aus dem Inneren des Gebäudes drang. Sie machten allesamt einen sehr ungepflegten Eindruck, aber was Fabians Puls rasen ließ, war etwas anderes: Sie wirkten gefährlich.

Vor dem Abschleppwagen blieben sie in einem Halbkreis stehen und starrten mit feist grinsenden Gesichtern an dem großen Fahrzeug vorbei auf etwas, das Fabian von seinem Standort aus nicht sehen konnte. Als ihm aber schwante, was es war, schoss eine Angst in ihm hoch, wie er sie noch nie zuvor in seinem Leben empfunden hatte.

Was diese Männer unverhohlen anstarrten, war seine Frau.

ISBN 978-3-596-70802-4
ca. 368 Seiten, ca. 16,99 € (D)/17,50 (A)

Arno Strobel

OFFLINE – Du wolltest nicht erreichbar sein.
Jetzt sitzt du in der Falle.

Psychothriller

Fünf Tage ohne Handy. Ohne Internet. Raus aus dem digitalen Stress, einfach nicht erreichbar sein. So das Vorhaben einer Gruppe junger Leute, die dazu in ein ehemaliges Bergsteigerhotel auf 2000 Metern Höhe reist.

Aber am zweiten Tag verschwindet einer von ihnen und wird kurz darauf schwer misshandelt gefunden. Jetzt beginnt für alle ein Horrortrip ohne Ausweg. Denn sie sind offline, und niemand wird kommen, um ihnen zu helfen …

384 Seiten, broschiert

Arno Strobel
Mörderfinder
Die Spur der Mädchen
Thriller

Seine Zeit beim KK 11 in Düsseldorf ist Geschichte. Jetzt fängt Fallanalytiker Max Bischoff neu an. Gibt sein Wissen an der Polizeihochschule an die weiter, die so gut werden wollen wie er. Aber die Fälle finden ihn trotzdem. Und er findet die Mörder. Denn nichts ist ihm näher als die Täterpsyche.

Max Bischoff ermittelt im Fall eines vor sechs Jahren verschwundenen Mädchens, von dem es seither kein Lebenszeichen gab. Bis plötzlich ihre Sachen auftauchen ...

Der neue Thriller von Nr. 1-Bestsellerautor Arno Strobel

352 Seiten, Klappenbroschur

Arno Strobel
MÖRDERFINDER
Die Macht des Täters
Thriller

Ein Mordverdächtiger nimmt sich das Leben. Schuldeingeständnis oder Verzweiflungstat?
Fallanalytiker Max Bischoff sichtet die Fakten, die Beweislast ist erdrückend, aber nichts passt zusammen. Und dann die vage Verbindung zu einem anderen Fall. Irgendetwas ist da, das kann Max beinahe körperlich spüren. Aber der Kopf des Mörders bleibt ihm verschlossen.
Versagt die Fallanalyse und damit Max zum ersten Mal in seiner gesamten Laufbahn?

Der neue Thriller von Nr. 1-Bestsellerautor Arno Strobel
Fallanalytiker Max Bischoff ermittelt in seinem 2. Fall

368 Seiten, Klappenbroschur